HAYMON taschenbuch 101

Auflage:
4 3 2 1

2015 2014 2013 2012

HAYMON tb 101

Originalausgabe

ISBN 978-3-85218-901-7

Umschlag- und Buchgestaltung, Satz:
hœretzeder grafische gestaltung, Scheffau/Tirol
Coverentwurf von Judith Eberharter, Eine Augenweide
Coverfoto: Georg Grote: Das Museion in Bozen, im Hintergrund die Burg Ravenstein
Autorenfoto: www.fotowerk-aichner.at

Gedruckt auf umweltfreundlichem,
chlor- und säurefrei gebleichtem Papier.

Ulrich Ladurner

Südtiroler Zeitreisen

Erzählungen

Ulrich Ladurner

Südtiroler Zeitreisen

für meine Eltern Peter und Elisabeth
für meine Kinder Lilli und Julius

Inhalt

Vorwort

Noch ein Buch über Südtirol? Gibt es denn nicht schon genug davon?! Ja, es gibt mehr als genug. Die Regale in den Buchhandlungen biegen sich unter dem Gewicht südtirolerischer Nabelschau. Jeder Autor sollte deshalb ein Gelübde ablegen: Für die nächsten zehn Jahre wird er keine Buchzeile mehr über Südtirol schreiben. Denn die Welt ist groß, sehr groß. Sie braucht Südtirol nicht. Und sie braucht schon gar nicht noch ein Buch über Südtirol.

Ich weiß das alles. Und ich stimme dem zu. Darum habe ich kein Buch über Südtirol geschrieben, auch wenn es der Titel behauptet. Es ist dies ein Buch über einen kleinen, paradiesisch schönen Landstrich, der seinen aktuellen Namen aufgrund verschiedener historischer Zufälligkeiten verpasst bekommen hat. Obwohl Südtirol die korrekte Bezeichnung ist, lenkt sie vom Eigentlichen ab: Wenn von Südtirol die Rede ist, dann sprechen wir von der Welt als Ganzer.

Die Südtiroler verstehen das auf Anhieb. Sie sind von der weltgeschichtlichen Bedeutung ihrer Heimat ohnehin überzeugt. Man bringt ihnen von Kindesbeinen an bei, sich wichtig zu nehmen. Darüber lässt sich leicht spotten. Denn ein Blick in den Atlas genügt. Ein winziger Fleck ist dieses Südtirol, mehr nicht. Doch entgegen aller Gewissheit halten die Südtiroler an ihrem Glauben fest, dass sich zwischen Brenner und Salurn alles Wesentliche abspielt. Hier also soll sich die ganze Welt spiegeln?!

Um auf diese Frage eine Antwort zu finden, habe ich eine Reise durch Raum und Zeit unternommen. Sie führte mich von Toblach im Jahre 1905 über Graun nach Kiens und in das Städtchen Meran des Jahres 1985. Ich flog weiter durch die Zeit, der Zukunft entgegen. Bis ins Jahr 2025 begab ich mich, um zu verstehen, was es mit der Welthaltigkeit Südtirols auf sich hat.

Das Ergebnis, zu dem ich gekommen bin, ist so einfach wie verblüffend: Die Südtiroler haben Recht! Ihre Heimat ist eine Kapsel für alles. Sozialismus, Christentum, Faschismus, Demokratie, Monarchie, Turbokapitalismus – nennen Sie, was Sie wollen. Südtirol kennt alle vormodernen, modernen und postmodernen Erscheinungen. Es ist darum, ganz zu Recht, zu einem Lebensprojekt geworden. Selbst ich, der glaubte, es zu kennen, war überrascht von dem vorgefundenen Reichtum.

Von Südtirol lernen heißt also über die Welt lernen – wie sie war, wie sie ist und wie sie sein wird. Darum ist dieses Buch erschienen.

Toblach, 1905

Franz Hanuschek hätte nie geglaubt, dass es ihn, der 1860 im fernen galizischen Lemberg geboren wurde, eines Tages nach Toblach ins Tiroler Pustertal verschlagen würde. Dabei hatte es doch eine gewisse Logik, dass es so kam. Hanuschek war nämlich Eisenbahner aus Leidenschaft und Überzeugung. Eisenbahner, so glaubte er, sind die Pioniere des Fortschritts. Wenn es darum ging, auf bisher unerschlossenes Gelände vorzudringen, war Hanuschek immer dabei. Gelegenheiten dazu hatte er reichlich, denn gegen Ende des neunzehnten Jahrhunderts entstanden viele neue Bahnlinien. Die kaiserliche Regierung war damit beschäftigt, das bröckelnde Riesenreich zusammenzuhalten, und die Eisenbahnlinien waren die Nähte, die ein Auseinanderbrechen verhindern sollten. Eröffnete die k. u. k. Bahn in einem fernen Winkel des Reiches einen neuen Bahnhof, bewarb Hanuschek sich sofort. Er konnte es gar nicht erwarten, in der Einöde seinen Dienst zu tun. Er wollte, wie er seiner Frau sagte, mit der Fackel der Aufklärung die Dunkelheit ausleuchten. Sie konnte darüber nur bitter lächeln, denn die Arbeit mit dem Umzug blieb meist an ihr hängen, während er vorausfuhr, um die Lage zu erkunden. Das Kriterium bestand dabei nicht darin, ob die neue Destination für die Familie ein geeigneter Ort zum Leben war, sondern ob sie einer war, an dem sich sozialdemokratisches Gedankengut verbreiten ließe. Die Bahndirektion gab Hanuscheks Ansuchen ohne Umschweife statt. Sie schickte ihn sogar mit Freude in gottverlassene Gegenden, denn sie wusste um seine politischen Überzeugungen. Hanuschek war Sozialdemokrat. Das hinderte ihn freilich nicht, an den Geburtstagen des Kaisers seine beste Uniform anzuziehen. Aus

Respekt, wie er zu Genossen sagte, die sich über dieses Ritual mokierten. Mochte Hanuschek auch von einer anderen, einer gerechteren Gesellschaft träumen, so war er im Innersten seines Herzens kaisertreu. Zugegeben hätte er das freilich nie.

Die kaiserliche Polizei hatte keinen Sinn für solche Feinheiten und ließ Hanuschek observieren. Wann immer er eine neue Stelle antrat, informierte man auch die lokalen Behörden, dass an dem betreffenden Bahnhof ein Sozialdemokrat mit umstürzlerischen Neigungen seinen Dienst antrat. Man bat, entsprechende Vorkehrungen zu treffen. Von dieser Nachricht aufgeschreckt stellten die Behörden meist einen Polizisten ab, um Hanuschek zu überwachen.

In Toblach fiel diese Aufgabe dem verdienten Wachtmeister Franz Kastlhuber zu. Kastlhuber war ein jovialer Mensch, der es mit dem Gesetz nicht sehr genau nahm und daher bei den Bewohnern von Toblach sehr beliebt war. Denn im Dorf widmeten sich viele ab und zu der einen oder anderen Tätigkeit, die man mit strengen Augen durchaus als gesetzesbrecherisch hätte bezeichnen können, mal war es der Schmuggel, mal die Wilderei, mal der Ehebruch. Doch Kastlhuber sah die Welt nicht mit Strenge, sondern mit einer ihm angeborenen Nachsicht. Man müsse, sagte er immer, dankbar dafür sein, auf dieser wunderbaren Welt leben zu können. Wenn Gott streng wäre, fuhr er fort, hätte er den meisten von uns das Geschenk des Lebens erst gar nicht gemacht. Wir wären nicht geboren worden. Warum sollte Kastlhuber strenger sein als Gott? Das war ihm nicht beizubringen. Seinen Beruf hat er trotzdem ernst genommen. Er sah sich als Hüter des Gesetzes, wobei seine Vorstellung von Recht und Ordnung weniger von den Paragraphen als von den unerwarteten Wechselfällen des Lebens geprägt war, die jeden treffen konnten, auch den Unschuldigsten.

Als Kastlhuber im Winter 1905 den Auftrag bekam, einen Sozialdemokraten namens Franz Hanuschek zu überwachen, der seinen Dienst als Bahnhofsvorsteher von Toblach angetreten hatte, ließ er sich von seiner Frau die Paradeuniform bringen. Er prüfte jeden Knopf und jede Naht, dann trimmte er seinen Schnurrbart auf Hochglanz, schlüpfte in die blank gewichsten Stiefel und ging schnurstracks zu dem rund 500 Meter vom Dorfkern entfernten Bahnhof in Neutoblach. Diese kleine Kolonie aus Villen und Hotels war in den späten neunziger Jahren rund um das Grand Hotel Toblach entstanden. Risikofreudige Unternehmer hatten lauter große Hotels mit hunderten von Betten errichtet und Toblach zu einem der größten Fremdenverkehrsorte im Alpenraum ausgebaut. Kastlhuber selbst fand das weder gut noch schlecht, doch gab es Toblacher, die sich angesichts der in die Höhe schießenden Hotels Sorgen um das Schicksal ihrer Heimat machten. Er war dabei, als sich die Mitglieder des Heimatschutzvereins vor fünf Jahren im Gasthaus zum Schwarzen Adler trafen, um darüber zu beraten, was man gegen Neutoblach unternehmen könne. Kastlhuber war zu dieser Versammlung abkommandiert worden. Ein Aufruhr war nicht zu befürchten gewesen. Trotzdem ging es hoch her. Es fielen Worte über die Behörden, die einen weniger toleranten Wachtmeister zum Einschreiten gebracht hätten. Doch Kastlhuber kannte seine Leute. Sie erhitzten sich leicht, waren im Grunde ihres Herzens aber äußerst vorsichtige Charaktere. Tatsächlich einigten sich die Heimatschützer bei dieser Versammlung darauf, einen Brief zu schreiben. Er wurde noch an Ort und Stelle verfasst, laut vorgelesen und danach per Akklamation gut geheißen. In seiner Eigenschaft als Wachtmeister bekam Kastlhuber eine Kopie des Briefes ausgehändigt. Auch darin war nichts Aufrührerisches zu lesen. Unter anderem hatten die Heimatbewegten geschrieben: „Eine Gruppe öder, langweiliger Hotelkästen liegt vor uns. Wohin kommen wir, wenn unsere Landschaft in dieser Weise verunstaltet wird? Gibt es ein besseres Beispiel für die Notwendigkeit einer Heimatschutzbewegung?“ Kastlhuber steckte den Brief in seine Brusttasche und übergab ihn am Tag darauf dem Behördenvertreter, damit er den Brief nach Wien schickte. Die Regierung wollte über jede Versammlung, die im Reich abgehalten wurde, genauestens informiert werden. Die Regierenden fühlten sich unsicher und wollten nicht überrascht werden. Kastlhuber fand so viel Vorsicht übertrieben, er hätte es wahrscheinlich anders gemacht. Oder doch nicht?

Auch ich, dachte er, gehe ja grad zu diesem neuen Bahnhofsvorsteher, um mögliche Unruhe schon im Keim zu ersticken. Es war ein klirrend kalter Tag, auf der Straße lag viel Schnee. Kastlhuber stieß dicke Atemwolken aus, und von ferne hätte man die massige Gestalt des Wachtmeisters für ein Bierpferd halten können, das sich mühsam durch den Schnee kämpfte. Er brauchte fast zwanzig Minuten, bis er endlich am Bahnhof war. Kastlhuber war dankbar, als er in das gut geheizte Büro des Bahnhofsvorstehers eintreten konnte. Hanuschek saß an seinem Schreibtisch und studierte die Fahrpläne. Er blickte überrascht auf, als sich die Tür öffnete. Vor ihm stand ein riesenhafter, dampfender Mensch.

„Wachtmeister Kastlhuber!“, bellte der Riese.

Bevor Hanuschek antworten konnte, sagte Kastlhuber: „Ich höre, Sie sind Sozialist.“

„Ahm, ich ..." Hanuschek blieben die Worte im Hals stecken. Er stand auf und ging um den Schreibtisch herum.

Kastlhuber trat näher. Er überragte Hanuschek um Hauptеslänge.

„Ihre politischen Überzeugungen sind Ihre Sache. Da mische ich mich nicht ein. Aber eines dürfen Sie nicht machen: Wiegeln Sie mir die Leute nicht auf! Wenn Sie das tun, werde ich Sie verhaften!" Seine Stimme klang wie ein Donnerhall. Er hob drohend den Zeigefinger und riss die Augen, so weit er konnte, auf. Sein Schnurrbart wippte gefährlich.

„Wollen Sie sich nicht setzen?", sagte Hanuschek, der seine Fassung wieder gefunden hatte.

„Ich sage meiner Frau, sie soll uns Tee zubereiten."

Kastlhuber musterte Hanuschek. Er konnte an diesem Mann nichts Kriminelles erkennen. Und er, davon war er überzeugt, hatte einen sechsten Sinn für Übeltäter.

„Tee?", brummte er, „gerne."

Hanuschek zog dreimal an einer Klingel, dreimal stand für Tee. Dann bot er dem Wachtmeister den bequemsten Stuhl an, den er hatte. Als Hanuscheks Frau nach rund zwanzig Minuten den Tee brachte, waren die beiden Männer so sehr ins Gespräch vertieft, dass sie die Frau nicht einmal bemerkten. Sie unterhielten sich wie alte Bekannte, und nicht wie zwei, die sich erst seit einer halben Stunde kannten. Doch das täuschte, auch wenn sie sich persönlich auf Anhieb recht gut leiden konnten, blieben sie sich spinnefeind.

„Die Bahnlinie ist die Grenze", sagte Kastlhuber mit strenger Miene, „wenn Sie diese Linie überschreiten und zu uns nach Toblach kommen, müssen Sie Ihre politischen Überzeugungen hinter sich lassen."

„Was meinen Sie damit?“, fragte Hanuschek mit fester Stimme, die dem Wachtmeister signalisieren sollte, dass sich der Bahnhofsvorsteher nicht so leicht einschüchtern ließ.

„Ich meine, dass Sie willkommen sind, doch dürfen Sie keine politischen Reden schwingen, gar Flugblätter verteilen oder Ähnliches tun!“

„Das habe ich auch nicht vor, Herr Wachtmeister.“

„Naja, man kann nie wissen. Und nun muss ich zurück ins Dorf“. Kastlhuber erhob sich und streckte den Rücken durch.

„Und was ist mit Neutoblach? Gilt dafür dieselbe Regel?“

Der Wachtmeister setzte sich die Mütze auf, klopfte die Uniformjacke beiläufig ab und antwortete: „Wenn Sie in Neutoblach politisch aktiv werden wollen, dann sind Sie frei, das zu tun. Allerdings, seien Sie dabei diskret, sonst wecken Sie damit nur schlafende Hunde.“

Er salutierte und verließ das Büro Hanuscheks.

„Warum nur darf ich in Neutoblach, was ich in Toblach nicht darf?“, fragte Hanuschek sich, während er durch das Fenster sah, wie sich der Wachtmeister festen Schrittes den Weg durch den Schnee bahnte.

„Vielleicht ist dieser Wachtmeister einfach nur ein wenig verrückt.“

Doch Kastlhuber war nicht verrückt. Indem er Hanuschek eine Sache verbot und ihm gleichzeitig eine andere erlaubte, täuschte er eine Liberalität vor, die in Wirklichkeit gar nicht existierte. Da Hanuschek gerade erst angekommen war, konnte er nicht wissen, dass die Menschen, die nach Neutoblach kamen, sich kaum für sozialistische Ideen interessierten. In ihrer Mehrheit waren es Adlige, Bankiers, Neureiche – Stars und Sternchen der damaligen Zeit. Neutoblach war in diesem Milieu zu Berühmtheit gelangt, nachdem der deutsche Thronfolger Friedrich III. im Spätsommer des Jahres 1887 drei Wochen lang im Grandhotel Urlaub gemacht hatte.

Friedrich III. kam in guter Stimmung an, obwohl er schwer krank war. Die Ärzte hofften, dass der Aufenthalt in der guten Luft des Hochpustertales zur Heilung beitragen könnte. Der Prinz und seine Familie genossen den Urlaub. Seine Gattin schrieb später aus Venedig: „Ich vermisse die Spaziergänge und die reine Luft, die schönen Nadelwälder und die herrliche Umgebung von Toblach sogar hier im entzückenden Venedig." Doch es half alles nichts. Im Herbst 1888 bestieg Friedrich III. den Thron und nach genau 99 Tagen starb er an Kehlkopfkrebs. Diese Geschichte war so ganz nach dem Geschmack der zu heftigen, romantischen Gefühlen neigenden Oberschicht. Neutoblach erlebte einen grandiosen Aufschwung. Es wurde zur Mode, an dem Ort Urlaub zu machen, an dem der Kaiser zum letzten Mal glücklich gewesen war.

Wachtmeister Kastlhuber wusste, dass kein noch so geschickter Propagandist unter diesem Publikum Anhänger hätte finden können. Vielleicht gab es die eine oder andere verwöhnte Prinzessin, die mit der Revolution flirtete, doch das war nichts, wovor man sich in Wien oder sonst wo hätte fürchten müssen. Solch schnell aufgeflammte Leidenschaften waren nicht von Bestand. Sie erstarben meist bevor die betreffende Prinzessin von der Sommerfrische wieder zurück in ihre Heimat fuhr.

Es dauerte ein paar Wochen, bis Hanuschek die Strategie des Wachtmeisters durchschaute. Er musste nur die Passagiere betrachten, die an seinem Bahnhof ausstiegen, um Bescheid zu wissen, dass er, der

Sozialdemokrat Hanuschek, bei ihnen keine Chance hatte. Da kamen Herren, gekleidet in feinstem Tuch, die mit gebieterischen Gesten den Gepäckträgern Anordnungen erteilten und den Bahnhofsvorsteher Hanuschek keines Blickes würdigten. Damen entstiegen den Zügen, die wie ein ganzes Blumenbeet dufteten und so aussahen, als seien sie aus Porzellan. Gouvernanten, gefolgt von einer Schar adrett gekleideter Kinder, die mit ihren Kasernenhofstimmen alle erschreckten, die auch nur entfernt in ihre Nähe kamen. Am schlimmsten war der Anblick der Hündchen, die kläffend auf den Bahnsteig sprangen und, bevor sie Hanuschek verscheuchen konnte, gegen die Laternenpfähle pinkelten und davon liefen, ihren Herrchen nach, die sich aufmachten, um nach wenigen Metern in das luxuriöse Grandhotel einzutreten, wo sie das zu ihrer Begrüßung aufgereihte Personal wie zum Verkauf stehende Sklaven musterten.

Hanuschek packte bei diesem Anblick die Wut. Manchmal musste er sehr an sich halten, um nicht loszuschreien, irgendetwas von Gleichheit, Freiheit und Brüderlichkeit. Er hielt sich zurück, und die Anstrengung brachte seinen Körper zum Beben, dass er mitunter fürchtete, einem Herzinfarkt zu erliegen. Nur nachts, in seinen Träumen, lebte er diese Wünsche aus. Da stand er dann am Bahnsteig, reckte die Faust in die Höhe und schrie: *„Nieder mit der Ausbeuterklasse! Es lebe der Sozialismus!“* Daraufhin warfen die Gepäckträger ihre Last ab und gingen auf die Herren los, um sie im Namen der Revolution zu verhaften. Die Kutscher stiegen von ihren Kutschböcken, lösten die Pferde vom Geschirr und trieben sie davon, hinaus auf die Wiesen, denn, so sagten sie: *„Die Revolution gilt auch für die Tiere!“* Natürlich galt das nicht für die dekadenten Hündchen der Herren, die kurzerhand auf die Bahngeleise geworfen wurden, in der Erwartung, dass sie der nächste aus Wien kommende Zug niederwalzen würde. Das war das einzige Blut, das in der Hanuschekschen Revolution vergossen wurde, denn ihm war Gewalt grundsätzlich suspekt, auch wenn er in seiner Jugend davon ausgiebig Gebrauch gemacht hatte, um sich in Lemberger Straßenkämpfen zu behaupten. Der Höhepunkt dieser sozialistischen Nachtträume des Bahnhofsvorstehers Hanuschek war erreicht, wenn das gesamte Personal des Grandhotels, die Zimmermädchen, die Kellner, die Wäscherinnen, die Köche, die Näherinnen, die Liftboys und Pagen – wenn sie alle in einer langen, endlosen Prozession aus dem Haupteingang des Grandhotels kamen und sozialistische Arbeiterlieder sangen, und den Zug bestiegen, den Hanuschek selbst nach Wien steuerte, um dort die Revolution anzuführen. Immer dann, wenn er mit seinen Passagieren, die nicht nur deshalb vor Aufregung zitterten, weil sie drauf und dran waren, eine Regierung zu stürzen, sondern auch, weil sie zum ersten Mal eine große Stadt wie Wien zu Gesicht bekamen, im Westbahnhof einrollte, wachte Hanuschek schweißgebadet auf. Denn es war der Moment gekommen, den Kaiser zu entmachten, und das brachte der kaisertreue Revolutionär nicht übers Herz. Das waren die Träume, die er in Toblach träumte, in seinem Bett im ersten Stock des Bahnhofs, von dem aus er, wenn er morgens erwachte, einen Blick auf das Grandhotel hatte, die Ursache seiner Empörung. „Dieser Kastlhuber“, dachte er dann, „dieser Kastlhuber hat mich reingelegt.“

Das aber weckte in Hanuschek den Sportsgeist. Nach einigem Überlegen begann er die Sache als Wettkampf zu betrachten. Er wollte dem Kastlhuber nicht nur beweisen, dass der Sozialismus das Ergebnis des unerbittlichen Fortschreitens der weltgeschichtlichen Gesetze war, die keine Macht der Welt, selbst ein verschlagener Wachtmeister nicht, aufhalten konnte, sondern auch, dass der Bahnhofsvorsteher Hanuschek Mittel und Wege finden würde, dem Lauf der Weltgeschichte auch hier in Toblach nachzuhelfen.

Hanuschek begann, sich mit dem Personal des Hotels bekannt zu machen. Das war nicht ganz einfach, denn diese armen Menschen, wie Hanuschek sie nannte, mussten über den Hintereingang, der vom Bahnhof aus nicht einsehbar war, in das Grandhotel gehen. Es war für ihn daher schwer, Kontakt zu den Bediensteten aufzunehmen. Dazu musste er sich vom Bahnhof weg begeben, ohne das Misstrauen des Wachtmeisters Kastlhubers zu wecken. Er ging davon aus, dass der Wachtmeister überall seine Zuträger hatte und deshalb über all seine Bewegungen bestens informiert sein würde. Zur Tarnung legte sich Hanuschek eine Dogge zu, was für ihn, der Hunde hasste, ein außergewöhnlicher Dienst an der Revolution war. Die Dogge, die er Viktor nannte, rechtfertigte regelmäßige, tägliche Spaziergänge in Neutoblach, ohne dass irgendjemand Verdacht schöpfen könnte. Wenn das Personal aus Toblach frühmorgens in das Grandhotel kam, traf es auf seinem Weg den Bahnhofsvorsteher Hanuschek, an der Leine ein vor Sabber triefendes Ungeheuer. Hanuschek ließ sich Zeit mit der Kontaktaufnahme. Er grüßte im Vorbeigehen freundlich, musterte die Gesichter, auf der Suche nach einer gewissen Offenheit. Es dauerte ziemlich lange, bis er eine Person ausgemacht hatte, von der er glaubte, er könne sie ansprechen und mit etwas Glück und Geschick auch für seine Idee gewinnen. Das Objekt seiner Anwerbung hieß Frieda. Sie arbeitete als Küchengehilfin im Grandhotel, war Mitte zwanzig, unverheiratet und lebte zusammen mit ihren Eltern und fünf Geschwistern in einem bescheidenen Häuschen am Rande vom Toblach. Nun wäre es nicht ganz richtig zu behaupten, allein revolutionäre Erwägungen hätten Hanuschek dazu gebracht, Frieda anzusprechen. Sie war im ganzen Dorf wegen ihrer Schönheit bekannt, und Hanuschek war trotz allen revolutionären Eifers dafür durchaus empfänglich. Überhaupt hatte er sich die Auffassung vieler damaliger Wiener Sozialisten zu eigen gemacht, wonach Schönheit und Sozialismus zusammengehörten, dass das eine ohne das andere nicht zu haben sei. *Wer für den Sozialismus ist, der ist auch für die Schönheit, und wer für die Schönheit ist, der befindet sich schon auf dem Pfad des Sozialismus* – dieser Satz eines bekannten Arbeiterführers aus Wien klang ihm noch im Ohr, als er Frieda an einem kalten, sonnigen Märztag endlich ansprach. „Einen schönen Tag, gnädiges Fräulein," sagte Hanuschek zu Frieda und stellte sich ihr so geschickt in den Weg, dass sie nicht weitergehen konnte, sich aber gleichzeitig nicht bedrängt fühlte. Frieda, die eine schüchterne Person war, schlug die Augen nieder und flüsterte: „Guten Tag, Herr Bahnhofsvorsteher."

„Wie heißen Sie denn, mein liebes Fräulein?"

„Frieda, Frieda Kofler."

„Ach, Frieda, das ist ein schöner Name."

Die Dogge Viktor wurde angesichts dieser Plauderei ungeduldig und begann an der Leine zu zerren. Hanuschek brauchte all seine Kraft, um sie zurückzuhalten.

„Sie sind aus Toblach, nicht wahr?", sagte Hanuschek und dabei entfuhr ihm ein Seufzer, weil Viktor so heftig zog, dass es ihn in den Armen schmerzte.

„Ja“, antwortete Frieda und blickte auf. Hanuschek sah die grün schimmernden Augen Friedas und er vergaß alles, die Dogge, den Sozialismus und, ja, auch seine Frau, die zu Hause saß und um diese Uhrzeit bestimmt das Frühstück vorbereitete, das er nach dem Spaziergang mit Viktor einzunehmen pflegte. Ihm wurde schwindelig.

„Ist alles in Ordnung?“, fragte Frieda, die bemerkte, dass der Bahnhofsvorsteher wankte.

„Ja, oh ja, es ist ...“, Hanuschek senkte den Blick, „es ist nur dieser Hund ... ich meine, mein lieber Viktor, er ist heute so ungestüm ...“

Frieda beugte sich nieder und strich Viktor mit der Hand über den mächtigen Schädel. Viktor beruhigte sich augenblicklich und begann zu schnurren wie eine Katze.

Das ist kein Hund, das ist eine Memme, dachte Hanuschek im Stillen und wünschte sich insgeheim doch, dass Frieda ihm dieselbe Aufmerksamkeit zukommen ließ wie diesem abstoßenden Tier.

„Ein lieber Hund“, sagte Frieda und richtete sich wieder auf. Sie blickte Hanuschek direkt in die Augen und er fühlte, wie sich ein flaues Gefühl in seinem Bauch breitmachte.

„Ich muss nun leider zur Arbeit, Herr Bahnhofsvorsteher.“

Geistesgegenwärtig antwortete Hanuschek: „Darf ich Sie ein Stück begleiten?“

Frieda zögerte. Hanuschek setzte nach: „Viktor würde sich freuen.“

Daraufhin stimmte Frieda zu. Die drei gingen zusammen die letzten paar hundert Meter zum Grandhotel, wo sie sich am Hintereingang verabschiedeten.

Hanuschek traf Frieda von nun an täglich auf ihrem Weg zur Arbeit. Sie plauderten über unverfängliche

Dinge, meist über Viktor. Die Dogge schien ohne Frieda nicht mehr glücklich zu werden. Während sie den ganzen Tag über apathisch hinter dem Ofen lag, fing sie an wie wild zu bellen, wenn sie Frieda die Straße entlang kommen sah. Alles Leben kehrte in sie zurück. Hanuschek konnte nicht leugnen, dass er die ungehaltene Freude Viktors durchaus teilte. Sie ist nun mal ein Sonnenschein, dachte er bei sich, ein Tag ohne sie ist ein dunkler Tag. Frieda legte bald ihre Scheu ab, und Hanuschek lernte eine aufgeweckte, dem Leben zugewandte junge Frau kennen. Er war so mit ihrer Schönheit beschäftigt, dass er Gefahr lief, seine eigentliche Aufgabe, nämlich Frieda für die Sache des Sozialismus zu gewinnen, vernachlässigte. Dass das nicht geschah, dafür sorgten die hochwohlgeborenen Gäste, die nun, da der Sommer anbrach, immer zahlreicher in Toblach ankamen, um sich hier ausgiebig dem Müßiggang hinzugeben. Als Folge dieser massiven Anwesenheit reicher Leute suchten ihn nachts seine Träume in intensiverer Form heim. Das führte dazu, dass er bei aller Ablenkung, die ihm das Leben in der Gestalt von Frieda bot, nicht vergaß, sie anzuwerben. Er begann mit unmerklich eingestreuten Bemerkungen, wie zum Beispiel der, dass er als Bahnhofsvorsteher nicht verstehen könne, warum Züge in drei oder manchmal sogar vier Klassen eingeteilt waren. Da er zu Recht davon ausging, dass Frieda im christlichen Geiste erzogen worden war, berief er sich auf die Bibel. „Da steht doch“, sagte er an einem sonnigen Maimorgen zu Frieda, „dass alle Menschen gleich sind. Wenn ich mich recht erinnere, dann ist Gott sogar auf der Seite der Armen.“

Frieda nickte abwesend. Sie war mit Viktor beschäftigt, der sein triefendes Maul an ihre Beine schmiegte und dabei ihre Schürze voll sabberte.

„Ich glaube aber nicht, dass Gott vierter Klasse fährt, oder Frieda?“

Sie lachte nun ein helles, klingendes Lachen. „Nein, bestimmt nicht.“

Hanuschek sah den Moment gekommen, um sein Argument zu platzieren.

„Wenn Gott keine Unterscheidung zwischen den Menschen macht, warum sollen es dann die Menschen tun?“

Frieda schaute ihn nachdenklich an. Sie schwieg eine Weile. Dann verabschiedete sie sich mit den Worten, dass es schon spät sei. Hanuschek lächelte. Er hatte den ersten Samen gesät.

Die auf solche Weise wochenlang andauernde, beharrliche propagandistische Tätigkeit hinterließ Spuren. Frieda begann Fragen zu stellen, die sie sich noch nie gestellt hatte, sie sah Dinge, die sie noch nie so gesehen hatte. Wenn sie miterlebte wie ihr Vater, ein Kleinhäusler mit von Arbeit geschundenem Körper, von einem der Toblacher Großbauern schlecht behandelt wurde, fielen ihr die Worte Hanuscheks ein, wonach das Schicksal nicht gottgegeben, sondern von Menschen gemacht und daher auch veränderbar sei. Wenn sie hörte, dass wieder einmal ein Zimmermädchen entlassen und aus Toblach verschickt worden war, weil einer der hier auf Urlaub weilenden Herren sie aus reiner Gier und Lust geschwängert hatte, dachte sie daran, wie Hanuschek ihr erzählt hatte, dass viele dieser Herren Vermögen besaßen, das ihre Familien im Laufe der Jahre und Jahrzehnte dem Volk geraubt hatten. Nach jedem Gespräch mit Hanuschek veränderte sich Frieda ein wenig mehr. Ob sie zur Sozialistin wurde, das ließ sich nicht genau sagen, denn dafür fehlte ihr der Begriff, doch entwickelte sie einen Sinn für Gerechtigkeit, der es ihr immer schwerer machte, die Verhältnisse in ihrem heimatlichen Toblach zu akzeptieren, wie sie waren. Sie begann, ihren Vorgesetzten im Grandhotel zu widersprechen. Das fiel sehr bald auf, denn in dem Grandhotel war man nicht an aufmüpfiges Personal gewohnt. Die allgemeine Haltung war geprägt von der Auffassung, dass man doch froh sein müsse, überhaupt eine Arbeit zu haben, und schon gar in diesem noblen Haus, wo man die Ehre hatte, die edelsten Herren aus ganz Europa zu bedienen. Doch Frieda ließ sich immer weniger beeindrucken. Von Hanuschek gestärkt suchte sie die Auseinandersetzung. Die Nachricht von dem unbotmäßigen Verhalten der Küchengehilfin Frieda Kofler erreichte bald die Chefin des Grandhotels. Nicht umsonst nannten sie alle nur: Die Chefin. Ihr richtiger Name war schon fast in Vergessenheit geraten. Sie fackelte nicht lange. Sie ging hinunter in die Großküche, ließ das gesamte Küchenpersonal antreten, dann hielt sie Frieda eine Standpauke und warf sie in hohem Bogen hinaus. Frieda weinte bittere Tränen, doch machte sie Hanuschek keine Vorwürfe. Er hatte ihr nur die Augen für die Welt geöffnet, und diese Welt war ungerecht.

Hanuschek erfuhr von ihrem Rauswurf erst eine Woche, nachdem sie das Hotel hatte verlassen müssen. Zuerst dachte er, sie sei erkrankt, dann hoffte er, sie sei nur nach Bruneck gereist, um in der Stadt ein paar Besorgungen zu machen, doch nach und nach dämmerte ihm, dass etwas Ernstes geschehen sein musste. Auch Viktor plagten schwere Vorahnungen. Den ganzen Tag über winselte und jaulte er derart jämmerlich, dass Hanuschek nach dem Tierarzt rief, der dem Hund eine Spritze verpasste, die ihn ein paar Stunden lang betäubte. Kaum war Viktor wieder aufgewacht, ging sein herzzerreißendes Gejammer wieder los. Schließlich fragte Hanuschek bei seinen morgendlichen Spaziergängen eine Küchengehilfin, die er nur flüchtig kannte, nach Frieda. Diese antwortet knapp, sie habe ihre Stelle verloren. Bevor sie weiter eilte, bat sie Hanuschek, sie doch bitte in Ruhe zu lassen, denn er, das sei allen im Grandhotel klar, er sei die Ursache für Friedas Rauswurf.

Wie konnte das sein, dass Frieda einfach hinausgeworfen wurde? War es möglich, dass es seine Schuld war? Doch am schlimmsten war, dass Frieda nicht mehr da war. Er verfiel in tiefe Niedergeschlagenheit. Er sprach nicht mehr, aß kaum, die Züge, die zu dieser Jahreszeit voll mit Reisenden waren, fertigte er teilnahmslos ab. Nachdem sie ihren Mann mehrere Tage lang in diesem elenden Zustand erlebt hatte, rief Hanuscheks Frau den Arzt, doch dieser konnte kein körperliches Gebrechen feststellen. Es dauerte mehr als zwei Wochen, bis sich Hanuschek von dem Schock erholt hatte. Er sprach wieder mit seiner Frau, wenn auch in einsilbiger Weise. Nach und nach nahm er wieder am Bahnhofsleben teil. „Du gehörst zum Bahnhof. Ohne dich fehlt was", sagte seine Frau, als er noch still vor sich hinleidend darniederlag. Sie hatte ja Recht. Hanuschek war mit Leib und Seele Eisenbahner, Fackelträger des Fortschritts, Sozialist, Zukunftsoptimist. Er musste nur die Geleise an seinem Bahnhof betrachten und sich überlegen, wohin diese führten, bis nach Wien, nach Prag, nach Budapest, nach Sarajevo, bis in das ferne galizische Lemberg an der russischen Grenze, und er fühlte sich als Teil einer großen Maschine, welche die Menschheit in eine leuchtende Zukunft führte. Nein, der sozialistische Bahnhofsvorsteher Hanuschek würde weiterhin für die gute Sache arbeiten. Das mit

Frieda war ein Rückschlag, nicht mehr. Das warf ihn nicht um.

Freilich, er konnte sie nicht vergessen. Über Umwege erfuhr er, dass sie zunächst nach Brixen gegangen und von dort aus in das schweizerische Engadin weitergezogen war, wo sie in einem teuren Hotel eine Anstellung fand. Das beruhigte ihn, doch wollte er die Sache nicht auf sich beruhen lassen. Wenn er auch sonst wenig für sie tun konnte, so wollte er doch die Verantwortung übernehmen und, soweit es ihm möglich war, ein gutes Wort für sie einlegen. Er schickte der Chefin des Hotels per Boten einen Brief, in dem er sie sehr höflich wissen ließ, dass er sie in einer dringenden, persönlichen Angelegenheit zu sehen wünsche. Zu seiner Überraschung tauchte die Chefin wenige Stunden später prompt in seinem Büro auf. Hanuschek hatte gehört, dass sie eine überaus resolute Frau war, mit der man besser keinen Spaß trieb. Doch nichts konnte ihn auf die Wucht vorbereiten, mit der sie in das Bahnhofsbüro eintrat. Kaum öffnete sich die Tür, fühlte er sich, als rase ein Schnellzug direkt auf ihn zu. Der Atem stockte ihm augenblicklich, seine Nackenhaare richteten sich auf, eine schmerzende Lähmung erfasste seinen ganzen Körper.

„Ich habe gehört, Sie wollen mich sprechen. Hier bin ich!“, sagte die Chefin mit kalter, schneidender Stimme. Hanuschek bot ihr einen Platz an, doch sie lehnte ab. Sie habe keine Zeit sich hinzusetzen, sie müsse ein Hotel führen, ein Grandhotel. Tatsächlich war sie es, die von unbändiger Energie getrieben, das Grandhotel Toblach in ganz Europa berühmt gemacht hatte. Obwohl sie die Wünsche und die Bedürfnisse des europäischen Adels offensichtlich sehr gut verstand und sie auch zu befriedigen wusste, war sie doch eine

Frau aus dem Volke geblieben. Sie war von direkter, zupackender Art.

„Ich habe, wie ich schon sagte, sehr wenig Zeit. Sagen Sie mir rundheraus, was Sie wünschen."

Hanuschek berichtete ihr umständlich, dass er Grund zu der Annahme habe, seine Rede von Gleichheit und Brüderlichkeit sei es gewesen, welche die Küchengehilfin Frieda angestiftet habe, über die bestehenden Verhältnisse nachzudenken, und vielleicht, aber das wisse er nicht, auch dazu verleitet habe, eben diese Verhältnisse öffentlich in Frage zu stellen. Auch wenn er, führte er weiter in verschachtelter Rede aus, zutiefst bedaure, was mit Frieda geschehen sei, könne er doch nicht von seinen Überzeugungen lassen. Er habe tun müssen, was er tat. Er sei nun einmal Sozialist und werde es weiter bleiben.

„Sozialist sind Sie also?", sagte die Chefin.

„Ja", gab Hanuschek mit stolz geschwellter Brust zurück.

Die Chefin begann, im Büro auf und ab zu gehen. Sie schaute durch das halboffene Fenster auf die satten Wiesen jenseits der Bahngeleise. Es herrschte frühsommerliches, strahlendes Wetter. Sie sog ihre Lungen mit wohlriechender Luft voll, ihr Gesicht nahm binnen Sekunden eine ein bisschen gesündere Farbe an. Sie wandte sich wieder Hanuschek zu.

„Ich bin eine einfache Frau, ich verstehe nichts von solchen Dingen wie Sozialismus oder Kapitalismus", sie verschränkte ihre Hände über der Brust, „doch eines kann ich Ihnen mit Sicherheit sagen: Erfolgreich arbeiten kann man nur, wenn klar ist, wer das Kommando hat. Glauben Sie denn wirklich, dass man ein Hotel wie dieses führen kann, wenn alle dauernd alles in Frage stellen?"

Hanuschek zögerte mit der Antwort.

„Denken Sie ja nicht, ich sei ein böser Mensch", sagte die Chefin, „und denken Sie auch nicht, dass ich unsere Angestellten ausbeute."

„Aber, es gibt da Dinge", hakte Hanuschek ein, „es gibt Dinge, die dem Menschen die Würde rauben."

„Was meinen Sie damit?", fragte die Chefin, die ein interessiertes Gesicht aufsetzte. Hanuschek erwähnte das Erstbeste, was ihm gerade einfiel.

„Zum Beispiel die Geschichten mit den geschwängerten Zimmermädchen. Es kommt immer wieder vor ..."

„Ja, das kommt immer wieder vor", unterbrach ihn die Chefin.

„Und ich finde, es ist ein Skandal, dass die hohen Herren sich das erlauben können."

Hanuschek erhitzte sich nun, da ihm einfiel, dass auch Frieda ihm berichtet hatte, sie sei einmal von einem edlen Gast bedrängt worden.

„Ein Skandal, so, so", sagte die Chefin, ihre Verachtung kaum verbergend, „jetzt sage ich Ihnen einmal etwas. Glauben Sie nicht, dass mir das gefällt. Doch passiert es. Es passiert hier bei uns, wie es überall passiert. Das ist der Lauf der Dinge. Die Reichen nehmen sich, was sie sich nehmen wollen, und wenn es ein unschuldiges Zimmermädchen ist ..."

„Und Sie finden nichts dabei", fiel ihr Hanuschek ins Wort. Er war nun kampfeslustig.

„Unterbrechen Sie mich nicht!", die Chefin trat näher an ihn heran. Er hatte das Gefühl, dass ihr ganzer Körper sich dabei aufblähte.

„Skandal? Wollen Sie, dass ich es Skandal nenne? Das können Sie gerne haben. Ich sage es Ihnen deutlich", sie betonte jede einzelne Silbe: „Es ist ein Skandal, dass unsere Gäste mir nichts dir nichts Zimmermädchen schwängern. Skandal! Skandal! Skandal!"

Sie machte eine Pause.

„Sind Sie jetzt zufrieden?"

Hanuschek war um eine Antwort verlegen.

„Die Welt, sage ich Ihnen, ist kein schöner Ort, und wenn Sie ihn verbessern wollen, dann seien Sie mir herzlich willkommen. Doch erzählen Sie mir nichts. Ich weiß, wovon ich rede ..."

„Ja, wissen Sie das?", unterbrach Hanuschek sie abermals.

„Oh ja, besser als Sie. Die Mädchen, von denen Sie hier schwadronieren, kommen nämlich zu mir. Verstehen Sie? Sie kommen zu mir, weil sie Hilfe brauchen. Und ich verjage sie nicht, sondern ich suche ihnen eine andere Stellung, und ja, manchmal vermittle ich ihnen eine Engelmacherin. Dafür riskiere ich meinen Kopf, während Sie hier in Ihrem Bahnhof große Reden schwingen, helfe ich den armen Mädchen."

„Das ist alles?", empörte sich Hanuschek.

„Alles?", die Chefin erhob die Stimme. „Ob das alles ist, fragen Sie? Reicht es nicht, dass ich meinen Kopf riskiere? Soll ich zur Polizei gehen und einen einflussreichen Grafen aus Wien anzeigen, weil er ein armes Mädchen aus Toblach als Nachspeise vernascht hat? Wissen Sie, was dann passiert? Dann ist das Hotel morgen geschlossen. Und wir? Wir stehen alle auf der Straße. Was wissen Sie schon von unserer Welt, Sie kommen doch aus Wien ..."

„Aus Lemberg", warf Hanuschek ein.

„Was?"

„Ich komme aus Lemberg, Galizien, weit im Osten."

„Woher Sie auch immer kommen, es mag sein, dass die Zimmermädchen in Ihrer Heimat zu Ihrer Partei laufen, wenn sie vergewaltigt werden, oder zur Gewerkschaft oder gar zur Polizei – und es kann sogar sein, dass sie Recht bekommen."

Die Chefin holte abermals tief Luft.

„Doch hier, in Toblach, da gibt es das alles nicht. Keiner schützt diese Mädchen, keiner. Deshalb kommen sie zu mir, wo sollen sie sonst hin? Ja, zu mir kommen sie. Will das in Ihren Kopf gehen, Sie Sozialist!"

Hanuschek schwieg. Er war verunsichert. Frieda, dachte er, hätte zu mir kommen können. Aber, in der Tat, was hätte ich dann getan? Wäre ich zum Wachtmeister Kastlhuber gelaufen? Hätte der Wachtmeister mir und Frieda überhaupt geglaubt? Wäre er eingeschritten? Nein, die Lage war etwas komplizierter. Das musste Hanuschek einsehen. Doch wollte er nicht klein beigeben, er wollte ein Prinzip verteidigen.

„Ach, das System ist doch grundfalsch. Das ist es ja, was wir Sozialisten sagen. Es ist das System, das gestürzt werden soll."

„Und wie bitte, wollen Sie das machen, mein Herr?"

„Durch die Revolution", antwortete er etwas verzagt.

„Umsturz, meinen Sie? Dass ich nicht lache!" Sie streckte ihre Hände aus.

„Sehen Sie das?"

Hanuschek sah die rissigen, knotigen Hände der Chefin.

„Das sind Hände einer Arbeiterin, nicht einer Hoteldirektorin! Und ich sage Ihnen was, Veränderung kommt mit viel harter Arbeit. Veränderung kommt langsam, mühevoll, sie kommt nicht auf einen Schlag. Umsturz ist was für krankhafte Naturen, das ist was für Faulenzer", sie zog ihre Hände zurück. Ihr Gesicht hatte einen harten Ausdruck angenommen, und ihre graublauen Augen funkelten drohend.

„Gehen Sie nach Toblach, Herr Bahnhofsvorsteher Hanuschek!“

„Warum? Was meinen Sie?“

„Gehen Sie dorthin und Sie werden sehen, dass auch dieses Dorf sich ändert.“

„Was meinen Sie? Ich lebe doch schon seit einem halben Jahr hier. Ich war im Dorf ...“

„Schauen Sie sich richtig um. Schauen Sie, wie dieses Hotel das ganze Dorf ändert. Gehen Sie, danach reden wir weiter.“ Mit diesen Worten drehte sie sich um und rauschte wie ein Wirbelwind aus dem Büro. Hanuschek blieb verwirrt zurück. Was meint sie bloß, dachte er. Als er sich gerade wieder an seinen Schreibtisch setzen wollte, ging die Tür auf. Es war die Hotelchefin.

„Ich vergaß, Herr Hanuschek, die Stelle im Engadin, die habe ich der Frieda besorgt. Nur damit Sie Bescheid wissen.“

Dann knallte Sie die Tür zu.

Aber wie hätte er wissen können, dass die Chefin Frieda in ihrer Not unter die Arme griff. Und ja, erst jetzt fiel es ihm ein: Warum war Frieda nicht zu ihm gekommen? Hatte sie kein Vertrauen zu ihm? Nein, das war es nicht, dachte Hanuschek. Sie hatte ihm doch schon manch Persönliches anvertraut, über die Sorgen ihrer Familie, über ihre Ängste und Hoffnungen hatte sie gesprochen, sie hatte ihm sogar erzählt, dass es da einen jungen Mann im Dorf gebe, der ihr gefiel und den sie, wenn es denn zu machen sei, gerne heiraten würde. Als sie das sagte, spürte er einen Stich im Herzen, doch ließ er sich nichts anmerken. Über solche Dinge sprach sie mit ihm, und doch suchte sie ihn nicht auf, nachdem sie im Hotel die Stelle verloren hatte. Langsam dämmerte es Hanuschek, dass sie nicht gekommen war, weil sie wusste, dass er nichts für sie tun konnte. Nichts.

Hatte die Chefin doch Recht? Der Bahnhofsvorsteher Hanuschek und sein Gerede vom Sozialismus, das war nichts weiter als Großmäuligkeit. Sie bewirkte für das Leben des Einzelnen gar nichts. Vielleicht war es in Wien möglich, etwas an den Schicksalen der ausgebeuteten Menschen zu ändern, oder in einer anderen Großstadt, wo es eine große, gut organisierte Arbeiterklasse gab. Aber hier auf dem Land, in Toblach, da waren die Verhältnisse festgezurrt, eindeutig und unverrückbar. Wo oben war und wo unten, das war sehr klar. Hanuschek schienen seine politischen Überzeugungen plötzlich nichts weiter als naiver Kinderglaube zu sein, sympathisch, aber durch und durch harmlos.

Das Gespräch mit der Chefin verfolgte ihn den Rest des Vormittags. Warum wollte sie, dass er sich im Dorf umsah? Was änderte sich dort? Was meinte sie?

Hanuschek kramte in den Erinnerungen der letzten Monate. Wachtmeister Kastlhuber hatte ihm zwar verboten, im Dorf Toblach zu agitieren, doch er konnte ihm nicht verwehren, sich wie jeder andere im Dorf umzusehen. Hanuschek war an unterschiedlichen Tagen nach Toblach gegangen. Denn er glaubte, dass man eine Sache immer von mehreren Seiten betrachten müsse, und jeder Ort, ob Dorf oder Stadt, zeigte je nach Tag und Uhrzeit ein anderes Gesicht. Manchmal war er schon frühmorgens da, manchmal begab er sich mittags in ein Gasthaus und sah mit Belustigung, wie die Händler und Bauern unter einem geschnitzten Kruzifix Karten spielten, und an späten Nachmittagen beobachtete er, wie minderjährige Kuhhirten die Tiere in den Stall trieben, um sie dort zu melken. Er hatte Toblach auf diese Weise recht gut kennen gelernt.

Da ließ er sich nichts vorwerfen, auch nicht von der Chefin.

Nachdenklich ging er in seinem Büro auf und ab. Er schaute auf die Uhr. Bald würde ein Sonderzug aus Wien kommen. Die Bahndirektion hatte ihm ein Telegramm übermittelt, wonach dieser Zug von dem Wiener Grafen Franz Hasso von Breitenbach bestellt worden war, einem entfernten Verwandten des Kaisers. Die Bahndirektion bat Hanuschek daher, diesem Sonderzug eine entsprechend zuvorkommende Behandlung zukommen zu lassen. Sie führte nicht aus, was sie erwartete, doch wusste Hanuschek aus Erfahrung, was dies bedeutete. Der Bahnhofsvorsteher sollte die Einheimischen, die sich am Toblacher Bahnhof bei ankommenden Zügen üblicherweise in größeren Mengen einfanden, auf diskrete Distanz zu den Passagieren halten. Die Herrschaften sollten nicht durch gaffendes Volk gestört werden.

Hanuschek ging auf den Bahnsteig. Die ersten Kutscher brachten sich am Vorplatz in Position, und da noch Zeit war, hängten sie ihren Pferden Hafersäcke ums Maul. Die Gepäckträger prüften nochmals, ob die Räder ihrer Karren gut geschmiert waren, die Diener klopften sich Staub von ihren Jacken, und die Boten schnürten ihre Schuhe fester. Die ersten Neugierigen trafen ein. Es lag eine gespannte Erwartung über dem Bahnhof. Hanuschek wusste inzwischen einiges über das Publikum, das sich hier einfand. Da gab es hauptberufliche Kutscher genauso wie Bauern, die sich in Schale warfen, um sich als improvisierte Kutscher ein schnelles Zubrot zu verdienen; da gab es Männer, die ihre Familien für den Sommer bei Verwandten untergebracht hatten, um ihre Wohnungen Gästen anzubieten, die sich das Grandhotel nicht leisten konnten; da gab es Risikofreudige, die all ihr Geld in kleine Pensionen gesteckt hatten, die sie hofften, füllen zu können; da gab es junge, kräftige Burschen, die den Auftrag hatten, möglichst viele von den Gästen, die noch keine Unterkunft hatten, nach Toblach zu lotsen und sie dort auf freie Zimmer zu verteilen; da gab es die Touristenführer, die von einer Bergwanderung in den Dolomiten bis hin zu einer Stadtbesichtigung in Bruneck alles im Angebot hatten. Alles in allem ein buntes Völkchen, das für Hanuschek genauso zum Bahnhofsleben gehörte wie er selbst.

Aus der Ferne war der Pfiff eines Zuges zu hören. Im selben Moment traf es Hanuschek wie einen Schlag. Er verstand plötzlich, was die Chefin meinte. Er hatte Toblach nur mit den Augen eines Sozialisten gesehen. Das ging gar nicht anders. Er bemerkte die gekrümmten Rücken der alternden Knechte, die von harter Arbeit ausgezehrten Gesichter der Mägde, die früh alternden Weidehirten, das herrische Auftreten der Großbauern, die Verschlagenheit der Pferdehändler, und wenn er sonntags zur rechten Zeit nach Toblach ging, sah er, wie der Pfarrer selbstherrlich seine Schäfchen in die Kirche führte, um sie hinters katholische Licht zu führen. Das alles empörte ihn. Was er nicht gesehen hatte, war das Bild, das sich ihm hier am Bahnsteig bot. Lauter Menschen, die jede sich bietende Gelegenheit am Schopf packten, ihr Schicksal zu wenden; was er nicht sah, war ihr Erfindungsreichtum, ihre Bereitschaft zum Risiko, ihr Wille, es im eigenen Namen zu versuchen. Das ist es, was die Chefin meinte. Das Grandhotel stieß Toblach ein Tor auf, und es lag an jedem Einzelnen, ob er es durchschreiten wollte. Es war kein Umsturz, doch war es Veränderung, und sie fand unter Hanuscheks Augen statt, hier an seinem Bahnhof, an diesem

Bahnsteig. „Umsturz ist etwas für Faulenzer!“, dieser Satz der Chefin saß wie ein scharfes Messer tief in seiner Brust. Bei jedem Atemzug spürte er den Schmerz.

Der schrille Pfiff des herannahenden Zuges riss ihn aus seinen Gedanken. Er griff nach der Kelle und ging auf den Bahnsteig. Ihm fiel die Anweisung der Bahndirektion ein, doch tat er, von Selbstzweifeln gelähmt, nichts gegen die nun herandrängende Menschenmenge. Er griff nicht ein, als sich mehrere Männer an den Rand des Bahnsteiges stellten und dort Schilder in die Höhe hoben: „Zimmer frei!“, oder: „Saubere und geräumige Zimmer“, und auf einem dritten war zu lesen: „Willkommen bei uns“. Die drei Männer versuchten die Aufmerksamkeit der ankommenden Gäste zu erregen, die in Vorfreude auf ihre Ankunft aus den Fenstern des fahrenden Zuges ihre Hälse reckten. „Zimmer frei! Zimmer frei!“, schrie einer der drei so laut, dass er sogar das Fauchen der Dampflokomotive übertönte.

„Sei still, sei still. Was sollen die hohen Gäste denken!“, rief einer aus der Menge.

„Was sagst du da? Still soll ich sein?“, schrie der Angesprochene mit hochrotem Kopf und schlug dem Nächstbesten mit seinem Pappschild so heftig auf den Kopf, dass das Blut nur so spritzte. Erst jetzt erwachte Hanuschek aus seinen Selbstbetrachtungen.

„He, He!“, schrie er. „Was macht ihr da! Nicht auf meinem Bahnhof! Nicht auf meinem Bahnhof!“

Er wollte dazwischen gehen, doch er kam an die Streitenden nicht heran, um sie herum hatte sich eine dichte Menschenmenge gebildet. Die Schlägerei breitete sich wie ein Brand aus. Als der Zug zum Stehen kam, herrschte auf dem Bahnsteig ein solch wildes Durcheinander, dass der Schaffner den Gästen riet, vorerst einmal nicht auszusteigen und alle Fenster und Türen geschlossen zu halten. Entsetzt schauten die Passagiere auf die in sich verkeilte Menge. Sie hatten eine ländliche Idylle erwartet, und nun flogen vor ihren Augen die Fäuste, Blut floss, Knochen brachen und herausgeschlagene Zähne fielen auf die Geleise. Hanuschek versuchte mitten im diesem Gewühl seine Würde als Bahnhofsvorsteher zu bewahren, doch nachdem ihm ein Unhold die Mütze vom Kopf geschlagen hatte, stürzte er sich auf ihn und begann ihn so zu traktieren, wie er es in der Lemberger Vorstadt gelernt hatte, wo er unter Straßenjungen aufgewachsen war. Als die bis dahin noch Unbeteiligten sahen, wie der Bahnhofsvorsteher wild um sich schlug, begriffen sie, dass jegliche Autorität zusammengebrochen war. Sie warfen sich mit markerschütterndem Barbarengeheul in das Kampfgetümmel. Je länger die Schlägerei dauerte, desto vergnügter wurden die adligen Passagiere in ihren sicheren Abteilen. Dem ersten Schrecken wich langsam die Belustigung. Graf Hasso Franz von Breitenbach, Organisator der Reisegesellschaft und seit vielen Jahren Stammgast in Toblach, behauptete, das wilde Treiben auf dem Bahnsteig sei in Wahrheit nichts als ein inszeniertes Schauspiel, eine besonders originelle Idee der Chefin des Grandhotels. Sie habe damit wohl auf seine Anregung im letzten Sommer reagiert, sagte er mit näselnder Stimme. Er habe sich über Langeweile beklagt und die Hoffnung zum Ausdruck gebracht, dass die Führung des Hotels den Gästen hin und wieder auch einmal etwas Besonderes biete. Tatsächlich, die Chefin hatte ihn erhört. Der Graf frohlockte. Es sei doch tausendmal besser, durch eine kernige Schlägerei empfangen zu werden, verkündete er seinen Mitreisenden, als von dem fürchterlichen Krach, den die lokalen Musikkapellen bei solchen Gelegenheiten üblicherweise veranstalteten. Wir sollten, rief er belustigt, der Chefin dankbar sein, dann schaute er weiter mit großer Neugier auf den Pöbel, der sich vor seinen Augen zu Brei schlug. Die noble Reisegesellschaft sah sich durch diesen Anblick im Übrigen in ihrer Auffassung bestätigt, dass man das Volk auf keinen Fall unbeaufsichtigt lassen dürfe. Der Kaiser, so sagte eine ältere Prinzessin, tue gut daran, seine Untertanen mit straffen Zügeln zu führen. Man stelle sich nur vor, rief eine Bankiersgattin, dass diese Menschen uns regierten. Auf dieses Wort hin begann Graf Franz Hasso von Breitenbach die Kaiserhymne zu intonieren. Alle stimmten fröhlich ein und gaben damit der auf dem Bahnsteig tobenden Schlacht den passenden musikalischen Rahmen.

Als die Chefin von dem Tumult am Bahnhof hörte, schickte sie sofort einen Boten zum Wachtmeister Kastlhuber. Er solle eiligst kommen, möglichst nicht alleine, denn die Lage sei außer Kontrolle. Sie lief zum Bahnhof, doch auch sie konnte angesichts der wütenden Menge, deren einzelnes Element sich inzwischen regelrecht einander verbissen hatte wie eine Meute Kampfhunde, nichts ausrichten. Mit wachen Augen sah sie über die Köpfe des Mobs hinweg und registrierte, dass hinter den Scheiben des Zugabteils Graf Franz Hasso von Breitenbach ihr in ausgelassener Stimmung zuwinkte. Sie begriff sofort, dass der edle Herr den Ernst der Lage nicht erkannte, sondern glaubte, die inzwischen zu einem regelrechtem Blutbad ausufernde Schlägerei sei eine zusätzliche Dienstleistung der Hoteldirektion für die edlen Gäste, die in ihrem Leben von Langweile geplagt wurden wie von einem nie nachlassenden Juckreiz. Es blieb ihr nichts übrig, als dem Grafen zuzuwinken und dabei fröhlich zu lächeln. Das wiederum ermunterte den Grafen, die Fenster der Zugabteile öffnen zu lassen, woraufhin die Klänge der Kaiserhymne zu hören waren. Der gerade mit drei Mann Verstärkung zu Pferd herangaloppierende Wachtmeister Kastlhuber glaubte daher, eine tapfere Einheit der k. u. k. Armee wäre schon zur Stelle, um den Ausbruch der Revolution in Toblach zu verhindern. Dementsprechend motiviert warf er sein Pferd in das Getümmel. Die Menge stieb, von den Hufen der Pferde getrieben, panikartig in alle Richtungen. Wachtmeister Kastlhuber schlug mit seinem schweren Knüppel auf alle Köpfe, Körper und Gliedmaßen, die ihm gerade unterkamen. Er empfand eine gewisse Freude dabei. Manche flüchteten über die Geleise, um ihr Heil in der Flucht über grüne Wiesen zu suchen, andere stürmten in den Bahnhof, wo sie aus Wut und Verzweiflung alles niederrissen, was ihnen in den Weg kam und so ein Bild der Verwüstung hinterließen. Wieder andere legten sich Schutz suchend unter den Zug und wären dabei fast ums Leben gekommen, denn der Lokomotivführer glaubte ebenso wie Kastlhuber, dass die Revolution ausgebrochen sei. Er wollte mit seinem Zug eiligst nach Bruneck dampfen, um die dort kasernierten Armeeeinheiten zu benachrichtigen. Kastlhuber konnte ihn im letzten Moment daran hindern. Das tat er jedoch nicht, weil er die Leute, die unter dem Zug sich versteckt hielten, retten wollte, sondern, weil er der Meinung war, er könne mit den Revolutionären aus Toblach schon allein fertig werden. Das wäre doch gelacht, dachte er sich, während er seinen Knüppel niedersausen ließ. Er erinnerte sich an seine Ausbildung, die er vor mehreren Jahrzehnten absolviert hatte. Er sah, als wäre es gestern gewesen, den dicken Ausbilder vor sich, wie er ihnen einbläute, dass sie *immer, verstehen Sie!, immer zuerst die Anführer einer Demonstration neutralisieren müssen. Das ist das A und O unserer Arbeit!* Diese Worte im Kopf suchte der Wachtmeister den Hanuschek, denn selbstverständlich hielt er den Sozialisten für die Ursache des Tumults. Es dauerte eine Weile, bis er ihn fand. Hanuschek wälzte sich mit einem seiner Gegner im Staub, einem kräftigen Bauern aus Toblach. Neben ihm zerriss die Dogge Viktor gerade eines der unglücklichen Herrenhündchen mit ein paar Bissen. Hanuschek schrie wie ein Berserker, während er auf das Gesicht des Bauern einschlug, das vom herabfließenden Blut bereits so unkenntlich geworden war, dass ihn nicht einmal seine eigene Frau hätte identifizieren können. Die Kräfte des Bauern schwanden offensichtlich, was Hanuschek zu noch härteren Schlägen ermunterte. Als sein Gegner schließlich völlig ermattet die Glieder von sich streckte, stürzte er sich wie eine blutrünstige Bestie auf ihn und biss ihm ins Ohr, worauf dieser aufjaulte. In diesem Augenblick ritt Wachtmeister Kastlhuber heran. Er sah den Hanuschek, wie er sich, ein Stück Ohr seines Gegners im Mund, aufrichtete, und da packte den Wachtmeister das Grauen und er dachte nur: „Scheißsozialist!“, ritt auf ihn zu und erledigte ihn mit einem einzigen Schlag seines Knüppels.

Das war das grausame Ende des Bahnhofsvorstehers Hanuschek aus Lemberg, den es nach Toblach verschlagen hatte, wo er im Jahr 1905 versuchte, den Sozialismus einzuführen.

Graun, 1949

Es war ein strahlender, warmer Septembertag gewesen, als Pfarrer Romuald im Dorf ankam. Der Himmel spannte sich blau und weit, und selbst der Wind hatte an diesem Tag ein Einsehen und verschonte das Tal mit seinen berüchtigten, plötzlichen Wutanfällen, die jene, die an sie nicht gewöhnt waren, in die Flucht schlug. Pfarrer Romuald stieg zusammen mit seiner Schwester aus dem Bus. Sie führte ihm in den ersten Jahren den Haushalt, bis sie einen Friseur heiratete und nach Brixen zog, wo dieser ein Geschäft betrieb, das nicht schlecht lief, wie es hieß. Seitdem halfen der Messner und seine Frau dem Pfarrer seinen Alltag zu bewältigen, kochen, waschen, putzen, einkaufen, die wenigen Tiere versorgen und die handtuchgroßen Wiesen bewirtschaften, die zum Widum gehörten. Der Pfarrer hatte kein eigenes Einkommen und war zu einer bescheidenen Lebensführung gezwungen. Seine Schwester verschwand bald aus dem Gedächtnis des Messners und auch aus dem des Dorfes, das war normal und nicht ein Zeichen von Gleichgültigkeit, denn sie war eine Frau und an eine Frau erinnerte man sich hier in der Regel weniger als an einen Mann, obwohl die Frauen mindestens so gegenwärtig waren wie die Männer, doch war ihre Anwesenheit eher eine private und keine öffentliche, und daher fanden sie nur selten Eingang in die Geschichten des Dorfes. Des Pfarrers Schwester hatte nur eine paar Jahre ihren Dienst getan, und Brixen gehörte, obwohl es nicht viel mehr als 150 Kilometer entfernt lag, einem anderen Planeten an. So weit fuhr man damals nicht, weil einem der Anlass fehlte, die Möglichkeit und das Geld. Jede Reise, die über Mals hinausführte, hatte den Geschmack des Abenteuers.

Es gab nicht viele, die sich freiwillig hinaus in die Welt begaben, und es erschien niemandem ratsam, es ohne Not zu tun. Im Dorf galt der Spruch, dass man nicht über das Lange Kreuz hinaus heiraten sollte, also nicht weiter als bis Mals sich seine Frau suchen. Alles, was über dem Langen Kreuz hinaus sei, das kenne man nicht, das sei irgendwie fremd und anders, und das Andere barg Gefahren, ganz und gar unnötige, denn man konnte ja immer in der vertrauten Umgebung fündig werden, vor der Haustür gewissermaßen.

Auch aus diesem Grund war der Messner aufgeregt. Er begleitete den Pfarrer zur Bushaltestelle. Romuald begann an diesem Tag eine weite Reise. Er fuhr nach Rom. Der Messner zeigte seine Nervosität nicht, sondern stand nur still am Straßenrand und nickte den Dorfbewohnern zu, die vorbeikamen, um dem Pfarrer ihre Glückwünsche mitzugeben. Der Pfarrer bemühte sich um Gelassenheit, indem er dem Messner beiläufig sagte: „Schönes Wetter heute. Bergwetter!" und dann blickte er hinauf über die steilen Hänge, auf die Gipfel, die sich klar und scharf abzeichneten. Er war im Dorf bekannt dafür, dass er die Berge liebte. Er ging immer dorthin, wenn ihm etwas über den Kopf wuchs, wenn er an etwas zweifelte oder ihn die Wut packte. Das vermuteten die Grauner jedenfalls, denn sie sahen ihren Pfarrer die Berghänge schnell, trittsicher und ohne zurückzuschauen hinauflaufen, als hätte er Angst davor, stehen bleiben zu müssen, als müsste er über die Pässe flüchten, nach Österreich oder weiter in den Süden, nur weg von diesem Dorf. Die Vorstellung, dass der Pfarrer davonlaufen wollte, war grundlegend falsch, denn er blieb bis zu seinem Tod hier, obwohl ihm der Bischof im Laufe der Jahre mehrmals ein höheres Amt in einer größeren Gemeinde angeboten hatte. Der fluchtbereite, fernsüchtige Pfarrer also war ein Bild, das der Phantasie der Dorfbewohner entwuchs, ihrem Sehnen nach der Fremde, die sich trotz aller Heimattreue manchmal in ihnen breitmachte, trotz aller Furcht vor der Welt und ihren Gefahren. In dem himmelwärts strebenden, alle Hindernisse überwindenden Pfarrer spiegelten sich die Wünsche der Dorfbewohner, die unausgesprochen blieben, denn es galt die eiserne, ungeschriebene Regel, dass es in der Heimat am schönsten war. Auch wenn das nicht alle immer so empfanden, dieser Satz war für die Bewohner wie das erste Gebot einer ungeschriebenen Bibel, so dass sie selbst daran glaubten und sich schuldig fühlten, wenn sie manchmal die Enge des Tals nicht mehr ertrugen, die harte Arbeit, das karge Essen, den Wind, die Kälte und die mangelnde Aussicht, sich in diesem Leben je verbessern zu können.

Der Messner kannte derlei Gefühle nicht. Er war in Graun geboren, er lebte ohne zu klagen und gedachte, hier zu sterben. Die Gewissheit, dass sein Leben in dieser vorgeschriebenen Bahn verlaufen würde, beruhigte ihn jetzt, da er auf den Bus wartete und sich die Entfernung nach Rom vorzustellen versuchte, es ihm aber nicht gelang. Er wusste sie zwar in Kilometern zu sagen, aber sie sich begreiflich, vorstellbar zu machen, das war ihm gänzlich unmöglich. Das lag freilich auch daran, dass der Pfarrer dorthin fuhr, um vom Papst empfangen zu werden. Der Papst in seiner Allmacht erschien dem Messner wie etwas Entrücktes, aus der Zeit Gefallenes, etwas Ewiges, dem man sich nicht annähern könne, nicht jedenfalls, indem man Kilometer um Kilometer zurücklegte. Nicht einmal Worte hatte der Messner dafür. Er war ganz ergriffen vor Ehrfurcht, wenn er daran dachte, dass sein Pfarrer bald schon Pius XII. treffen würde. Sein Pfarrer, der vor neun Jahren hier angekommen war, mit nur einem kleinen Koffer in der Hand, seiner Schwester im Schlepptau, ein kleiner, dünner Mann, der, wie der Messner bald feststellte, von schüchterner Natur war, die allerdings ganz und gar in den Hintergrund rückte, wenn er vom Zorn gepackt wurde, was leicht geschehen konnte. Er konnte in Wut geraten, wenn die Menschen sich in der Kirche nicht benahmen, wie es sich gehörte, wenn sie am Eingangstor hinten herumstanden, der Predigt nur mit einem Ohr zuhörend, tuschelten und den lieben Gott einen guten Mann sein ließen. Der Messner musste dann auf Geheiß des Pfarrers diese Leute ermahnen, nach vorne zu kommen und nicht nur halb teilzunehmen an der Messe, denn das verstieß gegen ihre Christenpflicht.

Es gab einen unter diesen Pflichtvergessenen, an den sich der Messner genau erinnerte. „Ich komme nicht nach vorne, auch wenn du es mir hundert Mal sagst!", hatte er ihm geantwortet und zwei Wochen später war eben dieser Mann ganz vorne, am Altar in einem Sarg, denn bei der Arbeit war er ganz überraschend tot umgefallen. Da hatte sich der Messner so seine Gedanken gemacht und er war zu dem Schluss gekommen, dass es wohl besser sei, den Anweisungen des Pfarrers zu folgen, der schließlich direkt mit Gott in Kontakt stand. Daran dachte er, während der Bus vom Reschen kommend in die Hauptstraße des Dorfes einbog, mit kreischenden Bremsen zum Stehen kam, Staub aufwirbelte, der in der Luft tanzte und sich auf das schwarze Gewand des Pfarrers senkte, sodass dieser sich den Anzug abklopfte, bevor er auf die offene Tür des Busses zuging.

„Gott sei mit Ihnen!", rief ihm der Messner noch in den Bus hinein nach. Der Pfarrer winkte, setzte sich auf einen Fensterplatz und sah zu seinem Erstaunen, dass sich inzwischen fast das ganze Dorf draußen versammelt hatte, um ihn zu verabschieden. Er hob die Hand zum Gruß, dabei blieb sein Blick an den Menschen hängen, mit deren Leben und Schicksalen er bis ins Intimste hinein vertraut war und denen er sich tief verbunden fühlte, obwohl er manchmal über ihren Hang zürnte, die Dinge Gottes nicht zu ernst zu nehmen. Da standen sie nun, blickten mit ernsten Gesichtern auf ihn und luden ihm noch einmal schweigend die gesamte ihnen verbliebene Hoffnung auf. Der Pfarrer nämlich fuhr zum Papst, um die Flutung des Dorfes zu stoppen, die vom Staat beschlossen worden war. Es war ihre letzte Chance, denn alle anderen Eingaben und Proteste bei den Behörden waren bisher fruchtlos geblieben. Die Kirche sollte nun helfen. Dass es dem Pfarrer gelungen war, eine Audienz beim Papst zu bekommen, werteten die meisten als gutes Zeichen, dass ihr Anliegen erfolgreich sein würde.

Als der Bus anfuhr und Pfarrer Romuald das letzte Mal die Hand hob und dabei sah, wie die Dorfbewohner ihm ebenfalls zuwinkten, langsam und schwer, da fühlte er, wie sich sein Magen zusammenkrampfte. Ihm stiegen die Tränen in die Augen. Die Aussicht, er könne mit seinem Unterfangen scheitern, erschien ihm so schrecklich, dass er sie sich nicht ausmalen wollte. Die Passagiere im Bus sprachen kein Wort, sie alle wussten, warum der Pfarrer zugestiegen war, wohin er fuhr, und auch sie gaben ihm durch ihr Schweigen zu verstehen, dass sie auf ihn und seine Mission setzten, denn schließlich wäre ein großer Teil des Tales von der Flutung betroffen gewesen. Die Last der Verantwortung drückte ihn.

Er hatte in den ersten Minuten seiner Fahrt mit Atemnot zu kämpfen, die er normalerweise nicht kannte, nicht einmal wenn er auf die höchsten Höhen der Berge stieg.

Nun da die karge Landschaft des Vinschgaus an ihm vorbeizog, musste er daran denken, wie er hier angekommen war. Aufgeregt war er gewesen, denn er hatte keine Vorstellung davon gehabt, was ihn erwartete. „Es ist eine sehr fromme, eine gottesfürchtige Gemeinde", hatte man ihm gesagt, um ihn zu beruhigen, und das war durchaus notwendig gewesen, denn es war seine allererste Gemeinde. Es sollte auch die letzte sein, aber das wusste er noch nicht, als er mit dem Bus ankam.

Wie hatte er gestaunt über die große Kirche. „2500 Gläubige haben hier Platz", sagte ihm der Messner, der ihn und seine Schwester abgeholt hatte. Kaum hatte er seinen Koffer im Widum abgestellt, wollte er die Kirche sehen, für ihn war sie das Herz und Zentrum des Dorfes, und er würde es in den nächsten Jahren den Dorfbewohnern auch einbläuen, dass sie gefälligst Gottes Haus zum Zentrum ihres Lebens machen sollten. Er selbst ging mit gutem Beispiel voran und besuchte niemals eines der drei Grauner Wirtshäuser, um dort Karten zu spielen oder ein Glas Wein zu trinken, wie es manche Dorfpfarrer damals zu tun pflegten und daher im Volk als gemütlich und harmlos galten. Er wollte das nicht, denn für ihn war Gott ein fordernder, verlangender, ein drängender Gott.

Es waren schwierige Zeiten, als er 1940 ankam. Es herrschte Krieg, die Südtiroler hatten sich in einer übergroßen Mehrheit entschieden, ihre Heimat zu verlassen und ins Reich überzusiedeln. Die Kirche hatte keinen leichten Stand bei den Nazis, von denen es im Dorf keine gab, jedenfalls keine, an die man sich später erinnerte. Doch so mancher hatte sich durch die neue Weltanschauung den Kopf verdrehen lassen. „Seht doch, ihr braucht vor dem Pfarrer nicht mehr den Hut zu ziehen!", sagte damals einer im Wirtshaus, um einen Vorzug der Nazis zu verdeutlichen. Er erntete dabei aber keine Zustimmung, denn dass man den Pfarrer nicht mehr grüßen musste, erschien den Zuhörern wie eine Unhöflichkeit. Die Kirche war für sie kein Unterdrücker, auch wenn ihnen dieser strenge Pfarrer gelegentlich auf die Nerven ging, so hatten sie ihn doch sehr schnell in ihre stillen Herzen geschlossen.

Natürlich duckten sie sich vor den Nazis und hielten sich zurück, wenn es um Fragen des Glaubens ging. Auch der Pfarrer enthielt sich damals jeder politischen Äußerung und er überging schweigend manches, was er eigentlich nicht hätte schweigend übergehen dürfen. Das wusste er in seinem Inneren, und hätte es doch nie zugegeben. Die Verfehlungen der Kirche, darüber sollte man nicht öffentlich sprechen. Das war seine Auffassung. Doch plagte ihn der Gedanke an zwei Dorfbewohner, die während der Nazizeit verschwunden waren, der eine war ein Trinker gewesen, der andere ein mittelloser Witwer. Sie verschwanden und man wusste, dass sie nie mehr wiederkommen sollten, dass die Nazis sie als Asoziale betrachteten, für die es keine Verwendung geben konnte in dem neuen System, das auf Herrenmenschen aufbaute. Auch wenn man nicht darüber sprach, so war doch allen klar, was mit diesen Menschen geschah. Obwohl der Pfarrer sonst in fast allen Dingen des Dorfes ein Wort mitzureden hatte, machten ihm die Menschen in diesem Fall keine Vorwürfe. Denn was hätte er machen sollen, sagten sich die Grauner, er musste doch selber aufpassen, dass ihm nichts zustieß. Doch ihn plagte die Erinnerung. Er hatte gehört, dass es in jener Zeit Kirchenmänner gegeben hatte, die den Nazis die Stirn boten, erfolgreich sogar.

Es war möglich gewesen, zu widerstehen. Er empfand es auch deswegen als Versäumnis, nichts für den Trinker und den Witwer getan zu haben. Man hätte vermuten können, dass ihn dies antrieb, sich mit großer Vehemenz und Hartnäckigkeit gegen den Bau des Staudammes und die Flutung des Tales einzusetzen. Doch das spielte nur eine sehr diffuse Rolle bei seiner Entscheidung, auf die Barrikaden zu gehen.

Natürlich wollte er jenen helfen, die ihm anvertraut waren. Er tat es aus der Überzeugung heraus, dass den Seinen eine große Ungerechtigkeit widerfahren würde. Gleichzeitig war der Pfarrer ein Mann mit eigenen politischen Meinungen. Der Staat, der italienische Staat im Besonderen, war für ihn ein Gebilde, dem er mit tiefstem Misstrauen gegenüberstand. Er hatte sich – wie viele seiner Brüder – nie damit abgefunden, dass dieser Staat auch in vielen Auseinandersetzungen mit dem Papst entstanden war. Hinzu kam noch, dass es in den Augen des Pfarrers dieser Staat gewesen war, der nach dem Ersten Weltkrieg Südtirol an sich gerissen hatte, ohne jedes Recht, außer dem des Siegers, es sich einfach erlauben zu können, fremdes Territorium zu besetzen. Der Pfarrer fühlte sich gewissermaßen zweimal beraubt, und nun setzte dieses Monstrum zu einem finalen Schlag an: Es wollte das Dorf Graun fluten lassen, um sich daran zu bereichern. Das wollte er mit aller Kraft verhindern.

Als der Bus die engen Kurven der Töller Talenge bei Meran erreichte und den schroffen Felsen entlang brummend und zuckelnd auf die Stadt zufuhr, fühlte der Pfarrer eine große Einsamkeit angesichts der Aufgabe, die er sich gestellt hatte. Er, der kleine, unbedeutende Landpfarrer, wollte dem Staat, dem gefräßigen, rücksichtlosen Ungeheuer, eine Niederlage zufügen! Er kam sich vermessen vor und flüchtete sich in ein Gebet, das er leise sprach, während der Bus die Stadtgrenze passierte und in das Zentrum rollte, wo er umsteigen würde, um nach Bozen zu fahren. Dort wartete der Bischof auf ihn. Sie würden zusammen nach Rom fahren. Das beruhigte ihn jedoch keineswegs, vielmehr steigerte es nur seine Aufregung, denn schließlich war er es gewesen, der den Bischof überzeugt hatte, den Papst um eine Audienz zu bitten. Der Bus hielt auf dem Vorplatz des Bahnhofs von Meran an. Der Pfarrer stieg aus, nahm seinen Koffer entgegen und eilte auf die andere Straßenseite, wo der Verbindungsbus nach Bozen schon wartete, laut hupend, um die säumigen Passagiere zur Eile zu drängen. Die Luft um ihn herum war erfüllt von Abgasen, Motorenlärm und dem Geschrei der Menschen, die dicht gedrängt standen, um sich herum Koffer, Taschen, Kisten, Kartons. Der Krieg lag mehr als vier Jahre zurück, und immer noch kehrten Soldaten aus Gefangenenlagern zurück, mit den zerknautschten Kappen ihrer ehemaligen Uniformen auf den Köpfen, eingehüllt in billigen, abgewetzten Stoff, der ihnen um die dünnen Glieder flatterte. Immer noch waren Menschen unterwegs, bei denen man auf den ersten Blick erkennen konnte, dass sie nicht viel mehr besaßen als das, was sie tragen konnten, manche von ihnen kamen von jenseits der Grenze, wohin sie der Krieg und die leeren Versprechungen der Nazis gelockt hatten, andere brachen gerade auf, um ein neues Leben zu beginnen, in einem anderen, fernen Land, das ihnen hoffnungsvoller erschien als das eigene. Der Pfarrer hatte, als er durch diese zusammengewürfelte Menge hindurchging, das Gefühl, er sei von einer leisen Verzweiflung umgeben, die dicht unter der Oberfläche lag und nur einen nichtigen Anlass brauchte, um nach oben zu schwappen und sich in Klagen und Tränen zu äußern. Zart und wild erschienen ihm die Menschen, niedergedrückt und entschlossen zugleich, er spürte eine Kraft in ihnen, die aber, kaum dass er sie zu fassen und zu verstehen glaubte, wieder verschwand. Obwohl es ausschließlich Einheimische waren, Menschen, von denen der Pfarrer also vermuten konnte, dass sie hier verwurzelt waren, haftete ihnen Flüchtigkeit an, ein Windstoß konnte genügen, um diese Menschen zu vertreiben, an einen Ort, an dem sich ihre Spuren verloren.

Der Pfarrer dachte an die beiden jungen Männer aus Graun, die vor kurzem erst verhaftet und zu jahrelangen Haftstrafen verurteilt worden waren. Wie waren doch gleich ihre Namen? Er wusste es schon nicht mehr, obwohl er ihre Gesichter noch vor Augen hatte, ihre vom Krieg gezeichneten Züge, ihre vom vielfachen Tod, den sie gesehen hatten, stumpf und leer gewordenen Augen. Die beiden Männer machten Brutalität, die ihnen der Krieg beigebracht hatte, zur Grundlage eines Geschäftszweiges. Damals wurde viel geschmuggelt. Die Grenze zu Österreich war löchrig. Wenn man die Gegend gut kannte, die richtigen Kontakte hatte, und das notwendige Maß an Unerschrockenheit, dann ließen sich gute Geschäfte machen. Die beiden ehemaligen Soldaten warteten auf die Schmuggler und nahmen ihnen dann mit der Waffe in der Hand die Ware ab, die diese unter Lebensgefahr über die Grenze gebracht hatten. Sie waren von der richtigen Annahme ausgegangen, dass die Schmuggler nicht zur Polizei gehen würden, um sie anzuzeigen, da sie selbst das Gesetz gebrochen hatten. Sie konnten ihr Geschäft relativ gefahrlos abwickeln, es musste ihnen nur gelingen, ihre Opfer einzuschüchtern, damit sie alles hergaben, was ein großes Maß an Entschlossenheit und Bereitschaft zum Äußersten erforderte. Die Schmuggler zählten gewiss nicht zu den furchtsamen Menschen. Eines Tages ging etwas schief. Ein Schmuggler wehrte sich, ein Schuss löste sich und traf ihn in den Bauch. Die Schreie des tödlich Verletzten, so erzählte man sich im Dorf, hallten im ganzen Wald wieder. Die Täter flüchteten. Die Polizei kam ihnen auf die Spur, weil sie mit besonderer Sorgfalt nach ihnen suchte, um der Bevölkerung zu beweisen, dass sie auch nach diesem verheerenden Krieg durchaus Herr der Lage war. Der Staat wollte zeigen, dass er über Macht und Autorität verfügte, gerade in Südtirol, wo er unter den Bewohnern wenig Ansehen besaß. Auch deshalb wurden die beiden zu mehr als dreißig Jahren verurteilt. Sie verschwanden in einem Gefängnis, das irgendwo im Süden Italiens lag, von dem aber keiner im Dorf wusste wie es hieß, noch wo genau es sich befand. Die beiden hatten niemanden, der nach ihnen gefragt hätte, keine Mütter, keine Väter, keine Kinder und keine Frauen. Als wären sie von niemandem geboren worden und in einem menschenleeren Ort aufgewachsen, und nicht im Vinschgau, wo doch jeder jeden zu kennen schien.

Wie seltsam, dachte der Pfarrer, wie seltsam das Schicksal der beiden doch war. Wie konnten sie einfach verschwinden, ohne dass irgendjemand noch nach ihnen gefragt hätte? Wie war das möglich, wenn doch alle darauf beharrten, dass sie eine Gemeinschaft waren, die mit dieser Erde so tief verwurzelt war, dass das Fehlen eines Einzelnen das Gesamte beschädigte? Was war das für eine Heimat, aus der man einfach herausgerissen werden konnte, lautlos vom Schicksal verschluckt?

Der Pfarrer merkte mit Unbehagen, dass die Ursache dieser für ihn so ungewöhnlichen Fragen in seinem eigenen Versäumnis lag, die beiden Männer, damals die angeblich wertlosen Menschen, vor den Nazis beschützt zu haben. Auch sie waren eines Tages einfach weg gewesen, wie die beiden Verbrecher. Natürlich ließen sie sich nicht vergleichen, doch ging es nicht um ihre Taten, sondern um die Gemeinde, die ihr Verschwinden hingenommen hatte, wortlos, als sei eine höhere Macht am Werke, der man nichts entgegensetzen konnte. Diese Gleichgültigkeit mochte viele Ursachen haben, den Pfarrer aber beschlich ein unangenehmes Gefühl, das er schnell wieder unterdrückte; er wollte sich jetzt keine Zweifel erlauben über die Menschen, die von ihm erwarteten, sie und ihr Dorf zu retten. Er wollte auch an sich nicht zweifeln. Bevor er in den Bus nach Bozen einstieg, blickte er noch einmal über die Menschenmenge und er mochte sich gar nicht vorstellen, dass seine Grauner ebenso enden konnten, wenn er keinen Erfolg hatte – auf dem Vorplatz eines Bahnhofs lagernd, auf ihrem Gepäckstücken sitzend, nervös, erschöpft, ratlos und bei jedem lauten Geräusch unruhig auffahrend, um sich blickend wie gehetzte Tiere, denen jeder Ausweg verstellt war.

Die Fahrt nach Bozen verlief ruhig, der Pfarrer schlief ein. Draußen zogen die Straßendörfer vorbei, im ersten Dämmerlicht des Abends, schattenhaft und still. Die Menschen gingen in ihre Häuser, um sich vor der kommenden Nacht zu schützen. Durch die Straßen floss ungehindert schwammiges Licht, das alle Konturen, alle Ecken und Kanten aufweichte und sanft hinüberführte in die Dunkelheit. Der Himmel schwärzte sich im Osten ein, während er im Westen die Reste des strahlenden Tages in einem tiefen, kristallenen Blau sammelte. Im Bus herrschte Schweigen. Der Pfarrer träumte schwere Träume, sein Kopf wackelte im Rhythmus der Kurven hin und her. Er wachte selbst dann nicht auf, als der Busfahrer am Stadtrand von Bozen scharf abbremsen musste, um nicht mit einem Radfahrer, der achtlos und ohne Licht die Straße überquerte, zusammenzustoßen.

Erst als der Bus am Bahnhof zum Stehen kam und dabei ein Zischen aus seinem Inneren drang, das die Stille des nächtlichen Platzes mit einem Mal entzweischnitt, wachte der Pfarrer auf. Seine Lider waren schwer. Er brauchte eine Weile, um sich zu orientieren. Schließlich stieg er aus, blickte auf seine Uhr und lief eiligen Schrittes in das Hauptgebäude des Bahnhofes. Der kleine Koffer, den er in der Hand hielt, schlug ihm dabei gegen den Oberschenkel. Er hatte nicht viel eingepackt, denn er würde nur einen Tag und eine Nacht bleiben. Zeit genug, um dem Papst die Petition zu übergeben, im Petersdom zu beten und wieder zurückzufahren. In der Halle des Bahnhofsgebäudes sah der Pfarrer zunächst niemanden. Er fürchtete, dass er den Zug verpasst hatte, und die anderen Priester gemeinsam mit dem Bischof schon auf dem Weg waren. Hastig ging er tiefer in die Halle hinein, hinter einer Säule sah er zu seiner Erleichterung die Gruppe von Pfarrern. Sie umringten den Bischof, der zu ihnen sprach. Es war ein seltsamer Anblick, denn der hohe Würdenträger wirkte wie ein Klassensprecher, der letzte Anweisungen vor einem Ausflug gab. Auf Pfarrer Romuald wirkte dies entwürdigend. Als er sich dem Bischof näherte, um ihn zu begrüßen, konnte er seine Irritation nur mit Mühe verbergen.

„Ach, Guten Abend!“, begrüßte ihn der Bischof beiläufig. Er hatte ein erschöpftes, schlaffes Gesicht.

Seine Müdigkeit kam nicht vom mangelnden Schlaf, auch nicht von zu vieler Arbeit, sie kam aus seinem Innersten. Dort saß ein Schmerz, der ihn verzehrte, Tag und Nacht. Das war kein Geheimnis, sondern im ganzen Land bekannt, dass der Bischof an sich selber litt. Er hatte nämlich einen Fehler begangen, der sich als unverzeihlich herausstellte.

Als die Südtiroler sich 1939 entscheiden mussten, ob sie im Land bleiben, dafür aber italianisiert werden, oder nach Hitlerdeutschland auswandern wollten, als sie für eine der beiden Möglichkeiten optieren mussten, da entschied sich der Bischof für das Dritte Reich. Das war damals nicht überraschend gewesen, doch nach dem Krieg wirkte es, als hätte der Bischof allzu große Sympathien mit den Nazis gehabt. Er war kompromittiert und erholte sich nicht mehr von diesem Schlag, den er sich selbst versetzt hatte.

Der Pfarrer war deswegen kein Gegner des Bischofs. Im Gegenteil, er war der erste, an den er sich wandte, als es ihm zufiel, sein Dorf vor den Fluten zu retten. Es war der Bischof gewesen, der ihm die Audienz beim Papst verschaffte. Er hatte schnell und unbürokratisch reagiert, und jetzt, da er vor ihm stand, begriff er auf Anhieb, warum. Auch der Bischof war bemüht, etwas gutzumachen, auch er wollte seinen Schmerz durch gute Taten lindern und sein eigenes Versagen damit vergessen. Das kannte der Pfarrer von sich selbst.

„Wir reden etwas später über die Petition", sagte der Bischof in leisen Worten. Danach forderte er alle auf, ihm zu folgen, und wieder berührte es den Pfarrer peinlich, als er seinen Oberhirten durch das Bahnhofsgebäude schreiten sah, den Schweif schnatternder Priester hinter sich herziehend. Er schwieg. Die Müdigkeit saß bleiern in seinen Gliedern. Er war froh, als ihm der Zugschaffner endlich ein Abteil für die Nacht zuwies, das er sich gemeinsam mit fünf seiner Brüder teilen sollte. Er verrichtete sein Abendgebet, legte sich auf die harte Bank, entschuldigte sich und fiel schnell in einen unruhigen, flachen Schlaf, in den die Geräusche der Außenwelt leicht eindrangen. Er schrak immer wieder auf und dabei sah er das besorgte Gesicht eines seiner Brüder über sich, aus dessen Mund die Frage kam, ob denn alles in Ordnung sei und ob er denn nicht Hilfe bräuchte. Er verneinte jedes Mal. So verging die Nacht. Am Morgen war er als Erster wach. Der Zug rauschte durch den Nebel, der aus den Tälern und Mulden draußen emporkroch und sich zäh und träge über die Landschaft legte. Reisen, dachte der Pfarrer, wie schön es ist, zu reisen.

Ursprünglich wollte er ja Missionar werden, am liebsten in Afrika. Deshalb hatte er die Missionsschule im englischen Millhill besucht, doch stellte sich bald heraus, dass seine körperliche Konstitution nicht für die klimatischen Härten Afrikas geschaffen war. Er versuchte sich dagegen zu wehren, er betete, er argumentierte und schließlich protestierte er. Doch es half nichts. Seine Vorgesetzten blieben hart. Er musste seinen Traum begraben. Er kehrte nach Südtirol zurück, wo er sein Fernweh zähmte, indem er auf die Berge lief, um von den Gipfeln so weit wie möglich in den Horizont zu blicken, von dem er nie aufhören sollte zu glauben, dass er für ihn eine Überraschung, eine besondere Aufgabe bereit hielt. Er verbarg diese Sehnsucht, er grub sie sorgfältig in sich ein, so dass nicht einmal der Messner, der ihn am besten kannte, davon auch nur den Hauch einer Ahnung haben konnte. Der Pfarrer wollte den Graunern nie das Gefühl geben, dass sie für ihn nur zweite Wahl gewesen waren. Das hatten sie nicht verdient.

Die Abteiltür ging mit einem Ruck auf. Der Assistent des Bischofs reckte seinen vogelartigen Kopf herein. Er erblickte den Pfarrer und winkte ihn mit einer wortlosen Geste zu sich. Der Pfarrer folgte ihm hinaus in den Gang. „Der Bischof will Sie sehen", flüsterte der Assistent, wandte sich um und ging voran. Der Pfarrer folgte ihm, in dem schlingernden Zug mühevoll das Gleichgewicht haltend.

Der Bischof nickte, als er in sein Abteil trat. Er rang sich mühsam ein Lächeln ab.

„Setzen Sie sich!", sagte er und zog ein Blatt Papier aus seiner Aktentasche. „Lesen Sie das und sagen Sie mir, ob Sie einverstanden sind." Der Pfarrer las es sehr sorgfältig. Als er damit fertig war, schaute er auf und sagte: „Das ist sehr gut. Besonders gefallen hat mir die Stelle, an der Sie schildern, wann und wie die Pfarre Graun entstanden ist. Er suchte die betreffenden Zeilen und las sie einmal laut deklamierend vor.

„Als der Bischof vernommen, wie die Grauner und ihre Nachbarn Winterszeit oft unter Lebensgefahr nach Mals zur Kirche gekommen, wie Einheimische und Wanderer ohne priesterlichen Beistand gestorben, weil der herbeigerufene Priester aus Mals zu spät gekommen, und wie Mütter ihre Neugeborenen selbst notgetauft hätten, hatte er mit den Graunern ob ihrer Not ein Einsehen. Es vergingen aber noch 18 Jahre bis zum denkwürdigen 4. Juli 1440, als die Filiale in Graun formell zur Pfarrkirche erhoben wurde."

Der Pfarrer blickte wieder auf.

„509 Jahre! 509 Jahre! So alt ist die Pfarre. Sie darf nicht untergehen. Sie darf nicht untergehen."

Er gab dem Bischof das Blatt Papier zurück. Dieser schwieg eine Weile. Er blickte durch das Abteilfenster hinaus auf eine hügelige Landschaft, aus der sich der Nebel langsam verzog. Die Sonne brach da und dort schon durch, erste strahlende Lichtflecken fielen auf die Erde, bald schon würde sie alles mit ihrer gleißenden Pracht überschütten. Die Sonne des Südens.

„Wir sind bald da!“, sagte der Bischof.

„Ja“, antwortete der Pfarrer und fügte hinzu „darf ich Ihnen noch ein paar Vorschläge machen?“

Der Bischof drehte sich zu ihm hin, blickte ihn an mit seinen traurigen Augen, über seine schlaffen Wangen flog ein Zittern.

„Ja?“

„Warum erwähnen Sie nicht das Braunvieh?“

„Wie bitte?“

„Das Braunvieh, das Grauner Braunvieh!“

Der Bischof schaute ihn erstaunt an.

„Was ist damit?“

„Es gehört zu den besten Züchtungen, die es überhaupt gibt. Sie müssen wissen, dass die Käufer aus Italien, ich meine, über das Stilfserjoch kommen, um die Tiere zu kaufen. Es sind die besten, auch weil sie das beste Futter kriegen, von den Angern, die bald unter Wasser stehen werden.“

Der Bischof hob langsam seine beringte Hand, um dem Pfarrer zu bedeuten, er solle innehalten. Dieser aber redete weiter und verlor sich dabei mehr und mehr in den Details der Braunviehzüchtung, sein Gesicht gerötet vor Leidenschaft für diese Tiere.

„Bitte! Bitte!“, rief der Bischof schließlich mit lauter, bestimmter Stimme. „Hören Sie auf damit!“

Der Pfarrer schrak zusammen. Der Bischof lächelte ihn nun an, beugte sich zu ihm vor und legte ihm eine Hand auf das Knie.

„Ich sehe, lieber Bruder, dass du dein Dorf wirklich kennst und liebst. So soll es sein. Doch musst du verstehen, dass wir den Papst nicht mit Braunvieh belästigen können. Er hat wenig Zeit, sehr wenig Zeit, wir können dem Heiligen Vater nicht von der Beliebtheit der Grauner Kühe vorschwärmen, das geht nicht."

Dem Pfarrer wurde plötzlich bewusst, welche Dummheit er begangen hatte. Wie konnte er nur annehmen, dass der Papst etwas über das Grauner Braunvieh wissen wollte. Er schämte sich nun und sagte: „Verzeihen Sie, Exzellenz!", neigte den Kopf und stand dann auf, ohne dem Bischof in die Augen zu sehen.

„Schämen Sie sich nicht. Sie lieben Ihr Dorf. Deswegen müssen Sie sich nicht schämen!"

Der Pfarrer verabschiedete sich. Im Gang wartete der Assistent und zuckte mit seiner Vogelnase nach vorne, als wollte er dem Pfarrer etwas aus seinem Gesicht picken. „Zufrieden?" Der Pfarrer nickte und ging an ihm vorbei. Wenige Meter entfernt blieb er an einem Fenster stehen und schaute hinaus auf die vorbeifließenden Hügel. Die Scham, die er eben noch empfunden hatte, war verflogen.

Der Bischof hatte Recht. Er liebte Graun, und Liebe schränkte manchmal den Verstand ein. Er begriff, dass es eine Verbindung gab zwischen ihm und den Menschen, die vor mehr als 500 Jahren in Graun gelebt hatten. Sie waren zum Bischof gepilgert, um endlich ihre Pfarre gründen zu dürfen, er pilgerte jetzt zum Papst, um eben diese Pfarre zu retten. Plötzlich spürte er auf seinen Schultern die Hoffnungen der Menschen von damals und noch mehr, die Wünsche und Erwartungen aller Menschen, die in den hunderten Jahren danach in Graun zur Kirche gegangen waren, um in ihr Kraft, Trost und Mut finden zu können. Es gab keine Barrieren zwischen ihm und den vielen anderen, die auf diesem Flecken Erde gelebt hatten und hier gestorben waren. Ihm war, als stünden sie alle um ihn herum und blickten auf ihn.

„Wirst du retten, was wir geliebt haben? Wirst du uns retten?“, das war die Frage, die er zu hören glaubte. Es war eine unerträgliche Last, und er fuhr zusammen, bückte sich, weil er meinte, er könne sie auf diese Weise loswerden, doch es gelang ihm nicht. Er konnte nicht ausweichen, vielleicht war es diese Aufgabe, auf die er in all den Jahren seines Dienstes gewartet hatte, von der er nur wusste, dass sie da war, irgendwo am fernen Horizont sich abzeichnete, von der er aber nicht sagen konnte, worin sie bestand. Der Pfarrer war ein nüchterner Charakter, der nicht zur Schwärmerei neigte, doch in diesem Augenblick überkam ihn die Gewissheit, dass seine Stunde der Bewährung gekommen war. Die Stadt Rom, die sich nun durch das Fenster des Zuges zeigte, das Häusermeer, das dichter und dichter wurde, je tiefer sie hinein fuhren, das Menschengewimmel, das sie umschloss, kaum dass sie aus dem Zug ausgestiegen waren, das Kreischen der ein- und ausfahrenden Züge, das Stampfen der Motoren, das Knacken der Stimmen aus den Lautsprechern, das Geschrei der Menschen, die warme, mit unbekannten Gerüchen geschwängerte Luft, all dieses lärmende Chaos der Hauptstadt bestärkte den Pfarrer nur darin, dass er hierher gekommen war, um die Aufgabe seines Lebens zu erfüllen. Entschlossen schritt er aus, dem Bischof folgend, hinaus auf den Vorplatz, über den Schwärme von Staren flogen und in rasender Folge bizarre Formationen bildeten. Der Pfarrer blickte zum Himmel, er lächelte versonnen. Es war ihm, als ginge er auf einer Wolke. Verschwunden war die Last, die er eben noch empfunden hatte, verschwunden die Schwere, die Erschöpfung, die Angst und die Aufregung. Den ganzen Tag hielt diese unbeschwerte Leichtigkeit an. Selbst als er den Papst zu sehen bekam, nur für ein paar Minuten, als er sah, wie der Bischof ihm die Petition übergab, dabei etwas erklärend, und sich dann umdrehte, um auf ihn, den Pfarrer aus dem Dorf Graun zu zeigen, der in einem Respektabstand wartete, und der Papst ihm wohlwollend zunickte, lächelnd, sich dann wieder abwandte und die Petition einem Assistenten übergab, der hinter seinem thronähnlichen Sessel halb verborgen stand, bereit, auf jedes Zeichen des Papstes wie ein dressierter Hund hervorzuspringen, selbst in diesem Augenblick fühlte der Pfarrer eine Unbeschwertheit, wie er sie noch nie in seinem Leben gekannt hatte.

Wer ihn später nach der Begegnung im Vatikan fragte, bekam einsilbige Antworten, nur dem Messner erzählte er einmal, nach vielen Jahren, von diesem Tag in Rom: „Es war ein mystisches Erlebnis, ein mystischer Tag." Mit diesem Satz schloss der Pfarrer seinen Bericht ab. Als er dies sagte, war freilich alles schon vorbei gewesen, und die Reise nach Rom nur mehr eine ferne Erinnerung an einen letzten vergeblichen Versuch, das Dorf Graun zu retten.

Als er nach Graun zurückkam, müde von der Reise, doch immer noch euphorisiert von seinem Erlebnis, bedrängten ihn die Dorfbewohner. Der Pfarrer wiederholte immer wieder, der Heilige Vater tue alles, was in seiner Macht stehe. Er blieb möglichst im Ungefähren. Er wollte nichts versprechen, um auf jeden Fall zu vermeiden, dass seine Grauner von ihm persönlich enttäuscht würden. „Aber Sie haben doch gesagt, der Papst wird ... Sie haben behauptet, der Heilige Vater ..."; er konnte schon hören, wie man ihm dergleichen Vorwürfe machte. Nein, das sollte nicht geschehen, denn er befürchtete, dass dies für die Psyche des gesamten Dorfes dramatische Folgen haben könnte. Er hatte zu seiner Gemeinde ein väterliches Verhältnis und glaubte daher zu wissen, was man ihr zumuten könne und was nicht. Die Grauner ihrerseits blickten zu ihm auf, weil sie gläubig waren, vielleicht auch weil sie ihn mochten, doch darüber machte er sich wenige Illusionen. In Wahrheit hatten sie niemanden anderen, keine Autorität, die ihnen in dieser schwierigen Zeit hätte einen Weg weisen können. Der Krieg hatte die gesamte Gesellschaft durcheinandergewirbelt, viele waren gefallen, andere waren für immer weg, die politische Kaste war geschwächt und teilweise diskreditiert. Es war noch nichts zu erkennen von der straffen Organisation, mit der die Einheitspartei wenig später die Kontrolle über das eigene Volk herstellen und gegenüber Rom geeint und stark auftreten würde. Alles war noch im Fluss. Keiner war da, der Halt geben konnte, keiner, dem man hätte zutrauen können, mit dem Staat, wenn schon nicht auf Augenhöhe, so doch selbstbewusst und gewandt reden zu können.

Graun war ein Bauerndorf, das sich ganz und gar unerwartet direkt Rom gegenüber sah, einer Stadt, von der die Grauner keine wirkliche Vorstellung hatten, mit der sie aber viele schlechte Gefühle verbanden. Nichts Gutes schien aus Rom gekommen zu sein, seit Südtirol zu Italien gehörte, und nun sollten sie mit eben diesem Rom zu tun haben, mit den mächtigen Bürokraten, den gewieften Politikern und gierigen Geschäftemachern. Nur der Pfarrer stand zwischen ihnen und diesem Rom, dieser kleine, schüchterne, glaubensfeste Mann sollte Bollwerk und Erlöser zugleich sein. Nein, er durfte sie nicht enttäuschen.

Auch wenn es ihm nicht gelingen sollte, den Bau des Staudammes zu verhindern, so durfte das nicht als sein Scheitern oder gar als ein Scheitern der Kirche und ihres Oberhauptes verstanden werden. Dies hätte Graun seiner einzigen verbliebenen Autorität beraubt und seine Bewohner damit in ein Niemandsland geworfen, wo es keine Hoffnung mehr gab.

Das Schicksal von Graun war noch nicht entschieden. Doch versuchten die Bewohner das drohende Unheil bereits in Worte zu kleiden, die es ihnen erträglicher machen konnten. Dabei griffen sie instinktiv auf das zurück, was sie gut kannten und was ihnen der Pfarrer Messe für Messe immer wieder aufs Neue darlegte: Das Leiden Jesu und seine Erlösung. Die Vorstellung, dass jeder sein Kreuz zu tragen habe und sofern er es gläubig tat, erlöst werde, war in die Köpfe der Grauner eingewebt wie ein Faden, der alle Gefühle zusammenhielt, die Verzweiflung, den Schmerz, die Angst, die Wut, damit keiner daran zerbrach. Auch die tiefe Demütigung, machtlos, völlig machtlos zu sein, ließ sich auf diese Weise verbergen. Das grelldüstere Licht Roms war auf dieses Dorf gefallen und jeder konnte nun erkennen, wie klein und unbedeutend es war. Ein Handstreich genügte, um das Dorf auszulöschen. Der Pfarrer widerstand, nicht weil Widerstand zu seinen charakterlichen Neigungen gehörte, sondern weil ihm kein anderer Weg gangbar erschien.

Wenige Wochen nach seiner Rückkehr aus Rom kam die Nachricht, dass man eine Schiedskommission eingerichtet habe. Sie sollte darüber entscheiden, ob der Damm gebaut werde und Graun und Teile Reschens geflutet werden durften. Im Dorf atmete man auf, doch bald wich die Erleichterung der Skepsis. Denn die Arbeiten am Damm hatten schon vor einiger Zeit begonnen und gingen unvermindert weiter. Lastwagen brausten den ganzen Tag über durchs Tal, voll beladen mit Erde, Schotter und Kies. Sie zogen dichte Staubwolken hinter sich her, die die Felder mit einer schmutzigweißen Schicht überzogen. Es war ein trockener, heißer Sommer. Die Luft stand still. Der Lärm der Bauarbeiten erfüllte das Tal. Kein Wind war so gnädig, das Hämmern und Brausen, das Knattern und Pfeifen zu vertreiben, irgendwohin, wo die kalte, unerbittliche Geschäftigkeit der Maschinen nicht mehr zu hören war. Die Grauner arbeiteten weiter auf den Feldern. Sie bemühten sich um Normalität. Doch fiel ihnen die Arbeit schwerer als sonst. Misstrauisch beobachteten sie die Veränderungen, die nach und nach Gestalt annahmen. Sie warteten ungeduldig auf den Spruch der Schiedskommission. Er kam und kam nicht. Stattdessen erreichte sie die Hiobsbotschaft, die Herren der Elektrizitätswerke Montecatini hätten beschlossen, das Tal zu fluten. Den Graunern blieben ein paar Tage Zeit, ihre Habseligkeiten aus den Häusern zu holen. Für ihre Unterkunft werde gesorgt. Das Dorf selbst werde nach der Evakuierung gesprengt.

Als die Grauner das vernahmen, versammelten sie sich spontan auf dem Dorfplatz. Der Pfarrer war mitten unter ihnen. Der Zorn war groß und irgendeiner schrie: „Wir holen uns die Herren Ingenieure!", woraufhin alle losbrüllten, die Fäuste schwangen und sich in Marsch setzten, Richtung Reschen, wo die Ingenieure der Montecatini ihr Büro hatten. Die Grauner wollten sie zur Rede stellen. Der Pfarrer versuchte, die Menge zu beruhigen, doch gelang ihm das nicht. Sie drängten ihn an die Spitze des Zuges. Er war ihr Vertreter. Das musste er nun zeigen. Zunächst widerstrebte ihm diese Position, denn er wollte keineswegs zum Rädelsführer eines Aufstandes werden. Das entsprach nicht seinem Naturell. Wenige Minuten nachdem er voranmarschiert war, mehr geschoben als dass er selbst gegangen wäre, begann ihm dieser Platz an der Spitze zu gefallen. Er fühlte die Menge hinter sich, ihren lodernden Zorn, ihre hartnäckige Hoffnung, ihren festen Willen. Eine bebende Hitze ging von ihr aus. Sie gab ihm Kraft und die Gewissheit, das einzig Richtige zu tun. Er dachte an Pfarrer Beil.

Die Grauner hatten ihn mehr als jeden anderen in Erinnerung. Pfarrer Beil war 1794 den französischen Soldaten entgegengegangen, die mordend und brandschatzend das Tal herunterzogen. Er hielt die Franzosen auf und bat sie, Graun zu verschonen. Er bot ihnen dafür Lebensmittel an und die Garantie, sich friedfertig zu verhalten. Die Franzosen willigten überraschend ein, denn sie hätten sich alles, was Pfarrer Beil ihnen anbot auch einfach nehmen können. Die Grauner glaubten deshalb, dass Pfarrer Beil besonders gesegnet war, manche glaubten sogar, die Hand Gottes sei im Spiel gewesen. Graun jedenfalls blieb das einzige Dorf im Vinschgau, das von den einfallenden Franzosen nicht niedergebrannt wurde. Daran dachte der Pfarrer, während er mit wehenden Rockschößen über die Staatsstraße Richtung Reschen ging und sich nicht um die wenigen Autos kümmerte, die ihnen entgegenkamen.

Es war ein heißer Tag. Er schwitzte beträchtlich und wischte sich die Schweißtropfen mit einem überdimensionalen weißen Taschentuch von der Stirn. Das musste er so oft tun, dass er es schließlich nicht mehr in die Tasche steckte, sondern einfach in der Hand an der Stirn hielt, während er mit großen Schritten Reschen entgegenstrebte. Das Taschentuch flatterte im Wind. Die Grauner bemerkten es hinter ihm und einer unter ihnen flüsterte: „Wie Pfarrer Beil! Er ist wie Pfarrer Beil!“ Dieser Satz ging durch die Menge, leise ausgesprochen, doch mit einem ehrfürchtigen Ton in der Stimme. Jeder wusste, was gemeint war. Wann immer die Grauner über den Pfarrer Beil und seine mutige Tat sprachen, sahen sie ihn mit einer weißen Fahne den französischen Soldaten entgegen gehen, einer Fahne wie sie ihr Pfarrer jetzt in der Hand hielt. Jeder wusste, dass es sich um ein Taschentuch handelte, doch das war nur mehr ein Detail, das angesichts der Kraft des Mythos vom Pfarrer Beil unterging. Die Inkarnation des Mannes, der sie vor knapp 160 Jahren vor den Franzosen gerettet hatte, marschierte vor ihnen und wischte sich den Schweiß von der Stirn.

Ein Auto kam angefahren. Es verlangsamte angesichts der demonstrierenden Menge das Tempo. Im Inneren saßen die Ingenieure der Montecatini. Sie waren telefonisch von dem Aufruhr informiert worden und versuchten nun nach Mals zu flüchten, wo sich die nächste Polizeikaserne befand. Der Pfarrer traf also nicht auf waffenstarrende, mordlustige Franzosen, sondern auf italienische Ingenieure, die mit entsetzten Gesichtern in ihrem Wagen sitzen blieben und hofften, nicht erkannt zu werden.

„Da sind sie!“, schrie einer und zeigte mit der Hand auf den Wagen. Alle schauten in diese Richtung. Die Ingenieure zuckten zusammen. Sie wurden bleich.

„Abhauen! Sie wollten abhauen, die Feiglinge!“

Einige trommelten auf das Blech des Wagens, andere schimpften und schrien. Der Pfarrer ging schnell dazwischen. Er beruhigte die Seinen, was ihm leicht fiel, denn zur anarchischen Gewalt hatten die Grauner trotz aller Aufregung kein Talent. Der Pfarrer klopfte an die Scheibe des Wagens. Der Ingenieur, der am Steuer saß, kurbelte das Fenster einen Spalt breit herunter.

„Ja, Sie wünschen?", fragte er, als wüsste er von gar nichts.

„Drehen Sie bitte um!", sagte der Pfarrer. „Die Leute wollen mit Ihnen in Ihrem Büro reden!"

„Einverstanden!", sagte der Ingenieur sehr freundlich, warf den Motor wieder an, drehte um und fuhr im Schritttempo zurück nach Reschen. Die Grauner umringten den Wagen. Sie hatten ihre Beute und wollten sie nicht mehr loslassen. In Reschen angekommen, führte man die beiden in ihr Büro. Es war zu klein, um die Demonstranten aufzunehmen. Der größte Teil von ihnen musste draußen bleiben, dicht gedrängt stehend, um möglichst nichts zu verpassen, was drinnen besprochen wurde.

Es kam gar nicht zu einem Gespräch. Aus Mals kommend traf die Polizei in Mannschaftsstärke und mit heulenden Sirenen ein. Als der Polizeioffizier in scharfem Ton fragte, wer denn ihr Anführer sei, antworteten die Grauner bereitwillig: „Der Pfarrer!", und wiesen mit der Hand in das Haus, wo dieser gerade versuchte, von den Ingenieuren zu erfahren, ob es stimme, dass das Tal in wenigen Tagen schon geflutet würde und warum man nicht den Spruch der Schiedskommission abwarten wolle. Er tat dies in sehr freundlichem, zurückhaltendem Ton. Er wusste, dass die Ingenieure nicht verantwortlich waren, die hohen Herren, die alles entschieden, saßen in Rom, doch waren sie nicht greifbar. Er musste aus diesen beiden eine Antwort herauspressen, die sie gar nicht geben konnten, doch wollte er seine Grauner irgendwie beruhigen. Es war ein Dilemma. Der Polizeioffizier erlöste ihn. Er trat in das Büro, nahm sich wortlos einen Stuhl, stellte sich darauf und machte den Graunern in wenigen Worten klar, dass ihr Aufruhr gegen das Gesetz verstoße, vor allem aber nichts bewirken würde.

„Es gibt andere Wege, um ans Ziel zu kommen. Ich lade Ihren Herrn Pfarrer morgen zu uns in die Kaserne ein. Dort werden wir alles besprechen. Sie können nach Hause gehen!"

Dann schwieg er. Die Menge war mit einem Schlag verstummt. Der Offizier blickte von seinem Stuhl herunter auf den Pfarrer. Die Blicke der beiden trafen sich. Der Pfarrer nickte und sagte sehr leise: „Gut, ich werde kommen!"

Der Offizier beugte sich zu ihm herunter und sagte: „Lauter, sprechen Sie lauter, so dass es alle hören können!" Der Pfarrer räusperte sich. Er fühlte einen Knoten in seinem Hals. Der Offizier bot ihm den einzig möglichen Ausweg an, doch wollte er ihn gleichzeitig vor aller Augen demütigen. Er wollte klarstellen, wer hier der Herr im Hause war, der italienische Staat, nicht das Volk und nicht die Kirche, und schon gar nicht dieser schmalbrüstige Pfarrer.

„Geht nach Hause!", sagte der Pfarrer nun laut. „Ich werde morgen in die Kaserne gehen und alles klären. Geht nach Hause!"

Der Offizier reckte das Kinn nach oben, schaute über die Leute hinweg und rief dann in einem scharfen Ton: „Habt Ihr gehört? Geht nach Hause!" In diesem Moment hatte er Ähnlichkeit mit Mussolini.

Die Menge zerstreute sich folgsam. In losen Gruppen gingen die Menschen zurück nach Graun, schweigsam und matt. Die Sonne brannte heiß am Himmel, und Staubwolken hüllten die Heimkehrenden ein. Der Pfarrer fuhr in einem Polizeiwagen zurück. Der Offizier hatte ihm das angeboten, doch klang es eher wie ein Befehl, als er sagte: „Steigen Sie ein!“ Sie sprachen während der Fahrt kein Wort. Der Pfarrer sah, wie seine Grauner, über die Straße zerstreut, nach Hause gingen. Sie blickten auf, als er sie passierte. Ihre Gesichter waren düster und kraftlos. Wie Flüchtlinge, dachte der Pfarrer, sie sehen aus wie Flüchtlinge.

Am Tag darauf fuhr er am Nachmittag in die Kaserne nach Mals. Der Offizier hatte ihm angeboten, ihn abholen zu lassen. Diesmal jedoch hatte er geistesgegenwärtig abgelehnt. Die billigen Verlockungen des Offiziers zielten darauf, ihn zu diskreditieren. Er musste zwischen sich und dem Staat Distanz halten, um bei den Seinen die Glaubwürdigkeit zu bewahren. Er wollte keine Gefälligkeiten. Er wollte sein Recht als Bürger einklagen.

Die Kaserne in Mals war überdimensioniert, viel zu groß für das Dorf. Das war Absicht. Der Staat wollte seinen Machtanspruch demonstrieren und verbarg seine eigene Unsicherheit hinter der Fassade der Wehrhaftigkeit. Die hohen Mauern schüchterten den Pfarrer ein. Noch nie war er in ihrem Inneren gewesen. Als Kirchenmann hatte er ab und zu mit der Polizei zu tun, doch war das bei offiziellen Anlässen, bei denen er nur ein paar höfliche Worte wechseln musste. Er vermied, soweit es ging, auch jeden Kontakt. Er traute der Polizei nicht, weil er noch gut in Erinnerung hatte, wie sie zu Zeiten Mussolinis gewesen war, willfährig gegenüber dem Diktator und hart gegenüber den Menschen.

Als er vor dem eisernen Tor stand, atmete er tief durch. In der Hand hielt er einen Rosenkranz, die Steine ließ er langsam durch seine Finger gleiten, wie er es bei großer Aufregung zu tun pflegte. Das Tor war verschlossen. Er klopfte mit der Faust dagegen. Es kam keine Antwort. Der Pfarrer klopfte noch einmal gegen das Tor, diesmal mit aller Kraft. Mit einem Quietschen öffnete sich die Luke. Das glatte Gesicht eines sehr jungen Polizisten kam zum Vorschein.

„Ach, der Pfarrer!“, sagte er und blickte mit kalten Augen durch die Luke. Dann verschwand er. Nach wenigen Sekunden öffnete sich das Tor. Der Polizist begrüßte den Pfarrer knapp, forderte ihn auf zu folgen. Sie gingen in schnellen Schritten über den menschenleeren, asphaltierten Innenhof, vorbei an frisch gestrichenen Gebäuden. Der Asphalt war an manchen Stellen aufgeplatzt. Der Pfarrer stolperte, der Polizist drehte sich um und blickte verächtlich auf ihn. Er sagte kein Wort. Er wirkte auf ihn, als hätte er den ausdrücklichen Befehl bekommen, besonders unfreundlich und abweisend zu sein. Anders konnte sich der Pfarrer diese Kälte nicht erklären. Sie erreichten ein Gebäude an der Stirnseite des Kasernenkomplexes. Sie gingen hinein, durch einen düsteren Gang, an dessen Ende eine Tür einen Spalt breit offen stand. Der Polizist klopfte an, trat ein und ließ den Pfarrer draußen warten. Im Gang roch es nach nassen Wänden, nach Schimmelpilz und feuchten Stoffen. Der Pfarrer spähte in die Düsternis. Das wenige Licht, das durch ein Seitenfenster kam, strich kraftlos über die Wände. Nichts war zu erkennen. Er lauschte, doch war nichts zu hören. Es herrschte vollkommene Stille. Ihn fröstelte und er begann auf und ab zu gehen, ein paar Meter vor, ein paar Meter zurück, wie ein Gefangener in einer Zelle.

„Gehen Sie hinein!“ Er hatte nicht bemerkt, wie der Polizist wieder aus dem Zimmer gekommen war. Der Pfarrer gehorchte. Hinter ihm schloss sich die Tür. Er befand sich in einem weiträumigen Büro, an dessen Ende ein riesiger Schreibtisch stand, schwarz, schwer und drohend. Dahinter saß ein Mann, den er noch nie gesehen hatte. Daneben stand der Polizeioffizier.

„Bitte, treten Sie näher!“, sagte dieser, „nehmen Sie Platz.“ Der Pfarrer setzte sich auf die Kante des Stuhles, er legte die Hände auf die Oberschenkel und wartete. Nichts geschah. Der Mann hinter dem Schreibtisch blickte ihn geradewegs aus kleinen, funkelnden Augen an. Er hatte ein breites, gerötetes Gesicht, wenig Haar auf dem Kopf und eine Nase, die aussah, als sei sie mehrmals durch einen Fleischwolf gedreht worden. Er trug einen viel zu engen Anzug. Seine Schultern beulten sich unter dem Stoff, die Oberarme sahen aus wie knotige Knüppel. Er kaute auf einem Kaugummi, langsam und bedächtig, dabei öffnete er den Mund und eine Wolke schlechten Geruchs flog mitten in das Gesicht des Pfarrers. Der Pfarrer hätte sich am liebsten weggedreht, tat es aber aus Angst und Höflichkeit nicht. Der Mann legte die Ellenbogen auf den Schreibtisch, beugte sich nach vorne, sein fetter Hals quoll aus dem Hemdkragen, das breite Gesicht lief rot an. Dann brach es wie ein Sturm aus ihm heraus. Er schrie, tobte, fauchte, brüllte und spuckte. Der Pfarrer verstand die Worte kaum.

„Was fällt Ihnen ein ... Sie sind ein Mann der Kirche ... wollen einen Aufstand ... gegen den Staat ... ich lasse Sie ins Gefängnis werfen ... Sie haben die Verantwortung ... Sie müssen das Dorf zur Vernunft bringen ... hinter Gitter, Sie werden schon sehen ...“ Minutenlang beschimpfte er den Pfarrer. Der Offizier stand ungerührt daneben. Mit ernster Miene hörte er die Drohungen an, die auf den Pfarrer niederprasselten, und betrachtete ihn aufmerksam. Er wollte sehen, ob er sich beeindrucken lasse von dem Geschrei seines Kollegen, der eigens aus Bozen geschickt worden war, um mit den

„Graunern fertig zu werden“. Genauso hatte sich ein Vorgesetzter aus Bozen am Telefon ausgedrückt: „Wir schicken dir einen erfahrenen Mann, einen Spezialisten. Er wird das Notwendige tun, um mit den Graunern fertig zu werden!“ Nun sah er ihn am Werke. Wie ein wütendes Tier fiel er über den Pfarrer her, während dieser stocksteif da saß mit geweiteten Augen und einem starren Gesicht.

Das Schlimmste für den Pfarrer war, dass ihm diese Gewalt hier angetan wurde, mitten in seiner Heimat, wenige Kilometer von seinem Dorf entfernt, dass es reichte, eine Kaserne zu betreten, und man beschimpft und bedroht wurde, ohne sich dagegen wehren zu können. Als hätte jemand ein schwarzes Loch in die Landschaft geschnitten, in der unbescholtene Bürger ganz plötzlich verschwinden konnten. Der Pfarrer befand sich mitten in einer Zone der Rechtlosigkeit. Er war sich sicher, dass ihn dieses Tier auf der anderen Seite des Schreibtisches geschlagen hätte, wenn er nicht Pfarrer gewesen wäre. Das machte ihm Angst. Gleichzeitig jedoch fühlte er, wie eine große, dichte Ruhe in ihm aufstieg, sich in ihm breitmachte und ihn gegen die Angriffe dieses Mannes schützte. Er schwieg und ließ alles geduldig über sich ergehen. Er wartete bis der andere erschöpft war. Als der endlich keuchend verstummte, sagte der Pfarrer ganz ruhig: „Sind Sie fertig? Darf ich nun gehen?“

Er wartete die Antwort nicht ab, stand auf und verließ den Raum, ohne sich umzudrehen.

„Bringen Sie mich zum Tor!“, sagte er zu dem jungen Polizisten freundlich, dieser nickte. Wenige Minuten später war er draußen an der Bushaltestelle und wartete auf den Bus, der ihn nach Graun zurückbringen sollte. Er hatte sich nicht gebeugt. Darüber war er glücklich. Doch das Schicksal Grauns war besiegelt. Er konnte nichts mehr tun.

Wenige Tage später begannen die Grauner, ihr Dorf zu evakuieren. Sie hatten nicht viel Zeit. Die Schleusen sollten am 1. August geschlossen werden. Das Wasser würde danach unerbittlich ansteigen. Die Häuser sollten gesprengt werden bevor das Wasser kam, auch die Kirche. Die Grauner begannen, alles Bewegliche wegzuschaffen, höher hinauf, an den Eingang des Langtauferertals, wo das neue Dorf entstehen sollte, Neugraun wie es hieß. Es bestand aus nicht viel mehr als einigen Bauarbeiterbaracken, der Kirche, die bis ins 19. Jahrhundert hinein die einzige Grauns war, und einigen Häusern. Der Pfarrer hatte Helfer zu sich in die Kirche gerufen. Er bestimmte, was sie als Erstes mitnehmen würden. Dabei achtete er freilich darauf, alles mitzunehmen, doch musste er Prioritäten setzen, denn er konnte sich nicht sicher sein, dass er alles rechtzeitig würde wegschaffen können. Instinktiv entschied er sofort, in jedem Fall das Kruzifix als Letztes hinauszuschaffen. Jesus am Kreuze sollte wie der Kapitän eines sinkenden Schiffes erst von Bord gehen, nachdem alle anderen gerettet waren.

Tatsächlich würde später, als das Dorf schon unter Wasser stand, ein Fotograf die symbolträchtige Aufnahme machen: Der Pfarrer stehend in einem Boot, vor sich das Kruzifix liegend, zwei Bauern, die ruderten und Kinder am Ufer, welche die Szene beobachteten. Das Foto erschien in der meistgelesenen Tageszeitung Südtirols. Es war eine Ikone. Kraftvoll fasste es in einem einzigen Bild die Geschichte vom Untergang Grauns und der Reaktion seiner Bewohner zusammen. Die gottestreuen Grauner retteten den Heiland, ihr Hirte überwachte dies alles, tapfer in dem schwankenden Boot stehend, am Ufer Kinder, die das alles betrachteten. Es bestand kein Zweifel, dass sie diesen Anblick ihr Leben lang nicht vergessen würden. Die Tatsache, dass die Ruderer im Boot durch Filzhüte und dicke Joppen sofort als Bauern erkennbar waren, verstärkte die Kraft des Bildes nur. Es machte deutlich, dass hier jemand in eine Lage gezwungen worden war, die nicht zu seiner Natur gehörte. Ein Bauer gehörte auf die Scholle, nicht aufs Wasser. Das Foto war ein Beweis für das inszenatorische Talent des Pfarrers. Er wusste, dass eine Geschichte, ganz egal welche, ein Bild brauchte, damit sie sich auf immer in das Gedächtnis der Menschen einprägen konnte. Als bibelfester Mann war er geschult in der Kunst der Metapher. Wenn er schon nicht das Dorf retten konnte, trug er doch einen Sieg davon. Vom Bau des Staudammes blieben nicht die Bilder von den Anstrengungen der Arbeiter in Erinnerung, oder der Kunst der Ingenieure, sondern dieses eine Bild vom vertriebenen Volk, das Jesus in Sicherheit bringt vor der Gier und Rücksichtslosigkeit der Menschen – die Erbauer des Staudammes mussten angesichts dieser Szene den Menschen wie Ungläubige erscheinen. Als Propagandist gewann der Pfarrer.

Doch auch Propaganda braucht einen wahren Kern, und der bestand nun einmal darin, dass der Pfarrer seinen Helfern den Auftrag geben musste, Glocken, Statuen, Bilder und Reliquien wegzuschaffen, um sie vor dem Wasser zu retten. Er blieb während dieser Arbeiten im Inneren der Kirche. Sie war das Zentrum seines Lebens gewesen, und der Gedanke, dass sie bald gesprengt werden würde, zerriss ihm das Herz. Er bemühte sich, den Schmerz nicht zu zeigen, das ganze Dorf war erfüllt davon, und er wollte trösten, so wie es seine Aufgabe war. Doch gelang es ihm nicht recht. Er fand keine Worte des Trostes, er konnte nicht sagen, dass es Gottes Wille war, nicht einmal das.

Als er am späten Nachmittag die Kirche verließ, sagte man ihm, das Nannele, eine alte Witwe, weigere sich, ihre Wohnung zu verlassen. Er ging zu ihr. Sie stand am Fenster und schaute missmutig auf die Straße, wo Karren vorbeizogen, die bis obenhin mit Möbeln und Hausrat gefüllt waren. Er rief zu ihr hinauf: „Wir müssen gehen. Das Wasser wird bald kommen!" Das Nannele schaute ihn nur an und schüttelte den Kopf. Er wiederholte seine Aufforderung, doch sie erwiderte mit schriller Stimme: „Gott wird es nicht zulassen! Gott wird es nicht zulassen, dass unsere Heimat untergeht!" Das brachte ihn einigermaßen durcheinander, denn zu sagen, was Gott tun und lassen würde, das fiel normalerweise in seinen Zuständigkeitsbereich. „Nannele!", rief er schwach, „komm Nannele. Wir müssen gehen!" Sie wiederholte ihr „Nein!" und „Gott wird es nicht zulassen!", woraufhin er ratlos einfach weiterging, unter den Augen der verdutzten Grauner, die ihm mehr Überzeugungskraft zugetraut hatten.

Was sie freilich nicht wussten, war, dass der Pfarrer sich nicht nur entfernte, weil er nicht wusste, wie er sie überzeugen konnte, sondern auch weil er spürte, dass diese alte Frau, die sich weigerte, ihre Wohnung zu verlassen, das Zeug zum dauerhaften Mythos hatte. Tatsächlich erzählten die Dorfbewohner noch Jahrzehnte später die Geschichte vom Nannele, der alleinstehenden Witwe, die lieber ertrinken wollte, als die Heimat zu verlassen. Sie blieb bis zum letzten Moment. Als das Wasser bereits im Parterre des Hauses stand, legte das Nannele ein Brett aus ihrem Fenster zum Hang hin, und benutzte es als ihren neuen, improvisierten Hauseingang, über den sie Lebensmittel empfing, die ihr von hilfsbereiten Nachbarn gebracht wurden. Natürlich ertrank Nannele nicht, sie wurde rechtzeitig aus ihrer Wohnung getragen, wobei sie sich wehrte und schrie: „Lasst mich! Lasst mich! Gott wird es nicht zulassen!"

Der Pfarrer sammelte eifrig Geschichten, Anekdoten und Erzählungen. Sie sollten das Dorf, das zum Untergehen bestimmt war, weiterleben lassen und die Menschen an ihre Heimat binden. Selbst wenn rund ein Drittel aller Dorfbewohner wegzog in ein anderes Dorf, ein anderes Tal, in die Stadt, manche auch nach Österreich, so klagten viele selbst nach Jahrzehnten noch über Heimweh. Graun ließ sie nicht los, wie eine Mutter mit scharfen Krallen, hielt Graun seine Kinder fest im Griff. Der Pfarrer sagte sich selbst, dass man die Grauner zwar vertreiben könne, aber man werde sie nicht loswerden können. Eifrig knüpfte er Verbindungen zwischen dem Dorf und den Menschen, die es verlassen mussten. Dazu gehörte auch seine Idee, dass sie ein letztes Mal, kurz bevor das Wasser kam, über ihre Äcker im Talgrund eine Prozession abhielten, so wie sie es immer getan hatten. Das Kreuz wurde vorneweg getragen, danach folgten er und die Ministranten in leuchtendweißem Kleid, und hinter ihnen die Grauner, den Rosenkranz betend. Auch davon blieb ein Foto. Wer es betrachtet, merkt sofort, dass es sich um eine Art Beerdigung handelt, eine Beerdigung ohne Sarg. Und tatsächlich, Graun versank, doch blieb es ein Untoter.

Kiens, 1965

Am ersten Abend, an dem er seinen Dienst angetreten hatte, bat Antonio Z. seinen Vorgesetzten, Maresciallo Pietro M., um eine Landkarte.

„Wozu das?“, fragte ihn der Maresciallo missmutig.

„Ich will die Gegend kennenlernen!“, antwortete Antonio.

„Dazu wirst du noch genügend Gelegenheiten haben. Gleich morgen schick ich dich auf Patrouille!“

Antonio beharrte nicht. Er hatte gelernt, sich mit Autoritäten nur anzulegen, wenn es eine Aussicht gab, sich durchzusetzen. Der Maresciallo aber wirkte hart wie Eisen. Antonio verzog sich in die Küche, die nur zwei Schritte vom Büro des Maresciallo entfernt lag. Sie war mit einem niedrigen Holzofen ausgestattet, der so groß war, dass er fast die gesamte Wand einnahm. In einer Ecke stand ein Tisch mit vier Stühlen, darüber hing ein verschmierter Lampenschirm. Es roch nach Essensresten. In der Abwasch stand ein Teller, auf dem ein Rest Tomatensauce eingetrocknet war. Er wusch es, weil ihn der Anblick ekelte. Danach inspizierte er die Regale. Es gab Geschirr für drei Leute, einen Kochtopf, eine Pfanne. An Essbarem fand er nur Nudelpäckchen und Fleischkonserven. Der Maresciallo, dachte Antonio, versteht entweder nicht viel vom Essen oder er legt keinen Wert darauf. Er nahm sich vor, das zu ändern. Ich werde ihm in den nächsten Tagen mein berühmtes *pollo al limone* zubereiten. Damit werde ich ihn für mich gewinnen. Er war sich da ganz sicher, denn sein *pollo al limone* hatte noch jeden von Antonios Fähigkeiten überzeugt.

Er ging ans Küchenfenster und bemerkte, dass die Fensterläden geschlossen waren. Er hätte sie am liebsten aufgerissen, aber der Maresciallo hatte ihnen das mit strengen Worten untersagt. „Auf keinen Fall, hört ihr mich! Auf keinen Fall öffnet ihr die Fensterläden! Nicht bei Tag und nicht bei Nacht!" Antonio starrte auf das geschlossene Fenster. „Was ist da draußen? Wo bin ich? Wenn der Maresciallo mir doch nur die Karte gegeben hätte. Dann wüsste ich mehr."

Es war gerade mal zwei Tage her, da hatte sich Antonio für diesen Dienst gemeldet. Er befand sich zur Ausbildung in einer Kaserne der Carabinieri in Kalabrien. Am Morgen riefen die Offiziere sie zum Appell. Ein Oberst baute sich vor ihnen auf und sagte rundheraus: „Wer will sich freiwillig für den Dienst in Alto Adige melden? Wer will gegen die Terroristen kämpfen?"

Antonio meldete sich sofort. Er tat es nicht, weil er besonders tapfer war oder weil er etwa gewusst hätte, was es mit den Terroristen und dem Alto Adige auf sich hatte. Er meldete sich, weil er Kalabrien nicht mochte. Er wollte in den Norden, ganz egal wohin. Viel nördlicher als Alto Adige ging es nicht. Die Leute aus dem Süden, das wird er viele Jahre später sagen, die Leute aus dem Süden, die liegen mir nicht.

Er selbst war in Padova geboren, in eine mittellose Familie. Eine Zeitlang hatte er sich als Lastwagenfahrer verdingt. Das machte ihm nichts aus. Denn er war ein bescheidener Mensch. Hochfliegende Träume hatte er keine, doch machte er sich Hoffnungen auf ein anständiges Auskommen, auch auf ein Stückchen Wohlstand. Damals, Anfang der sechziger Jahre gärte es in der Gesellschaft, die Folgen des großen Krieges schienen überwunden. Die Italiener stürzten sich mit dem Kopf voran in das Wirtschaftswunder, bemüht alles zu vergessen, die Toten, die Zerstörung, die Entbehrungen und die eigene Schmach. Konsum war das, was alle beschäftigte, eine Vespa für die Jungen, ein Fiat für den Vater, ein Kühlschrank für die Frau. Italien träumte einen unschuldigen Traum vom Wohlstand und befand sich plötzlich mittendrin im Aufruhr. All dies ging an Antonio vorbei. Er gehörte nicht zu den Protagonisten der Geschichte. Die politischen und gesellschaftlichen Ereignisse der Zeit ließen ihn so teilnahmslos, dass man hätte meinen können, er sei ein Wesen, das völlig abseits von jeder historischen Entwicklung bestehen konnte. Er nahm das Leben, wie es kam, schlicht und sehr nüchtern. Dabei verhielt er sich umsichtig und versuchte nach Möglichkeit, Schwierigkeiten zu vermeiden. Gleichzeitig war ihm ein gewisser Sinn für das Abenteuer nicht fremd. Es gab Momente, in denen ihn das Unbekannte lockte, und nicht selten gaben sie seinem Leben eine entscheidende Wende.

Eines Tages, er kam gerade von der Arbeit nach Hause, hielt ihn ein Bekannter an, der Carabiniere war, und sagte zu ihm: „Aus dir könnte ein guter Carabiniere werden. Warum bewirbst du dich nicht?“

„Was veranlasst dich, das zu denken?“, fragte Antonio ihn.

„Ich habe gesehen, wie du den Lastwagen fährst. Du kannst zupacken. Du bist geradeheraus. Solche Leute brauchen wir!“

Antonio fühlte sich geschmeichelt. Er konnte sich nicht erinnern, dass ihn jemals jemand gelobt hatte. Der Mann drückte ihm ein paar Hefte des Magazins „Il Carabiniere“ in die Hand.

„Lies das mal. Aufregende Lektüre.“

Antonio begann zu lesen, am Feierabend im Schein einer mickrigen Nachttischlampe, die seine Mutter durch den Krieg gerettet und ihm mit den Worten geschenkt hatte: „Das ist alles, was uns von dem alten

Haus geblieben ist. Behüte sie!“ In dem Magazin war von Briganten, von Räubern und Mördern die Rede, von Feuersbrünsten, Hochwassern und Erdbeben – und immer waren die Carabinieri zur Stelle. Sie riskierten ihr Leben, um unschuldige Bürger vor Mord, Totschlag und den Launen der Natur zu schützen. Antonio war fasziniert. Ihm gefiel besonders die Geschichte des mutigen und selbstlosen Lorenzo Gasco, eines Carabiniere aus Sardinien. Er war im 19. Jahrhundert mit den höchsten Auszeichnungen geehrt worden. Selbst der König empfing ihn und ließ sich von seinen Abenteuern berichten. Gasco jagte in der bergigen Macchia des Südens Wegelagerer und Mörder. Antonio blieb folgender Dialog zwischen Gasco und einem Leutnant im Gedächtnis:

Seit wann bist du bei uns?

Seit acht Jahren, Herr Leutnant. Und seit fünf Jahren patrouilliere ich in diesen Bergen. Ich kenne jeden Stein, jeden Busch und jedes Grasbüschel. Wissen Sie, dass ich in diesem Winter 36 Tage lang im Feld war, ohne einmal die Tür der Kaserne zu sehen!

Und wenn es regnet?

Ach! Dann lass ich es regnen.

Und Schlafen?

Wo es gerade geht, Herr Leutnant. In einem Stall, unter einem Baum, alles ist mir recht.

Antonio hätte ein Leben wie jenes von Gasco gefallen, ein einfacher Mann, der vom König empfangen wird! Ein Mann, der einfach loszog in die Wälder und Berge, um dort nach dem Rechten zu sehen, einer, der sich mit wenig zufrieden gab, ein freier Mensch. Doch die Realität war eine andere. Wenige Wochen nachdem er von seinem Bekannten angesprochen worden war, fand er sich auf einem Kasernenhof in Kalabrien wieder. In der Hitze und dem Staub des Südens musste er stundenlang exerzieren und die wütenden Schreie der Vorgesetzten über sich ergehen lassen. Nachts konnte er nicht schlafen, so stickig war die Luft in den Räumen. Der Morgen brachte keine Erleichterung, denn die Sonne brannte von der ersten Minute ihres Erscheinens am Himmel gnadenlos. Antonio verabscheute Kalabrien. Wenn man ihn fragte, warum das so war, sagte er mit knappen Worten: „Der Süden, es ist der Süden!" Sein Wertesystem war auf eine zwar geheimnisvolle, aber doch sehr klare Weise mit der Geographie verbunden. Der Süden war schlecht, der Norden war gut. Die Himmelsrichtungen bestimmten seine Gemütslage ganz wesentlich mit. Je näher er dem Norden kam, desto besser fühlte er sich.

So erging es ihm auch, als er sich gemeinsam mit einem halben Dutzend anderer Kameraden in den Zug setzte, der sie nach Bozen brachte. Siebzehn Stunden dauerte die Fahrt, zugebracht auf knüppelharten Holzbänken, durchgerüttelt von den altertümlichen Waggons und wachgehalten von dem nicht enden wollenden Gequassel seiner Kameraden.

Warst du schon mal in Alto Adige ...

Nein ... keiner von uns ... oder ...

Keiner ...

Habt ihr gehört, dass sie tückisch sind ...

Dass sie Bomben legen ...

... und feige Hinterhalte ...

... es wird nicht leicht werden ...

Bestimmt nicht. Es wird bestimmt nicht leicht ...

Wir müssen zusammenstehen ...

... ihnen das Handwerk legen ...

Antonio beteiligte sich kaum an diesen Gesprächen. Er hatte keine Angst vor dem Alto Adige. Es lag im

Norden, das war das Entscheidende. In dieser Nacht erschien ihm alles besser zu sein als Kalabrien. Die glühende Sonne, das grelle Licht, der unverständliche Dialekt der Leute. Das war unerträglich. Antonio schlief mit der Gewissheit ein, dass er bald im Norden aufwachen würde. Nicht einmal das laute Kreischen der Züge in den Bahnhöfen, die sie passierten, konnte ihn aufwecken.

Als sie am Nachmittag des folgenden Tages in Bozen ankamen, wurden sie sofort auf einen offenen Militärlastwagen verladen, der auf dem hinteren Teil des Bahnhofsgeländes neben den Bahngleisen, wartete. Man befahl ihnen, in einer Zweierreihe zum Lastwagen zu laufen. Antonio sah, wie die Menschen auf dem Bahnsteig vor ihnen zurückwichen. Aus den Augenwinkeln versuchte er, die Leute zu mustern, er bemerkte blaue Schürzen, grüne Filzhüte, schwere Schuhe, und ihm fiel ein Mann, mit pomadigen Haar und elegantem Anzug gekleidet, auf, der lässig am Rand stand und die vorbeilaufenden Carabinieri mit einem zufriedenen Gesichtsausdruck betrachtete. Er konnte sich keinen Reim auf diesen Anblick machen. Irgendetwas stimmte nicht, so schien es ihm, irgendetwas passte da nicht zusammen. Bevor er weiter darüber nachdenken konnte, musste er auf die Ladefläche des Lastwagens klettern. Der Offizier befahl ihnen, die Stahlhelme aufzusetzen. Der Wagen setzte sich mit einem Ruck in Bewegung. In weniger als zehn Minuten hatten sie die Stadt hinter sich gelassen. Antonio glaubte in den Augen seiner Kollegen Angst zu sehen, während sie durch das Eisacktal Richtung Brenner fuhren. Ihm selbst war etwas mulmig zu Mute. Die Berge waren ihm nicht vertraut. Die Tatsache, dass sie den Helm tragen mussten und ihnen noch vor der Abreise eingeschärft worden war, die Augen offen zu halten, trug nicht zu ihrer Beruhigung bei. Sie rumpelten über die Straße hinweg wie Soldaten, die in einen Krieg führen, in dem es keine klaren Fronten gab. Die Sonne war bereits hinter den Bergen verschwunden. Der Lastwagen kam sehr langsam voran. Er hielt in verschiedenen Ortschaften vor den Kasernen der Carabinieri, die meist nichts weiter waren als einfache Wohnhäuser. Der Offizier verlas jeweils zwei Namen, die beiden genannten Carabinieri mussten aussteigen. Dann ging es weiter, tiefer hinein in dieses immer dunkler werdende Alto Adige, das keiner von ihnen kannte. Antonio war offensichtlich für eine der letzten Ortschaften auf dieser Reise auserkoren. Es war bereits Nacht, als sie plötzlich von der Hauptstraße abbogen und eine steile Straße hinauffuhren, die zu beiden Seiten von Häusern gesäumt war. Chienes – das Ortschild hatte Antonio gerade noch lesen können. Dann musste er sich an den Aufbauten des Lastwagens festhalten, weil der Fahrer plötzlich einen niedrigeren Gang eingelegt hatte und kräftig auf das Gas drückte. Mit brausendem Motor stieg der Wagen die Straße hinauf. Sie waren noch zu viert auf der Ladefläche. Antonio war sich sicher, dass er aufgerufen werden würde. Er fühlte es. Tatsächlich, sie hielten vor einem zweistöckigen Haus, das mit einem Eisengitter umzäunt war. „Carabinieri" – die Schrift an der Wand war im Scheinwerferlicht des Wagens zu lesen. Da die Fensterläden geschlossen waren, konnte man nicht erkennen, ob drinnen Licht brannte. Die angrenzenden Häuser hüllten sich ebenfalls in Dunkel. Nur ein paar Straßenlampen brannten. Ihr schwaches Licht ließ die Nacht noch schwärzer erscheinen, als sie ohnehin schon war. Ein Bach rauschte neben der Straße, doch er war nicht zu sehen. Antonio konnte auf seinen Wangen die feuchtkalte Luft spüren, die aus dem Bachbett aufstieg. Ihn fröstelte.

Der Offizier stieg aus dem Führerhäuschen. Er rief Antonios Namen. Zusammen mit ihm stieg Mario C. aus, ein Kamerad, der aus Kalabrien stammte und der die gesamte Zugfahrt darüber gejammert hatte, dass er seine Heimat nun verlassen musste.

Was willst du? Du hast dich doch freiwillig gemeldet!

Ja, das stimmt. Nun, da ich hier sitze, ist mir zum Weinen.

Was bist du für ein Trottel ...

... Ja genau, ein Trottel.

Inzwischen hatte sich die Tür der Kaserne mit einem Knarren geöffnet. Im Gegenlicht sah Antonio die Konturen eines Mannes, der so groß und breit war wie ein Schrank. Es war Maresciallo Pietro M., sein neuer, unmittelbarer Vorgesetzter. Er begrüßte den Leutnant mit einem herzlichen: „Benvenuto!" Für seine beiden Untergebenen hatte er nicht mehr als ein Knurren übrig.

Wenn er mir doch nur die Karte gegeben hätte, dachte Antonio, stieß sich vom Fenstersims ab und ging in die Kammer, die er sich mit Mario teilte. Sie hatten ein Stockbett aus Eisen. Antonio hatte sich für das untere Bett entschieden, das ihm Mario liebend gerne überlassen hatte. „Ich schlafe lieber näher am Himmel!", sagte er, stieg auf das Bett hinauf, legte sich hin und schlief bald danach ein. In der Kammer roch es nach Mottenkugeln und Rasierwasser. Sie hatten keine Zeit gehabt mit den beiden Kameraden zu reden, die sie abgelöst hatten. Sie waren auf den Lastwagen gestiegen, verabschiedeten sich mit einem Nicken und rumpelten davon. Vielleicht, dachte er weiter, werde ich auch nach Rasierwasser und Mottenkugeln riechen, wenn ich nach einiger Zeit diese Kaserne wieder verlassen werde. Eine kleine Stehlampe neben seinem Bett streute ein wenig Licht. Es war gerade hell genug, um zu lesen. Er hätte am liebsten die Fensterläden aufgerissen, doch die Befehle des Maresciallo waren eindeutig gewesen. Antonio fehlte die Luft zu Atmen. Er fluchte und versuchte vergeblich einzuschlafen. Nach einer Weile hörte er, wie der Maresciallo sein Büro verließ und in den ersten Stock ging, wo sein Schlafzimmer lag. Antonio stand auf, ging in den Gang hinaus, und als er sah, dass die Tür zum Büro einen Spalt breit offen war, schlüpfte er hinein. Auf dem Schreibtisch lag unter einem Stapel Akten eine Karte. Antonio fischte sie ohne zu zögern heraus. Er lauschte noch einmal. Alles war still. Dann setzte er sich an den Schreibtisch, knipste das Licht an und faltete die Karte vor sich aus. Sie hatte eine grüne Farbe. Die Häuser waren als winzige, kleine Rechtecke eingezeichnet, die Berge und Anhöhen waren vom Rest der Karte hell abgesetzt und mit der Angabe der Meereshöhe versehen. 1089 Meter, 1170 Meter, 1340 Meter, 1890 Meter, 2334 Meter. Antonio war noch nie so weit oben gewesen. Er versuchte sich vorzustellen, wie es sein mochte, auf 2300 Metern Höhe zu stehen, doch gelang ihm das nicht, was ihn zusätzlich verwirrte. Eine Unzahl von Wegen, Pfaden und Steigen breitete sich wie ein Netz über die Landkarte aus, und in ihm machte sich eine Ahnung breit, wie schwer es sein musste, diese Gegend zu kontrollieren. Er dachte an seinen Helden, Lorenzo Gasco, an seine Streifzüge durch die Macchia. Gasco hatte sicher mit einem ähnlichen Gewirr zu kämpfen. Er fühlte, dass er sich auf ein Abenteuer eingelassen hatte. Aufmerksam studierte Antonio weiter die Karte. Er las die

Namen der Ortschaften. Was für eigenartige Namen! Unaussprechlich! Hofern, Getzen ...! Wo bin ich da nur hingeraten, dachte er wieder, faltete die Karte zusammen, knipste das Licht aus und ging in sein Zimmer, wo er in einen unruhigen Schlaf fiel. Es war bereits tiefe Nacht.

Am nächsten Morgen wachte er mit Kopfschmerzen auf. Er nahm sich deshalb vor, beim Maresciallo zu klagen, denn es war ihm klar, dass die geschlossenen Läden für seinen miserablen Zustand verantwortlich waren. Er wusch sich, zog sich sorgfältig an und meldete sich pünktlich zum Dienst im Büro des Maresciallo. Er salutierte nach Vorschrift. Der Maresciallo ließ ihn mit einem nachlässigen Wink in Ruhestellung gehen, und Antonio nahm seinen Mut zusammen und sagte mit etwas blasierter Stimme: „Wenn ich mir die Bemerkung erlauben darf: Es ist ungesund bei geschlossenen Fensterläden zu schlafen. Es verursacht Kopfschmerzen und Übelkeit, und außerdem ist der Schlaf ganz und gar nutzlos. Deshalb frage ich: Warum müssen wir die Fensterläden geschlossen halten, bei Tag und bei Nacht?“ Der Maresciallo blickte ihn mit einer Mischung aus Erstaunen und Missbilligung an. Er gab ihm keine Antwort, griff stattdessen in die Schublade seines Schreibtisches und holte eine Zeitung hervor.

„Lesen Sie das!“

Antonio nahm die Zeitung in die Hand. Er las im Stehen, während der Maresciallo aufmerksam seinen Gesichtsausdruck studierte.

Im August 1965 kommt es zu einer rapiden Verschlechterung der Lage. Die Terroristen, deren Namen man kennt, die aber trotzdem nicht einen Tag hinter Gittern verbringen werden, weil sie sich nach Österreich abgesetzt haben, diese Terroristen greifen die Kaserne von Sesto Pusteria an, dem letzten Dorf vor der Grenze zu Österreich. Die Carabinieri Palmerio Ariu und Luigi de Gennaro kommen gerade von einer Patrouille wieder, von ihrer täglichen Arbeit. Während dieser Runde haben sie Beobachtungen gemacht, mit den Menschen geredet und wahrscheinlich haben sie auch die Terroristen gesehen. Schließlich, als sich die ersten Schatten der Nacht bereits im Tal ausbreiten, kehren sie in die Kaserne zurück. Sie legen ihre Waffen nieder, ziehen sich die Jacken aus und freuen sich bereits auf das Abendessen. Eine alltägliche Szene, die zu keinen bösen Vorahnungen Anlass gibt.

Palmerio Ariu, in sein Diensthemd gekleidet, geht in die Küche und dann zerstört eine lange Salve aus einer automatischen Waffe die Stille dieser sommerlichen Nacht. Es ist nur ein Augenblick: Die Kugeln, die nur wenige Meter vor der Kaserne abgefeuert wurden, treffen Ariu mitten in die Brust. Er bricht auf der Stelle zusammen. Seinen Kameraden, Luigi de Gennaro, trifft dasselbe Schicksal. Er wird schwer verletzt und haucht wenig später sein Leben aus.

Antonio blickte auf. Sein Gesicht war bleich. Er gab dem Maresciallo den Artikel zurück und sagte.

„Das war ja gerade vor einem Monat."

Der Maresciallo antwortete: „Begreifen Sie jetzt?"

Antonio nickte. Er hatte verstanden, dass sie bedroht waren, Tag und Nacht, dass es kein Spaß war, hier seinen Dienst zu leisten, dass man auch sterben konnte, auf eine ganz banale Weise, während man das Essen zubereitete oder mit dem Geländewagen über eine Straße fuhr. Es gab hier Menschen, die ihm und seinen Kollegen nach dem Leben trachteten. Es war nicht Angst, die in ihm hochstieg, er fühlte nur große

Distanz zwischen sich und dem Dorf, bevor er es überhaupt hatte kennenlernen können.

Was war da draußen?

„Kommen Sie! Wir fahren zusammen auf Patrouille!“ Sein Vorgesetzter sagte das in einem fast schon freundlichen Ton. Die Geschichte vom Tod der beiden Kameraden hatte dem Maresciallo wieder einmal klargemacht, dass sie hier in dieser Kaserne eine Schicksalsgemeinschaft bildeten, ganz egal, ob sie sich nun mochten oder nicht. Sie mussten miteinander auskommen, noch mehr: Sie waren im Notfall aufeinander angewiesen. Die Gefahren, die draußen lauerten, schweißten sie zusammen. Er setzte seine Schirmmütze auf, rückte den Ledergurt zurecht, prüfte die Pistolenhalterung, nahm die Maschinenpistole und verließ das Haus. Antonio folgte ihm.

„Sie fahren!“, sagte der Maresciallo und gab Antonio die Schlüssel in die Hand. Er schloss den Wagen auf, stellte seine Maschinenpistole zwischen Tür und Sitz ab und startete den Motor.

„Nach rechts. Die Straße hinauf!“, befahl der Maresciallo. Antonio fuhr an. In den nächsten beiden Stunden würde er durch das Dorf und seine Umgebung fahren. Sie begannen oben an der Kirche, wo sie kurz stehen blieben. Der Maresciallo wies mit dem Finger auf den Eingang der Kirche.

„Der Pfarrer ist ein strenger Mann. Ich glaube, er erschreckt die Menschen mit seinen flammenden Predigten.“

Antonio, der zu Recht annahm, dass der Maresciallo kein Deutsch sprach, fragte, woher er das so genau wisse. Das war für einen Untergebenen eine ungehörige Frage. Antonio nahm an, dass der Maresciallo ihn zurechtweisen würde. Doch beugte sich dieser nur zu ihm und sagte in einem verschwörerischen Ton: „Wir haben einen Informanten im Dorf. Ein guter Mann." Antonio nickte verlegen. Der Maresciallo blickte ihm direkt in die Augen: „Er hat mir erzählt, dass der Pfarrer regelmäßig von der Kanzel herab die jungen Männer und Frauen mit drastischen Worten davor warnt, vorehelichen Geschlechtsverkehr zu haben. Zum Beispiel behauptet der Pfarrer, dass die Kinder aus solchen illegitimen Verbindungen entstellt auf die Welt kämen oder vom ersten Tag der Geburt an verblödet."

Antonio kannte natürlich die Macht der Kirche. Auch in seiner Heimat mischten sich die Pfarrer in alle Bereiche des Lebens ein. Sie beriefen sich auf Gott und schnüffelten in den Betten der Menschen, pflegte seine Mutter zu sagen, die sich zwar sehr antiklerikal gab, aber sonntags doch immer den Weg in die Kirche fand. Antonio hatte ein widersprüchliches Verhältnis zur Kirche. Doch von einem Pfarrer, der offensichtlich mit großer Lust am Detail die grausame Rache Gottes an Gesetzesbrechern ausmalte, hatte er noch nie gehört.

„Er redet von blinden, lahmen, wasserköpfigen, verblödeten Kindern. Er beschreibt Körper, die mit Geschwüren übersät sind, von Nasen, die nichts weiter sind als schwarze Löcher, von Mundhöhlen, aus denen der Geruch der Hölle kommt." Der Maresciallo fand offensichtlich Gefallen an dem Entsetzen, das sich im Gesicht Antonios abzeichnete und fuhr fort: „Er behauptet, dass Kinder aus einer illegitimen Verbindung Unglück über das ganze Dorf brächten, dass sie sich wie ein Virus festsetzten würden, dass Gift in ihren Adern fließe und ..."

Antonio unterbrach ihn abrupt. „Maresciallo, das meinen Sie doch nicht ernst! Das kann doch nicht sein!"

Der Maresciallo, dessen Gesicht vor Erregung gerötet war, lehnte sich wieder in seinen Sitz zurück. Er wandte den Blick von Antonio ab und schaute durch die Windschutzscheibe auf die Kirchenfront.

„Unser Informant ist zuverlässig. Stellen Sie das etwa in Frage?" Aus der Stimme des Maresciallo war unterdrückte Wut zu hören. „Und jetzt fahren Sie weiter! Nach links, die Straße runter!"

Antonio hätte den Zorn des Maresciallo besser verstanden, wenn er gewusst hätte, wie wenig Kontakt es zwischen den Carabinieri und den Bewohnern dieses Dorfes gab. Der Informant war genau genommen die einzige Informationsquelle. Man hatte sich zwar bemüht, Einheimische für die Sache des italienischen Staates zu gewinnen, gelungen war es jedoch nicht. Es würde eine Zeitlang dauern, bis Antonio erkannte, wie abhängig ihre eigene Arbeit von diesem Mann war. Zweifel an ihm waren erst gar nicht erlaubt, das hätte ihnen die Grundlage entzogen.

Antonio lenkte den Wagen die steile Straße hinunter. Er fuhr vorsichtig, weil er den Maresciallo nicht weiter irritieren wollte. Doch der Maresciallo hatte sich wieder gefangen. Sein Gesicht hatte eine normale Färbung angenommen, der Zorn in seiner Stimme war verschwunden. Sie fuhren einfach weiter, immer den Bach entlang, den Antonio zum ersten Mal zu Gesicht bekam. Er war nicht breit, doch wirkte er kraftvoll und unberechenbar. Wie er wohl bei Unwettern anschwillt, dachte Antonio. Als hätte der Maresciallo seinen Gedanken lesen können, sagte er: „Vergangenes Jahr, da hättest du da sein sollen. Da hätte der Bach fast das ganze Dorf mitgerissen. Was für eine Nacht das war! Es rauschte und krachte, als käme der ganze Berg herunter."

Antonio horchte auf. Ein Hochwasser? Eine Überflutung?

Sofort hatte er die Bilder von Longarone vor Augen, die er vor zwei Jahren im Fernsehen gesehen hatte. Am Abend des 9. Oktober 1963 um 22.45 Uhr saßen die Bewohner des Bergdorfes Longarone im Veneto wie die meisten anderen Italiener vor dem Fernseher und schauten sich das Finalspiel der Landesmeister zwischen Real Madrid und Celtic Glasgow an. Sie merkten nichts von dem Unglück, das auf sie zurollte. Der Stausee oberhalb des Dorfes brach. In weniger als zwei Minuten begrub eine gewaltige Lawine aus Schlamm und Geröll das Dorf unter sich. Mehr als zweitausend Menschen starben. Antonio konnte sich noch erinnern, welch tiefe Verzweiflung er angesichts dieser Katastrophe empfunden hatte. Im Magazin „Il Carabiniere", das ihm sein Bekannter geliehen hatte, hatte er eine längere Geschichte über Longarone gelesen. Die Carabinieri aus Bozen und Udine, so stand es da, waren als erste am Unglücksort angekommen. Sie bargen Leichen, versorgten die Verwundeten und jagten Plünderer. Sie waren Helden. Das gefiel Antonio, das tröstete ihn.

„Und was haben wir in dieser Nacht hier im Dorf tun können?", fragte Antonio. Das „wir" kam ihm so selbstverständlich über die Lippen, dass der Maresciallo darüber schmunzeln musste. Wie schnell sich dieser junge Mann doch eingelebt hatte, dachte er. Ist gerade mal eine Nacht hier, und spricht schon von einem „wir", als leiste er seit Jahren seinen Dienst mit mir.

„Wir", antwortete der Maresciallo und zog das Wort absichtlich in die Länge, „WIR haben nicht viel tun können. Eigentlich sind wir nur herum gestanden, haben da und dort eine Absperrung errichtet. Das war's, sonst haben wir nichts gemacht!"

„Warum denn das?"

„Naja, ach, wie soll ich das sagen, tja, die Leute hier, Antonio, die Leute sind nicht besonders kooperativ."

Antonio wusste zunächst nicht, was er darauf sagen sollte. Der Maresciallo wechselte schnell das Thema.

„Hier, das ist der Hauptplatz. Halt ruhig an und schau dich um. Hier findest du alles, was wichtig ist im Dorf. Rechts das Rathaus, die Bäckerei, etwas weiter oben den Krämerladen, weiter vorne auf der anderen Straßenseite eines der großen Gasthäuser." Dann machte er eine Pause und sagte spöttisch: „Nur eines findest du nicht auf diesem Platz: Einen Platz!" Er lächelte und wartete offensichtlich auf eine Reaktion von Antonio. Dieser aber schaute nur durch die Windschutzscheibe und versuchte zu verstehen, was der Maresciallo mit seiner Bemerkung meinte.

Die Dorfstraße war hier etwas breiter und verlief flacher, bevor sie in die Pustertaler Straße einmündete, sie öffnete sich also ein wenig, aber von einem Platz, einer Piazza, wie sie Antonio aus seiner Heimat kannte, ließ sich in der Tat nicht sprechen. Der Maresciallo brachte jetzt einen Gedanken, auf den er schon seit geraumer Zeit stolz war. „Vielleicht liegt es daran, dass wir nicht an sie herankommen. Denn wie sollen wir diesen Menschen begegnen, wenn sie doch keine Piazza haben. Wo sollen wir ihnen begegnen?"

Antonio antwortete diesmal wie aus der Pistole geschossen. „Glauben Sie wirklich, Maresciallo? Ich weiß nicht. Da muss es doch andere Gründe geben. Sie schießen doch nicht auf uns, weil sie keine *piazza* haben?"

Der Maresciallo drehte sich zu Antonio hin. Er konnte seine Überraschung über diese Bemerkung nicht verbergen. Dieser junge Mann hatte mit einem Satz den Gedanken vernichtet, der ein Produkt jahrelanger Beobachtung des Maresciallo war. „Natürlich schießen sie nicht deswegen auf uns, aber ich meinte doch ..." Er kam ins Stocken.

Antonio setzte nach. „Es muss doch noch andere Gründe geben. Glauben Sie nicht, Maresciallo?"

Natürlich gab es die. Doch der Maresciallo wollte jetzt nicht über Politik reden. Davon verstand er wenig und sie interessierte ihn auch nicht. Er war ein Carabiniere. Er erhielt Befehle und führte sie aus, wo immer, wann immer und unter welchen Bedingungen auch immer. Er musste darauf achten, dass die Gesetze eingehalten wurden. Das war keine leichte Aufgabe, nicht im Alto Adige, nicht in Chienes. Terroristen trieben ihr Unwesen, seit Jahren schon. Sie sprengten Strommasten, legten Minen aus, sie schossen scharf. Der Maresciallo tat seit zehn Jahren seinen Dienst im Alto Adige und doch konnte er nicht begreifen, warum es hier Menschen gab, die zu den Waffen griffen. Er wollte es auch nicht verstehen. „Wer mordet, ist ein Mörder. Der gehört bestraft. Was auch immer ihn zum Mord getrieben hat." Dies war die Überzeugung des gesetzestreuen Maresciallo. Dies ließ ihn nicht weiter nachdenken über die Motive der Attentäter.

Nun da dieser junge Carabiniere in einer naiven und doch zutreffenden Weise feststellte, dass es auch Gründe für die Gewalt geben müsste, empfand der Maresciallo ganz plötzlich ein schmerzhaftes Unvermögen. Seit Jahren bemühte er sich darum, einen Zugang zu den Menschen zu bekommen. Er glaubte in Wahrheit auch nicht daran, dass die Einheimischen allesamt mit den Terroristen sympathisierten. Das sagte ihm der gesunde Menschenverstand und er war in seinem Leben bisher gut damit gefahren, dass er sich davon hatte leiten lassen. Er pflegte Kontakte zu allen wichtigen Personen im Dorf, zum Bürgermeister, zum Pfarrer, zu den drei Familien, die das wirtschaftliche Leben dominierten, zu den wenigen Großbauern, die es gab. Er ging auch ab und zu in die Gasthäuser, stellte sich mitten hinein in das Gewimmel, grüßte nach links und nach rechts, ließ sich umwehen von den Lauten einer Sprache, die er bis auf ein paar Alltagsbrocken nicht verstand, die er sich mühevoll hatte aneignen müssen. Er tauschte auch ein paar Sätze mit dem Wirt und den Gästen aus, die am Tresen standen. Er ertrug geduldig das Italienisch, das sie sprachen. Das war keine Sprache mehr, das war ein Knarren und Knarzen. Manchmal, in einem Anflug von Hochmut, dachte er in solchen Gasthäusern: „Dante Alighieri würde sich im Grab umdrehen, wenn er diese Leute hörte.“ Dieser Gedanke aber verbarg nur die Melancholie, die sich in seinem tiefen Inneren breitmachte. Er begriff sehr wohl die Vergeblichkeit seines Tuns. Und er empfand das nicht nur als einen beruflichen Misserfolg, etwas, das sich auf einen Teil seines Leben begrenzen ließ und daher beherrschbar wäre, sondern als ein Scheitern seiner ganzen Lebensphilosophie. Der gesunde Menschenverstand, die Grundlage all seines Denkens und Handelns, half ihm hier nicht weiter. Wohin auch immer ihn sein innerer Kompass leitete, er landete immer wieder vor einer unsichtbaren und doch undurchdringlichen Wand. Der Informant war der einzige Bote, der ihm Nachrichten aus der für ihn verschlossenen Welt brachte. Natürlich, der Mann war ein Spion, aber der Maresciallo mochte dieses Wort nicht. Informant, Mitarbeiter, Nachrichtenhändler – alle anderen Worte waren ihm lieber als dieses herabwürdigende: SPION.

Er hatte ihn unter den Außenseitern rekrutiert, die es in jedem Dorf gab. Dieses eine nämlich hatte der Maresciallo sehr schnell begriffen, dass es hier sehr klare Grenzen zwischen oben und unten gab. Einige wenige Familien bestimmten das Schicksal dieser Gemeinschaft, sie beherrschten die Politik, die Wirtschaft und was den Glauben anbelangte, hatten sie in Gestalt des Pfarrers einen mächtigen Diener, der ihnen dabei half, die Verhältnisse, so wie sie waren, mit religiösen Argumenten zu rechtfertigen und abzusichern. Der Informant gehörte zu jenen, die niemals in dieser strengen Hierarchie aufsteigen durften, mochte er auch noch so fleißig und intelligent sein. Wege nach oben waren ihm verschlossen. Das erkannte der Maresciallo schnell, nachdem er mit diesem kleinen, runzeligen und ausgelaugten Mann zum ersten Mal gesprochen hatte. Er registrierte sofort das Blitzen in seinen Augen, als er ihm von einer „möglichen Zusammenarbeit" berichtete. Der Maresciallo lag völlig richtig mit der Einschätzung, dass sein Angebot von unwiderstehlicher Verlockung für diesen vielfach gedemütigten Menschen war. Er bot ihm die Möglichkeit, quasi hinter dem Rücken der Granden des Dorfes, die ihn schmähten, aufzusteigen. Der Maresciallo übersah dabei geflissentlich die mitunter niederen Motive, die seinen Informanten antrieben. Wenn er ihn zum Beispiel über den Pfarrer und seine Schreckenspredigten unterrichtete, dann wusste der Maresciallo, dass da eine gehörige Portion rabiater Antiklerikalismus mitspielte, doch sagte er sich: „Ein Körnchen Wahrheit steckt in jedem Vorurteil! Das ist besser als nichts!" Vielmehr als ein Körnchen Wahrheit konnte er ohnehin nicht herausfinden, in diesem Dorf, das er nicht verstand, und das sich ihm gegenüber gleichgültig verhielt.

Sollte er dem jungen Antonio neben sich davon erzählen? Sollte er ihm eingestehen, dass er so gut wie nichts wusste? Dass selbst dann, wenn es gute Gründe für die Gewalt der Terroristen gäbe, er sie nicht begreifen konnte?

Antonio wartete immer noch darauf, dass ihm der Maresciallo antwortete. Doch dieser sagte nur: „Fahren Sie weiter, über die Pustertaler Straße, dann gleich über die Holzbrücke, über die Rienza. Wir fahren noch hinauf nach Casteldarne. Eine kleine Runde, dann geht es zurück in die Kaserne."

Antonio fragte nicht mehr nach, ihm schien, als wolle der Maresciallo seine Ruhe haben. Dieser Mann, der gestern an der Tür zur Kaserne stand wie ein Zerberus, der ihm, ohne auch nur ein Wort gesagt zu haben, Furcht einflößte, dieser strenge Mann hatte sich verändert, seit sie die Kaserne verlassen hatten. Er verströmte eine Ratlosigkeit, die ihn weicher machte. Antonio überquerte vorsichtig die Pustertaler Straße, dann schaltete er in den ersten Gang und lenkte den Wagen eine Gasse hinunter, die auf die Brücke zuführte. Die Rienza floss träge dahin, sie führte für die Jahreszeit wenig Wasser mit. Der Wagen holperte über die Bohlen der Brücke. Antonio fragte sich, ob diese Brücke schon einmal von den Fluten der Rienza weggerissen worden war. Er schaute ans Ufer, er suchte nach auffallend aufgehäuftem Treibholz, nach Geröll, nach Aufschüttungen, nach zerbrochenen Bohlen. Doch konnte er keine Spuren eines Hochwassers erkennen. Die Rienza schien schon sehr lange ruhig dahinzufließen. Sie hatte Chienes mit ihren Launen verschont.

Antonio hatte den Maresciallo neben sich fast vergessen, so sehr hatte er sich in der Betrachtung des Flusses verloren. Als er über die Brücke gefahren war, sagte der Maresciallo ganz unvermittelt: „Ich erzähle dir einmal eine Geschichte, Antonio. Ich war zu Anfang meiner Dienstzeit hier beim Bürgermeister. Ich wollte ihn kennenlernen und ihm klar machen, dass wir ein gemeinsames Interesse an der Aufrechterhaltung von Recht und Ordnung haben. Der Bürgermeister antwortete: ‚Aber ja, natürlich. Wissen Sie, unser Dorf hatte immer schon Probleme mit vagabundierendem Volk, mit Bettlern, mit Zigeunern und anderem Gesindel. Das liegt daran, dass unser Dorf an der Pustertaler Straße liegt, dieser wichtigen Verkehrsader. Das zieht leider auch unliebsames Volk an. Darauf müssen wir selbstverständlich gemeinsam achten.‘

Ich unterbrach den Bürgermeister mit den Worten: ‚Das ist wohl Recht, doch meinte ich eher, dass wir auf Probleme achten sollten, die Einheimische eventuell verursachen.‘

Du musst wissen, Antonio, dass damals schon die ersten Masten in die Luft gejagt worden waren. Es waren bestimmt nicht die Zigeuner, die Masten in die Luft sprengten. Ich wollte den Bürgermeister mit dem Wort *Einheimische* also diskret darauf hinweisen, dass es Terroristen im Alto Adige gibt. Es war seine Pflicht, mit mir in dieser Sache zusammenzuarbeiten. Was erzählt der mir von Zigeunern! Das war eine Frechheit!

Der Bürgermeister antwortete auf meine Bemerkung seelenruhig: ‚Natürlich, natürlich, das kann schon vorkommen. Schauen Sie, im Jahr …‘, er dachte nach, kratzte sich den Kopf, dachte noch eine Weile nach und fuhr fort: ‚Im Jahr, ich glaube, es war im 17. Jahrhundert, ich denke so um 1602, aber ich bin mir nicht sicher. Also um diese Zeit herum hat der Kienser Bürger Hans Egger einem Verbrecher Unterschlupf gewährt. Das Gericht hat ihn dafür zum Tode durch den Strang verurteilt. Das Urteil wurde auf das Gnadengesuch des Eggers hin auf Stunden Pranger, Auspeitschung mit der Rute und Ausweisung aus der Grafschaft Tirol abgeändert!‘ Der Bürgermeister lächelte und sagte dann: ‚Sehen Sie, ich weiß schon, was Sie meinen. Solche Leute gibt es immer, natürlich. Und wenn Sie mich jetzt entschuldigen, ich muss in einer offiziellen Sache nach Bozen.‘

Das war alles, was der Bürgermeister sagte. Was sollte ich mit dieser Antwort anfangen?“

Antonio hatte aufmerksam zugehört. Er wunderte sich, dass der Maresciallo, den er noch gar nicht richtig kannte, ihm das alles anvertraute. Er entblößte sich regelrecht vor ihm, mit jeder seiner Geschichten offenbarte er das eigene Scheitern. Diese ungewöhnliche Vertraulichkeit einem Untergebenen gegenüber war die Folge der Einsamkeit des Maresciallo. Sie schmerzte besonders, weil er sie nicht begreifen konnte. Er, der stolze Vertreter des Staates in diesem Dorf, war eine Randfigur. Dabei sollte er doch im Zentrum stehen, im Herzen der Macht. Wenn die Dinge ihre Ordnung hätten, dann müsste es so sein, aber die Dinge hatten hier im Alto Adige eben nicht ihre Ordnung. Der Maresciallo sagte sich immer wieder: „Die Dinge haben hier keine Ordnung!“

Er gestand es sich allerdings nicht ein, dass er mit dem Informanten diese Demütigung teilte und dass er deshalb mit ihm auf eine unerwartete, aber sehr starke Weise verbunden war. Beide Männer waren eine lästige Notwendigkeit. Der Maresciallo wie der Mann aus der dörflichen Unterschicht. Jedes Dorf hatte seine

Verfemten. Das war Gesetz. Der Informant hatte sehr schnell die Gemeinsamkeit mit diesem Unteroffizier der Carabinieri begriffen: „Der braucht mich mehr, als er glaubt!“ Mit dieser Erkenntnis wurde ihm der Einfluss bewusst, der ihm ganz unerwartet zugefallen war. Der Informant und der Marsciallo waren ein gefährliches Paar.

Davon ahnte Antonio natürlich nichts. Doch spürte er bereits jetzt, da sie zum ersten Mal auf Patrouille waren, dass seine Gewissheiten zu schwanken begannen. Zuerst hatte sich ihm sein neuer Vorgesetzter wie ein eiserner, willensstarker Unteroffizier präsentiert, dann entpuppte er sich als ziemlich hilfloser Mann, der nicht so recht wusste, wie ihm geschah, und jetzt gab er ihm auch noch zu verstehen, dass er seinen Rat suchte. Wie anders sollte er die Erzählung von der Begegnung mit dem Bürgermeister verstehen? Es war eine Art Hilfeschrei. „Sag du mir, Antonio! Was soll ich machen?“ So was in der Art will er mir sagen, dachte Antonio, während er den Wagen über die Straße lenkte. Aber was sollte er tun? Er selbst war doch blutjung, erst angekommen. Am liebsten hätte er geschwiegen, doch der Maresciallo erwartete offensichtlich eine Antwort, einen Ratschlag. Antonio versuchte es: „Ja, Maresciallo, vielleicht hätten Sie immer wieder beim Bürgermeister insistieren sollen.“

„Das habe ich, Antonio, das habe ich. Immer kam ich mit leeren Händen aus diesen Gesprächen raus.“

In diesem Moment begann Antonio an den Fähigkeiten des Maresciallo zu zweifeln. Er drückte auf das Gaspedal und fuhr schneller die Anhöhe hinauf, die in Richtung Ehrenburg lag.

„Nicht so schnell, nicht so schnell!“, befahl der Maresciallo in einem strengen Ton. Antonio verlangsamte. Er blickte zum Seitenfenster hinaus und bemerkte ein Haus, das ihm auf Anhieb gefiel. Es wirkte, als sei es unverrückbar, als könnte es alle Stürme der Zeit mit Leichtigkeit überstehen. „Gasthof Knapp" stand in großen Lettern auf der Hauswand, die Tür stand offen, Leute gingen ein und aus, sie schienen alle gut gelaunt. Antonio nahm sich vor, den Gasthof bei der nächsten sich bietenden Gelegenheit zu besuchen.

Sie kam ein paar Wochen später. Der Maresciallo war mit seinem Wagen nach Bruneck gefahren, um dort dringende Geschäfte zu erledigen, wie er sich ausgedrückt hatte. Antonio teilte sich mit Mario den Wachdienst, der darin bestand, im Büro des Maresciallo zu sitzen und Anrufe entgegenzunehmen, falls denn welche kämen, was aber selten der Fall war. Die Bewohner des Dorfes gaben den Carabinieri nicht gerne das Gefühl, gebraucht zu werden. Antonio übernahm die Morgenschicht von sechs Uhr bis vierzehn Uhr, danach legte er sich eine Stunde lang hin und verabschiedete sich schließlich von Mario mit den Worten: „Ich gehe jetzt spazieren." Dieser schaute ihn mit großen Augen an.

„Was?"

„Ich sagte doch, ich geh jetzt spazieren."

„Aber Antonio, der Maresciallo hat sicher etwas dagegen."

„Was soll er dagegen haben? Ich habe jetzt ein paar Stunden frei und ich will an die frische Luft!"

Mario überlegte kurz. Tatsächlich, der Maresciallo hatte ihnen nicht ausdrücklich verboten, die Kaserne in ihrer Freizeit zu verlassen. Vielleicht hatte er das auch nicht getan, weil ihm dies so selbstverständlich erschien, dass es nicht eigens erwähnt werden musste.

„Naja, du hast wohl Recht!", antwortete Mario schließlich. „Dann geh nur." Ihm gefiel das Ganze plötzlich. Immerhin, wenn alles gut ging, dann konnte in Zukunft auch er rausgehen und sich draußen umschauen. Vielleicht gab es ja im Dorf die eine oder andere Möglichkeit, sich zu vergnügen. Antonio salutierte im Scherz und ging dann auf die Straße. Es war ein strahlender Septembertag. Die Luft war warm, es roch nach Gras. Antonio ging mit schnellen Schritten die Straße hinunter. Während er dem Dorfplatz zustrebte, der kein Platz war, wiederholte er leise das Wort LIRA, LIRA, LIRA – das war ein Kürzel für die Prinzipien eines guten Carabiniere:

Libertà d'Azione
Iniziativa
Responsabilità
Animo lieto

Diese Grundsätze gefielen ihm, besonders aber der *animo lieto*, das freundliche Wesen, das jeder Carabiniere haben und gegenüber den Leuten zeigen müsste. Antonio fiel es nicht schwer, er war von Natur aus ein sanfter Charakter.

Auf dem Weg zum Gasthof Knapp kam er an einer Reihe von Dorfbewohnern vorbei, die ihn zuerst argwöhnisch betrachteten, dann aber freundlich nickten, nachdem er sie mit einem Lächeln und mit der flachen Hand an der Schirmmütze begrüßt hatte. Normalerweise war dieser militärische Gruß nur für die Vorgesetzten gedacht, aber Antonio bemühte sich bei seinem ersten Gang durch das Dorf, jedem ganz unterschiedslos die gleiche Ehre zu erweisen. Er war ehrlich bemüht, den Menschen die Grundsätze eines guten Carabiniere vorzuleben. Darum gelang es ihm, im Gasthof Knapp schnell Anschluss zu finden. Als er eintrat, saßen ein paar Einheimische an einem Ecktisch, über ihnen Jesus am Kreuz, vor ihnen ein Glas Wein und in ihren Händen Spielkarten. Antonio hob die Hand an die Schirmmütze und lächelte. Er verkniff es sich: „Buongiorno!" zu sagen, weil er annahm, dass die Anwesenden diese italienische Begrüßung nicht gerne hörten. „Grüßgott!", das hätte Antonio gerne gesagt, aber damals kannte er das Wort noch nicht. Er würde es später lernen und zur Belustigung der Dorfbewohner immer als *Grusgot* aussprechen. Er lernte noch ein anderes Wort, das ihm bei seinem Dienst sehr hilfreich sein sollte: „frech." Er sprach es als „freck" aus, was eigenartigerweise aus seinem Munde gesprochen wirkungsvoll klang. „Non puoi essere freck con la gente!" Mit diesem Satz würde er öfters Mario ermahnen, der bei Straßenkontrollen eine Neigung an den Tag legte, die Dorfbewohner respektlos zu behandeln. Sogar der Maresciallo bekam dies einmal zu hören: „Non puoi essere freck!"

Gelernt hatte er das Wort in eben diesem Gasthof Knapp, wo ihn die Kartenspieler anschauten und ein Kichern kaum unterdrücken konnten, denn es sah komisch aus, wie der Carabiniere dastand, salutierte, nichts sagte und einfach nur lächelte. Er stellte sich an den Tresen und bestellte bei der blonden Kellnerin einen Capuccino. Sie war es, die ihn mit den Worten ansprach: „Come va, Maresciallo?" Das Eis war gebrochen und es eröffnete sich ihm die Gelegenheit, sich mit einer charmanten Bemerkung ins rechte Licht zu setzen.

„Ach, Signora, wenn ich Maresciallo wäre, könnte ich jeden Tag zu Ihnen kommen und einen Kaffee trinken. Aber leider bin ich es nicht. Nennen sie mich einfach Antonio, oder Toni, wenn sie wollen!"

Die Kellnerin lächelte. „Toni, gut, dann soll es Toni sein“, wobei sie es anders aussprach als er, mit einem geschlossenen, kurzen O.

„Sie haben ein sehr schönes Gasthaus“, sagte Antonio und betrachtete die holzgetäfelten Wände und Decken, die Türen, die mit verschiedenen Motiven bemalt waren.

„Ja, es ist sehr alt, ein paar hundert Jahre.“

Antonio war beeindruckt. Er war kein Mann, der sich für Geschichte besonders interessierte und doch gefiel ihm alles, was älter war als er selbst. Die Kellnerin stellte ihm den Capuccino hin, er hob ihn an die Lippen und trank ihn in wenigen Zügen aus.

„Das ist der beste Capuccino, den ich je getrunken habe!“, sagte Antonio mit einem verführerischen Lächeln.

„Ach, Toni ...“, sagte die Kellnerin nur und wurde dabei rot. Das bemerkten auch die Männer am Tisch. Einer von ihnen rief zur Kellnerin: „Schäm dich nicht, du gefällst dem Maresciallo!“

Antonio drehte sich um: „Toni, einfach nur Toni. Ich bin kein Maresciallo.“

Der Mann lachte nur. „Bei uns sind Sie Maresciallo!“

Antonio war fortan im Gasthof Knapp „der Maresciallo“, eine Tatsache, die der andere, der wirkliche Maresciallo, als er davon erfuhr, mit Bitterkeit zur Kenntnis nahm. Die Kienser nahmen sich die Freiheit, den Menschen Namen zu verpassen, die ihnen gerade in den Sinn kamen. Warum sie Antonio zum Maresciallo ernannten, das konnte er sich nicht erklären. Wahrscheinlich war es aus einer Art Mitgefühl heraus entstanden. Denn bei seinem ersten Erscheinen im Gasthof Knapp war er ihnen wohl hilflos und tollpatschig erschienen, so dass die Männer im Gasthaus ihn instinktiv in einen Rang erhoben, der ihm nicht zustand. Freilich war diese „Ernennung“ zweischneidig, denn sie machte Antonio zu einem gewichtigeren Staatsdiener, was nur dazu führte, dass man ihm in diesem Dorf unter Umständen weniger vertraute, denn der Staat, der italienische Staat, das war der Feind, und je wichtiger die Position eines Mannes im Staatsapparat, desto misstrauischer musste man ihm begegnen, gerade jetzt in Zeiten der Bombenanschläge. Für Antonio war es trotz eines hoffnungsvollen Beginns schwer, das Vertrauen der Kienser zu gewinnen, wie im Übrigen für alle anderen auch, die von außen kamen. Aber er hatte einen Anfang gemacht und mit dem Vergehen der Wochen und Monate gewann er einen besseren Einblick in das innere Leben des Dorfes, in seine Freuden, seine Ängste und seine Obsessionen. Er hütete sich davor, den Maresciallo über seine Erkenntnisse zu informieren. Kleinliche Eifersucht ließ das nicht zu, aber auch die Einsicht, dass das, was er über das Dorf erfuhr, für den Maresciallo nicht von Wert sein konnte. Denn dieser suchte immer nach Informationen, die dazu führen könnten, jemanden zu verhaften. Sein Blick war der Blick eines Jägers, der auf Beute aus war. Antonio hingegen war absichtslos neugierig.

Die ersten Geschichten, die er erfuhr, waren Geschichten von Unterdrückung und Diskriminierung. Im Gasthof Knapp, in dem er mindestens drei Mal die Woche vorbeikam, und wo er das Kartenspiel nach lokaler Sitte erlernte, im Knapp also, erzählten ihm die Männer, die mit ihm spielten, von einem kleinen Volk, das einmal glücklich gewesen und dann unter die Fremdherrschaft geraten war. Antonio entging nicht, dass er an diesem Tisch der einzige Vertreter dieser Fremdherrschaft war. Darüber lachten sie manchmal, denn dieser Antonio war ein recht merkwürdiger, ja ein geradezu harmloser „Unterdrücker". Deshalb wurde er auch nicht so genannt, und wenn überhaupt, dann nur im Scherz.

Mit jedem Besuch im Knapp tauchte Antonio tiefer in die Welt des Dorfes ein, soweit dies überhaupt möglich war, denn es war ja nicht so, dass Kiens ein klares, eindeutiges Bild von sich selber gehabt hätte, ein Narrativ etwa, das von allen in der gleichen Weise geteilt worden wäre und das ein Fremder schnell und leicht hätte verstehen können. Natürlich, da gab es eine äußere Welt, die vor allem aus den „Walschen" bestand, denen man misstraute, und aus den „Faschisten", die man hasste und fürchtete. Das war der einigermaßen klar umrissene Rahmen, der dieses Dorf einfasste, doch an vielen Stellen hatte er Lücken, durch die vorurteilslose Walsche wie Antonio Eingang finden konnten. In seinem Inneren, das begriff Antonio bald, teilte sich das Dorf in hundert unterschiedliche Meinungen. Es war gezeichnet von zigfachem Streit, der jederzeit überall aufflammen konnte. Streit, der manchmal aus guten Gründen ausgebrochen war, oft aber nur eine Nichtigkeit zum Anlass gehabt hatte, die über die Jahre zu einer großen Angelegenheit geworden war. Die Beteiligten konnten manchmal gar nicht mehr sagen, weswegen sie jemanden etwa verabscheuten, ihm aus dem Weg gingen, systematisch ignorierten oder regelrecht mit Hass verfolgten. Viele kannten den Grund für ihren Zorn nicht einmal. Er war einfach da, wie ein vererbter Schaden, der sich nicht beheben ließ. Antonio staunte, was er da für Geschichten zu hören bekam. Meist waren sie nur angedeutet und oft nur vermutet, denn selbst die Beteiligten hatten nur eine sehr unklare Vorstellung von den Ereignissen. Das anscheinend so ruhige Dorf war in Wahrheit ein brodelnder Kessel.

Antonio entwickelte den Ehrgeiz, Kiens „zu lesen“, wie er es ausdrückte.

„Lesen?“, fragte ihn sein Kamerad Mario. „Was willst du hier lesen? Der Maresciallo versucht das schon seit Jahren. Du weißt, wie weit er gekommen ist!“

Tatsächlich, der Maresciallo hatte nie mehr als die Oberfläche des Dorfes kennengelernt. Es war ihm nicht gelungen weiter vorzudringen. Antonio, der in den Monaten seines Dienstes mit dem Maresciallo viele Stunden auf Patrouille verbrachte, gewann den Eindruck, dass der Mann darüber einsam und verbittert geworden war. Wenn er selbst nun den Ehrgeiz entwickelte, Kiens zu „lesen“, tat er es, um dem Schicksal des Maresciallo zu entgehen.

„Du verstehst eben nicht, was ich meine“, sagte Antonio zu Mario. „Das ist auch nicht weiter schlimm.“

Mario zuckte nur mit den Schultern. Er würde nur ein paar Monate bleiben und dann wieder in den Süden verschwinden.

„Ich bleibe nicht unter diesen Barbaren!“, sagte er immer wieder.

Antonio hingegen wollte bleiben, denn er sah keine bessere Alternative. Er hatte schon ein wenig von jener bittersüßen Frucht gekostet, die er später die „unstillbare Sehnsucht nach Heimat“ nannte. Die Heimat, die er wollte, war das Dorf.

Damals begann die Spaltung in den Carabiniere und den Menschen Antonio. Der eine suchte ein Zuhause, der andere wusste, dass es für ihn nicht möglich war, es hier zu finden. Fremd würde er immer bleiben. Er verstand das durchaus, und ein anderer Mensch wäre darüber wahrscheinlich verzweifelt. Antonio jedoch gab nicht auf und seinen in Wahrheit vergeblichen Versuchen, das Dorf ‚zu lesen', haftete etwas Würdevolles an. Die anderen, seine „‚Freunde'" im Knapp etwa, nahmen das zur Kenntnis. Sie entwickelten mit der Zeit eine stille Bewunderung für Antonios stoische Gelassenheit mit der er ihre Hänseleien ertrug. Falls sie gedacht hatten, sie könnten ihn mit ihrer etwas rüden Art abschrecken, täuschten sie sich. Antonio kam einfach immer wieder ins Knapp, auch wenn er am Tag davor von einem angetrunkenen Bauern aufs Unflätigste beschimpft worden war. Er ließ sich nicht aus der Fassung bringen, blieb freundlich und gab den anderen zu verstehen, dass er nicht die Absicht hatte, davonzulaufen oder sich zurückzuziehen. Er kam immer wieder, bis er im Knapp und im Rest des Dorfes akzeptiert wurde, nicht als einer der ihren, einer der dazugehört, sondern als einer, den man vermissen würde, wenn er nicht mehr da wäre, so wie man ein Möbelstück vermisst, das man nie besonders gemocht hat, und das doch, als es aus dem Haus geschafft wurde, eine Lücke hinterließ.

Wenn wieder einmal eine Bombe im Land explodiert, ein Mast gestürzt, ein Mensch ums Leben gekommen war, empfand Antonio den Riss, der mitten durch ihn hindurchging, sehr schmerzlich. Dann nämlich musste er sich herauslösen aus dem Gewebe des Dorfes und mit strengem Blick mustern, was er so gut kannte wie kein anderer seiner Kameraden. Der Maresciallo, dem Antonios Weg in das Dorf nicht entgangen war, drängte ihn zu reden. Manchmal schickte man direkt aus Rom Sonderpolizisten in Zivil, die Antonio ausfragten nach diesem und nach jenem. Er gab gewissenhaft Auskunft, denn er hatte nichts zu verbergen, doch je mehr Informationen er preisgab, desto mehr merkte er, dass sie für die Kollegen von keinem Nutzen sein konnten. Sein Wissen hatte nur im Privaten Wert und Gewicht, wurde es hingegen ans Licht der Öffentlichkeit gezerrt, verpuffte es oder schmolz zu einem kümmerlichen, unbrauchbaren Rest. Die Männer, die Antonio ausfragten, hatten ihrerseits nicht den Eindruck, dass er ihnen etwas verbarg, ganz und gar nicht, sie fanden ihn sogar sehr kooperativ, mitunter schwatzhaft. Doch auch sie konnten nichts anfangen mit seinen Geschichten, Schilderungen und Beschreibungen, die präzise und kenntnisreich waren und trotzdem unbestimmt blieben, jedenfalls für sie, die gekommen waren, um Terroristen ausfindig zu machen und zu verhaften. Antonio selbst war darüber verwundert. Es war ihm, als studiere er ein Gesicht, das er sehr gut kannte, das zu ihm jedoch nicht spricht. Er wollte dieses Nichtverstehen lange nicht hinnehmen, gab erst auf, als er begriff, dass es allen im Dorf wohl auf die gleiche Weise erging – jeder kannte jeden, und jeder blieb dem anderen ein Geheimnis, weil die Sprache fehlte, die gebührend ausdrücken konnte, was man voneinander wusste.

Antonio war zu einem Teil des Dorfes geworden, ein wahrer Dorfpolizist, der Inbegriff von harmloser und doch beruhigender Autorität. Er war das Gesetz als Staffage. Er ging im Knapp ein und aus wie in allen anderen Gasthäusern, er freundete sich mit den wichtigen Familien an, die damals begannen, ihre Unternehmen aufzubauen und sich sehr herrisch benahmen. Er hatte auch Kontakt zu den kleinen Leuten, die nie nach etwas gefragt wurden, ihrer schweißtreibenden Arbeit nachgingen ohne zu klagen, und selbst zum Pfarrer des Dorfes entwickelte er ein gutes Verhältnis, obgleich er ihn und seine wilden Predigten nicht mochte. All das gelang Antonio in einer Zeit, da das Land von Bomben erschüttert wurde. Es gelang ihm, sich fernzuhalten von den hysterischen und doch berechtigten Ängsten des Maresciallo, der ihm seinerseits Vorwürfe machte und ihn insgeheim in Verdacht hatte, die Seiten gewechselt zu haben. Das war ein absurder Vorwurf, für den der Maresciallo nie einen Beweis erbringen konnte und der Antonio deshalb auch nicht schadete. Es war schließlich der Maresciallo, der das Dorf verließ, auf eigenen Wunsch hin zog er in den Süden, zermürbt von der Undurchdringlichkeit dieser Menschen, von ihrer dumpfen Gleichgültigkeit, die sie ihm gegenüber gezeigt hatten. Antonio blieb.

Eines Tages hatte er im Rathaus zu tun. Er fragte nach einem guten Bekannten, den er begrüßen wollte. Es wurde ihm beschieden, dass dieser im Keller sei, der Mann habe im Archiv zu tun. Antonio hörte zum ersten Mal, dass es so etwas gab, ein Archiv, und wunderte sich, was es wohl alles enthalten möge. Er ging also die Treppen hinunter und nach einigem Suchen in den recht dunklen Räumen sah er seinen Bekannten über eine große Kiste gebeugt, in der er offensichtlich etwas suchte. Antonio näherte sich und tippte ihm auf dem Rücken, wobei er seinen Namen rief. Erschrocken fuhr der Mann auf. Ihm fielen zwei Fotos, die er in der Hand hielt, zu Boden. Antonio lachte und hob die Bilder auf.

„Was machst du denn da?“, fragte er.

„Ich …“, der andere rappelte sich auf und lachte nun ebenfalls, „ich sortiere das Archiv, die Fotos, besser gesagt. Die ganze Kiste da, sie ist voller Fotos …“ Er klopfte sich den Staub von den Kleidern. Antonio schaute sich die beiden Fotos an, die er aufgehoben hatte. Das eine zeigte zwei Gruppen, die Gewehre und

Bajonette aufeinander richten, die einen uniformierte Soldaten, die anderen in Tiroler Tracht. Antonio blickte seinen Freund fragend an.

„Das sind die Franzosen, Napoleon, du weißt schon ..."

Ja, er wusste. Diese Geschichte hatte man ihm nun oft genug erzählt, von den tapferen, gottesfürchtigen, kaisertreuen Männern in diesem Land.

„Ja, ja ...", murmelte er.

„Das hier sind so genannte lebende Bilder. Sie spielen Kampfszenen nach ... und das hier ...", er wies auf das zweite Foto, „das hier zeigt die Hinrichtung Hofers."

Antonio sah einen Mann, der vor einem Exekutionskommando kniete und ein Kreuz in die Höhe hielt. Die Beteiligten waren in der Bewegung erstarrt, genauso wie auf dem Bild mit der Kampfszene. Die Tribüne, auf der die Schauspieler standen, war verhängt mit bemalten Tüchern, die Wald und Berge darstellen sollten. Am tiefsten beeindruckte Antonio die Frau, die in der Kampfszene zwischen den Kämpfenden auf einem erhöhten Podest stand und offensichtlich die eigenen Leute, nämlich die Tiroler, anfeuerte. Er hatte schon von den Frauen gehört, die damals zu den Waffen gegriffen hatten, aber als er eine von ihnen nun auf diesem Bild sah, erschrak er doch, weil er ihre Entschlossenheit deutlich spüren und sehen konnte.

„Gefällt es dir?", fragt ihn sein Freund.

„Ach, ja, natürlich. Das ist interessant. Warum haben die Leute das gemacht?"

„Das war eine Veranstaltung für den Glückstopf im Dorf. Eine Art, wie soll ich sagen, eine Art Dorfbelustigung, so viele Feiern gab es damals ja noch nicht."

„Wie alt ist das Bild?"

„Es ist leider nicht datiert, aber ich schätze auf 1900."

„Was wirst du denn mit all diesen Bildern machen?", fragte Antonio.

„Ich weiß nicht, vielleicht eine Ausstellung in den Gemeinderäumen, was denkst du?"

Antonio schwieg. Dann sagte er: „Eine Ausstellung, ja, das ist eine gute Idee."

Er warf einen Blick in die Kiste, die fast bis zum Rand mit Fotos gefüllt war. Ihm fiel die Ecke eines Fotos auf, das von anderen bedeckt war.

„Das ist doch ...", sagte Antonio, und beugte sich hinunter, „das sieht doch aus wie eine Uniformhose ..."

Sein Bekannter war schneller als er. Er zog das Foto aus dem Stapel, betrachtete es, dann lachte er laut.

„Was lachst du denn so?"

„Ach, schau mal." Da sah Antonio sich selbst, wie er auf einer Prozession in Paradeuniform neben dem Pfarrer durchs Dorf schritt. Es gehörte mehrmals im Jahr zu seinen Pflichten, das zu tun.

„Siehst du das?", fragte sein Bekannter, immer noch lachend.

„Was?"

„Ja, was! Du bist schon einer der unseren geworden!"

Antonio nahm das Foto an sich, betrachtete es aus nächster Nähe. Tatsächlich, wenn er nicht auf diesem Foto wäre, dann fehlte etwas – ein Teil der Geschichte des Dorfes, Antonios Geschichte.

Meran, 1985

Mein Name ist Jan Hansen. Ich bin Deutscher. Das Schreiben ist nicht mein Geschäft, doch habe ich mich entschlossen zur Feder zu greifen, um Franz M. zu würdigen. Ich habe Franz Anfang Februar 1985 kennengelernt. Ich war gekommen, um dem nicht enden wollenden deutschen Winter zu entfliehen. Meran enttäuschte mich nicht. Es war frühlingshaft warm. Die Krokusse blühten, die Knospen an den Bäumen strotzten vor Kraft. Ich hatte von einer Großtante eine kleine Ferienwohnung im Meraner Winkelweg gewissermaßen geerbt. Ich sage „gewissermaßen", weil die Großtante noch lebt, aber nicht mehr in der Lage ist, größere Reisen zu unternehmen. 1980 gab sie mir den Schlüssel mit den Worten: „Ich kann nicht mehr in mein geliebtes Meran reisen. Fahr du hin. Schau nach dem Rechten. Aber vor allem: Genieß es!" Und ich genoss es. Meran war Liebe auf den ersten Blick. Später als ich Franz kennen lernte, steigerte sich diese Liebe bis zum Wahnsinn. Bitte erschrecken Sie nun nicht, wenn ich das so schreibe. Ich verspreche Ihnen, dass ich Sie mit der Verbindung zwischen mir und Franz nur so weit behelligen werde, wie es für das Verständnis dieser Geschichte notwendig ist. Nachdem ich ihn kennen gelernt hatte, fuhr ich bei jeder sich mir bietenden Gelegenheit nach Meran. Auch wenn es nur für ein paar Stunden war.

Warum ich überhaupt über ihn schreibe? Dafür muss ich Ihnen eine Geschichte erzählen.

Eines Abends gestand er mir, dass er Schriftsteller werden wollte. Wir saßen gemeinsam auf einer Bank im Schillerpark. Ich hatte ihn gebeten zu kommen. Er war noch nie in diesem Park gewesen, was ich erstaunlich fand, denn Franz kannte Meran wie seine Westentasche. Er war sehr stolz darauf. Tatsächlich war es das erste Mal, dass ich ihn dabei ertappte, einen Ort seiner Stadt nicht zu kennen. Er zögerte, als ich ihm den Schillerpark als Treffpunkt nannte. Er war offensichtlich etwas verlegen, schließlich stimmte er zu. Ich sagte ihm, wohin er kommen sollte, und er antwortete in einer etwas trotzigen Art: „Ich find' das schon. Mach dir keine Sorgen!" Wir vereinbarten eine Zeit, und er kam wie immer etwas zu spät. Ich hörte das Knattern seiner frisierten Vespa schon von weitem. Ich spürte ein flaues Gefühl in meinem Magen. Ich blickte zum Eingang des Parkes hin und es schien mir eine Ewigkeit zu dauern bis er endlich auftauchte. Da sah ich ihn kommen, die Füße schleppend über den Boden ziehend, die Arme schlenkerten, als hingen sie locker in den Gelenken. Die schwarzen, lockigen Haare fielen ihm in den Nacken. Die feine, gerade Nase leuchtete in der Abendsonne auf und die vollen, schön geschwungenen Lippen glühten rot. Auf seinen Wangen waren die ersten Ansätze eines Bartwuchses zu sehen. Franz war gerade erst siebzehn geworden, eine Tatsache, die er gerne hinter einem betont männlichen Auftreten verbarg. Als er mich auf der Parkbank sitzen sah, verzog er keine Miene. Er schüttelte mir nicht einmal die Hand, sondern fläzte sich neben mich hin, steckte die Hände in die Hosentaschen und streckte das Kinn herausfordernd in die Luft.

„Was gibt's?", zischte er. Ich lächelte und blieb ihm die Antwort schuldig. Ich wollte warten, bis er sich beruhigt hatte. Bei jedem unserer Treffen setzte er in den ersten Minuten ein trotziges Gesicht auf, so als wollte er sagen: „Was mache ich eigentlich hier mit diesem Idioten? Es ist beschissen, dass ich gekommen bin, aber nun bin ich einmal da und bleibe auch." Sie müssen wissen, dass Franz ein besonders schwieriges Verhältnis zu deutschen Touristen hatte. Es wäre zu einfach zu sagen, dass er sie nicht mochte, dafür interessierte er sich zu sehr für sie. Er verbrachte viel Zeit damit, sie zu beobachten. Er studierte ihre Gewohnheiten, ihre Verhaltensweisen und ihre Vorlieben ganz so, als wären es Menschen, vor denen man sich in Acht nehmen musste.

„Du bist ein Eindringling!", hatte er mir bei einer unserer ersten Begegnungen an den Kopf geworfen.

„Was meinst Du denn damit?", fragte ich ihn etwas irritiert.

„Das was ich sage: Du gehörst zu den Eindringlingen."

„In was bin ich denn eingedrungen?"

„In meine Welt ... in unsere Welt."

Mir gefiel dieses Selbstbewusstsein, mit dem er von „seiner Welt" sprach. Es war auch nicht frei von Ironie. Denn „seine Welt" sah er mit mindestens genauso gnadenlosem Spott wie uns deutsche Touristen.

„Schön, dich zu sehen!", ich legte ihm meine Hand auf das Knie, und er fegte sie mit einer unwirschen Bewegung weg.

„Was willst du von mir?"

„Nichts. Ich dachte, es ist ein schöner Abend, und das hier ist ein schöner Park. Ich wollte, dass ihn kennen lernst. Das ist alles."

Er schwieg und starrte auf seine staubbedeckten Schuhe. Es war ein heißer Sommer und es hatte seit Wochen nicht geregnet. Franz zeichnete mit den Stiefelspitzen Linien in den Kies.

„Ich dachte nur, es würde dir hier gefallen."

Er schwieg weiter. Ich unternahm einen neuen Anlauf.

„Ist es nicht schön hier? Das Panorama. Die Zielspitze, die Texelgruppe, der Partschinser Wasserfall. Alles gestochen scharf! Und bald geht die Sonne unter. Das Licht ist dann am schönsten ...“

„Lass mich bloß mit dem Scheiß in Ruhe!“, unterbrach er mich. Ich wich zurück und wandte mich ab. Wir saßen ein paar Minuten da, ohne miteinander zu reden. Ich war diesmal fest entschlossen, ihm seine Rüpelhaftigkeit nicht durchgehen zu lassen. Da kramte er in seiner Hosentasche herum und zog ein kleines Notizbuch hervor.

„Das ist für dich“, sagte er und überreichte es mir mit einer linkischen Bewegung.

„Für mich?“

Ich nahm es erstaunt in die Hand. Franz hatte mir noch nie etwas geschenkt. Das Notizbuch war aus schwarzem Kunstleder. An den Ecken war es angeschlagen und auf der Rückseite war es zerkratzt. Ich schlug es auf. Die Seiten waren in einer winzigen Schrift voll geschrieben. Die Buchstaben waren so klein, dass ich zuerst dachte, man bräuchte eine Lupe, um sie entziffern zu können. Doch beim zweiten Hinsehen erkannte ich, dass jeder Buchstabe mit großer Sorgfalt und Genauigkeit gesetzt war.

„Hast du das geschrieben?“

„Ja, ich will Schriftsteller werden“, sagte er trocken und zeichnete weiter mit einer Fußspitze Linien in den Sand. „Ich habe das noch niemandem gezeigt und möchte, dass du es liest.“

Augenblicklich spürte ich eine große Verantwortung. Ich hätte das Notizbuch am liebsten mit den Worten zurückgegeben, dass ich nur ein Steuerberater sei und von Zahlen viel, aber nichts von Worten verstünde. Doch konnte ich mich nicht mehr zurückziehen. Er erwartete etwas von mir, und ich wollte ihn nicht enttäuschen.

„Natürlich werde ich es lesen. Gleich heute Abend!"

Er nickte, zog seine Beine an und richtete sich gerade auf.

„Du hast Recht. Es ist schön hier."

Wir saßen noch eine Weile da und schauten zu, wie die Sonne hinter den Bergen verschwand. Die Luft war erfüllt von schwerem Blumenduft. Der Himmel strahlte noch, während die Dunkelheit nach und nach vom Tal Besitz ergriff. Als die Straßenlichter angingen stand Franz auf. Ich wollte ihn zurückhalten, doch ich tat es nicht, denn ganz plötzlich kam mir das alles lächerlich vor. Ein fünfzigjähriger Steuerberater mit Haarausfall und ein siebzehnjähriger Junge, dem noch nicht einmal ein richtiger Bart wuchs. Ich wollte mir nicht eingestehen, dass Leidenschaft und Begehren mich an diesen Jungen ketteten. Dass ich schon mehrmals versucht hatte, mich von ihm zu lösen, machte es nicht besser, sondern schlimmer. Ich war ihm ausgeliefert.

Franz erhob sich und verabschiedete sich mit den Worten „bis bald!" Ich nickte. Er ging zum Ausgang des Parks. Wenig später heulte der Motor seiner Vespa auf. Er hatte sie selbst frisiert und war sehr stolz darauf. Er brauste davon. Nach dem Klang des Motors zu schließen, stürzte er regelrecht die steile Cavourstraße hinunter in das Stadtzentrum. Ich dachte an einen Kampfbomber, der sich vom Himmel herab auf seine Beute stürzte, eine fauchende, zischende Höllenmaschine. Ich ging nach Hause, machte mir Tee, setzte mich in den Ohrensessel und schlug Franz' Notizbuch auf. Auf der ersten Seite stand ein einziger Satz in Kapitälchen:

Ziemlich genau zu dem Zeitpunkt, als ich das las, muss Franz ums Leben gekommen sein. Das jedenfalls ergaben meine späteren Erkundigungen zum Unfallhergang bei der Polizei. Nachdem sich Franz verabschiedet hatte, muss er wohl, wie er es gerne tat, durch die Stadt gerast sein und dann weiter nach Algund und über den Küchelberg wieder hinunter in die Stadt. „Meine kleine Spritztour“ nannte er das. Als er über den Sandplatz wieder in das Zentrum einbog, kam seine Vespa ins Schleudern. Er muss versucht haben – davon geht die Polizei aus –, das Mofa wieder unter Kontrolle zu bringen, was ihm fast gelungen sein muss, denn er fuhr noch einmal rund 100 Meter gerade aus, prallte dann aber mit ungebremster Wucht in die gläserne Eingangstür des Meraner Kurhauses. Die Vespa blieb zertrümmert auf der Schwelle liegen, während Franz durch das Glas in die Eingangshalle geschleudert wurde. Dort, unter der Kuppel des Kurhauses, blieb er liegen. Das Blut floss aus vielen Schnittwunden, die ihm das zersplitterte Glas zugefügt hatte. Es war ein großes Glück, dass sich zu diesem Zeitpunkt niemand in der Eingangshalle befunden hatte. Ein paar Minuten früher und es hätte sicher weitere Verletzte, vielleicht sogar Tote gegeben. An diesem Abend nämlich gab eine beliebte Volksmusikgruppe ein Konzert. Ich kann mich nicht mehr erinnern, wie diese Gruppe hieß, Meraner Turteltauben vielleicht, oder Tiroler Fasane, jedenfalls waren sie sehr bekannt und populär. Wenn sie aufspielten, dann ging es hoch her in den Festsälen des Landes. Das Publikum schunkelte, klatschte, sang, johlte und schrie. Ein Donnern und Beben erhob sich zum Himmel, wenn diese Volksmusiker ans Werk gingen. Trotzdem durchbrach Franz diesen Lärm. „Es war furchtbar!“, sagte eine Konzertbesucherin später zu einem Lokalreporter. Sie stammte aus Stuttgart und machte schon das zwölfte Mal Urlaub in Meran. Ein zweiter Gast diktierte dem Reporter in den Block: „Ich dachte sofort an ein Attentat!“ Der Mann stammte aus Düsseldorf und war dort in einer Maschinenfabrik beschäftigt. Er war schon den zehnten Sommer hintereinander nach Meran gekommen. Darum ließ er den Reporter auch wissen: „Ich habe hier so etwas noch nie erlebt!“

Ich erwähne das alles, weil ich glaube, dass es Franz wichtig gewesen wäre. Ich bin nämlich überzeugt, dass dieser Unfall kein Unfall war. Franz hat seine Vespa absichtlich in die Eingangstür des Kurhauses gesteuert. Vielleicht hat er es schon lange geplant gehabt, doch ich denke eher, dass er seine Entscheidung spontan getroffen hat, als er mit seiner Vespa in der Freiheitsstraße ins Schlingern geriet. Franz verabscheute das Kurhaus und alle, die dorthin gingen. Wenn es einen Gott gibt, dann hat er es Franz bestimmt ermöglicht zu sehen, wie die Menschen nach dem Unfall aus dem Konzertsaal strömten, um zu sehen, was geschehen war. Franz hätte diesen letzten Auftritt genossen, begafft von den Menschen, denen er immer vorgeworfen hatte, dass sie nur zum Gaffen und zu nichts anderem in der Lage waren. Er starb vor ihren Augen und jagte ihnen einen Schrecken ein, den sie lange nicht vergessen werden.

Es klingt reichlich abstrus, dass ein Jugendlicher sich auf diese Weise ums Leben bringen sollte. Es war sein Notizbuch, das mich von seinem Selbstmord überzeugte. Man könnte seine Tat als Agitprop qualifizieren, als einen Propagandaakt mit agitatorischer Absicht. Mit anderen Worten: Franz wollte ein Zeichen setzen.

Er glaubte an die Kraft des Symbols. Und damit bin ich wieder bei dem Grund dafür, warum ich – der ich mit Worten nicht umgehen kann – mich nach Kräften bemühe, der Feder diese Geschichte abzuringen. Franz wollte, dass ich das aufschreibe, darum hat er mir so kurz vor seinem Tod sein Notizbuch gegeben.

Was also steht in diesem Buch? Nichts Explosives, nichts Skandalöses, doch Aufsehen erregend ist es allemal. Die Aufzeichnungen sind alles in einem, Erzählung, Essay, Pamphlet, Klageschrift, Lyrik. Da finden sich Banalitäten, neben tiefgründigen Einsichten, da findet man Kitsch neben Sätzen von zarter Poesie. Alles geht durcheinander. Sie dürfen nicht vergessen, dass er gerade siebzehn Jahre alt war. Trotzdem hat Franz mir die Augen für seine Welt geöffnet, für dieses Meran in den achtziger Jahren, in dem er lebte und aufgewachsen war. Ich war wie zehntausende andere Touristen hierher gekommen, angezogen vom weichen Sonnenlicht, der prickelnden Luft, den strahlenden Bergen. Franz öffnete mir die Augen für eine Welt jenseits der Postkarte. Hier nun sind seine Aufzeichnungen. Soweit es für das Verständnis nötig war, habe ich sie etwas geordnet, doch habe ich das sehr zurückhaltend getan, um dem Original möglichst treu zu bleiben.

Aufzeichnungen aus einer unterworfenen, leeren Stadt

Ich beginne mit einem schönen Gedicht, das Sie wahrscheinlich kennen, und Sie werden es – wenn Sie denn normale Menschen sind – nicht mehr hören können, dieses Gedicht, das ja schön ist, aber das immer wieder missbraucht wird, um eine Stadt zu bewerben, die es ganz und gar nicht wert ist, mit so einem wunderbaren

Gedicht beworben zu werden, weil sie wirklich unwürdig ist, diese Stadt. Diese Unwürdigkeit ist nicht auf den ersten Blick sichtbar, denn diese Stadt wirkt sanft und weich, ganz recht für den Menschen gemacht, würden die Ärzte sagen, die schon seit vielen Jahren ihre Patienten zur Kur hierher schicken, damit sie sich erholen in der Luft, die so duftet, dass man sich fragt, ob denn nicht irgendwo in den Büschen oder vielleicht in den Weinbergen eine riesige Sprühanlage steht, die zu ganz bestimmten Zeiten süßen, schweren Duft versprüht, der dann Gäste wie Einheimische gleichermaßen umhüllt und auf diese Weise das unbewiesene Gerücht am Leben erhält, dass diese Stadt tatsächlich ein wenig verwandt sei mit einer ähnlichen Stadt in der Provence oder an der Riviera, was freilich eine glatte Lüge ist, denn nichts hier ist so wie dort, wo es wirklich schön ist. Alles hier ist Härte, Häme und Hass. Und echt? Nein echt ist nichts, denn die Geschichte mit den in den Büschen versteckten Duftmaschinen ist nicht etwa frei erfunden von mir, oder von irgendjemand anderem, der diese Stadt so abgrundtief verabscheut, wie ich es tue. Sie ist wahr, so wahr wie diese Stadt. Wenn Sie es nicht glauben möchten, dann gehen Sie abends, kurz bevor es dunkelt, zum Pulverturm hinauf, Sie wissen schon, das ist dieser lächerliche Turm, von dem man sagt, dass da früher Schießpulver aufbewahrt worden sei, was nicht stimmt, man hat dort etwas anderes getan. Was, das weiß ich auch nicht, aber es war bestimmt kein Schießpulver im Turm, sonst würde man es bis heute riechen, denn es ist ja bekannt, dass Schießpulver noch jahrhundertelang zu riechen ist. Sie können die Experten fragen, nur kann ich Ihnen sagen, dass Sie hier in der Stadt keine finden werden, denn hier behaupten alle Experten für etwas zu sein. Der eine ist es für Schuhe, der andere für Kanus, der dritte für Schnee, doch keiner kennt sich aus. Nicht einmal mit sich selbst kennen sie sich aus, sie sind richtiggehend verloren in ihren eigenen Seelen, wie in einer Wüste, wo man sich verliert, wenn man nicht nach oben zu den Sternen schaut, was diese Einheimischen auch nie tun. Die Sterne machen ihnen große Angst, denn es könnte ja sein, dass es dort in der Weite des Universums eine andere, bewohnbare Welt gibt, und das möchten sie sich auf keinen Fall vorstellen. Sie wollen nur in ihrer Welt leben, die sie für die beste halten, so sehr, dass sie alle anderen Welten negieren, damit ihnen keine Konkurrenz erwächst. Darum gibt es keine Sterne für diese Stadt.

Also gehen Sie dort hinauf, wenn Sie mir nicht glauben wollen. Halten Sie sich ein wenig verborgen, was Ihnen leicht gelingen sollte, denn hier am Pulverturm gibt es genügend Schutz, was im Übrigen auch dazu führt, dass sich hier die Schwulen treffen, die sonst in dieser Stadt völlig schutzlos Einheimischen ausgeliefert sind, die nichts wissen von den Schwulen und anderen Menschen und Dingen, die nicht ganz auf der Linie ihrer mittelmäßigen Gehirne liegen. Die allem, was sie nicht kennen, mit einer kaum verhaltenen Aggression gegenübertreten wie immerzu wütende Kreaturen, drauf und dran zu explodieren, wenn sie nur in die Nähe einer Sache kommen, die ihnen fremd ist und die sie daher gleich wegbügeln müssen mit ihrer Wut oder, wie die Einheimischen sagen, NIEDERBRETTERN! Wenn Sie nun zum Pulverturm kommen, werden Sie ein Geräusch hören, zuerst eine PFFT!, dann ein PFFFT!, dann ein PFFFFFFFT! und schließlich wird es eine Pause geben. Genau in dieser Pause sollten Sie aus Ihrem Versteck lugen, oder ich müsste angesichts der in dieser Stadt wohnenden Aggressionen sagen: aus Ihrem Unterstand. Schauen Sie aus Ihrem Unterstand heraus und Sie werden einen grün gekleideten Mann sehen, der zwischen den Büschen hin und her springt wie ein aufgekratzter, paarungswilliger Frosch. Das ist der Gärtner, der die Duftmaschinen an dieser Promenade wartet und zu gegebener Zeit bedient. Er heißt übrigens Moser Sepp, und das ist kein Witz, er heißt wirklich Moser Sepp und ist der Cousin von dem gleichnamigen Moser Seppl, der bei den Wilden Fasanen der Sänger und bekannt dafür ist, dass er mit seiner Stimme das Wachs in den Ohren der Frauen zum Schmelzen bringt. Merken Sie sich den Namen, das wird Sie weit bringen. Es ist hier nämlich so, dass ein Name den anderen ergibt, Sie können auf diese Weise wie ein Affe von Liane zu Liane springen, mitten hinein und mitten hindurch durch diesen Kleinstadtdschungel. Sagen Sie zum Beispiel Sepp Moser, Gärtner, dann landen Sie bei Seppl Moser, Sänger. Sie werden weiterkommen zu Moser Michl, dem Vater des Gärtners, der im Krieg gedient hat und nach Bekunden seiner Freunde irgendwo im kalten Winter 1942, in Russland, 23 sowjetische Panzer in die Luft gejagt hat. Dafür hat er das Eiserne Kreuz bekommen, das er in seinem Schusterladen ausgestellt hat, was ihm bei den einschlägig gebildeten deutschen Touristen Anerkennung einbrachte. „Bei uns dürften wir so was nicht zeigen. Das ist verpönt!", sagen die Touristen und klopfen dem Moser Michl auf die Schulter. Dieser bedankt sich mit grimmiger Miene, die er immer dann aufsetzt, wenn die Rede auf den russischen Winter kommt.

Der Moser Michl hatte drei Söhne. Der jüngste, der ist ihm schief geraten, denn der hält nichts von den Heldentaten des Vaters, zeigt sogar seine Missbilligung, indem er sich die Haare so lange wachsen lässt, bis sie ihm auf die Schultern fallen. Franz heißt der Unbotmäßige. Der Moser Michl versucht ihn zu demütigen, indem er ihm *seine körperliche Überlegenheit vorführt. Wann immer der Franz in das Haus seines Vaters kommt, um seine Mutter zu besuchen, beginnt der Michl Moser damit, Liegestütze zu machen. Vierzig am Stück. „Mach ich jeden Tag!", sagt der Michl zu seinem Sohn, „Und du? Wie viele schaffst du?" Aber der Franz lässt sich auf dieses Spiel nicht ein. Außerdem würde er nicht mehr als fünf Liegestützen schaffen, denn er ist recht schwächlich geraten, was die Rache der Gene an dem Vater ist, der sich alle seine Söhne stark, blond und blauäugig gewünscht hatte. Sehen Sie, so ist das: Man sieht einen Gärtner am Pulverturm und landet mitten im Dickicht einer vertrackten Familiengeschichte.*

Ich schweife ab. Ich wollte ja mit dem Gedicht beginnen, um Ihnen zu erzählen, was diese Stadt für eine Stadt ist, aber dieses Gedicht braucht eine Einführung, denn unter all den schönen Städten ist diese Stadt die, die ein solch wunderbares Gedicht am wenigsten verdient. Es ist oft schon zitiert worden. Sie werden es kennen und sich nun vielleicht sagen: „Lass mich bloß in Ruhe mit diesem Klischee!" Doch kann ich es Ihnen nicht ersparen – ich will Ihnen überhaupt nichts ersparen, weil Meran die Stadt ist, die sich alles ersparen will, alles was ihr nicht passt, will sie sich ersparen, bis sie den Bauch voll hat vom sich alles Ersparen und satt ist und dick und fett und selbstzufrieden. Ich will nicht, dass sie vor lauter Fett sich selbst nicht mehr sehen kann, nicht mehr zu sich vordringen kann, sich nicht mehr spüren kann. Darum soll sie hier ihr Fett abkriegen, richtiges, schmieriges Fett. Nicht Bauchfett, sondern ein Fett, das ihr im Gesicht kleben bleibt, sodass sie sich nicht mehr anschauen kann im Spiegel und sich vorher waschen muss, wenn sie das tun will, sich anschauen, vor sich hintreten und sagen: So bin ich! So bin ich Stadt!

Hier also das Gedicht:

März. Brief nach Meran

Blüht nicht zu früh, ach blüht erst, wenn ich komme,
dann sprüht erst Euer Meer und Euren Schaum,
Mandeln, Forsythien, unzerspaltene Sonne –
dem Tal den Schimmer und dem Ich den Traum.

Ich, kaum verzweigt, im Tiefen unverbunden,
Ich, ohne Wesen, doch auch ohne Schein,
meistens im Überfall von Trauerstunden,
es hat schon seinen Namen überwunden,
nur manchmal fällt er ihm noch flüchtig ein.

So hin und her – ach blüht erst, wenn ich komme,
ich suche so und finde keinen Rat,
dass einmal noch das Reich, das Glück, das fromme,
der abgeschlossenen Erfüllung naht.

Der Mann, der Gottfried, dieser Benn, wo ist der bloß gewesen? In Meran bestimmt nicht, das kann gar nicht sein, dass einem so etwas einfällt bei einem Aufenthalt in dieser Stadt. Oder doch? Kann es sein, dass ihn die Leidenschaft gepackt hat, dass er sich gar verliebt hat? Das muss es sein, denn nur so ist es zu erklären, dass er diese Zeilen schrieb. Jede echte Leidenschaft gibt Rätsel auf, und Rätsel wollen ergründet werden. Ich muss mich deshalb fragen: Wie kommt Meran zu so viel Liebe?

Die Antwort der Touristiker ist klar. Klima, Vegetation, Sonne, Licht, Luft. Das mache Meran attraktiv. Doch diese Erklärung beschränkt sich auf Äußerlichkeiten. Das genügt nicht, um das Rätsel zu lösen. Den Touristikern aber reicht die Zuneigung der Dichter. Franz

Kafka, Stefan Zweig, Ezra Pound, Gertrud Fussenegger und Christian Morgenstern haben sich hier aufgehalten und haben in ihren Briefen, Gedichten und Romanen ein Lob auf die Stadt gesungen. Braucht man noch mehr Beweise?

Offensichtlich ja, denn lokale Rechercheure sind damit beschäftigt, den Aufenthalt bekannter und weniger bekannter Künstler in Meran zu erkunden. Sie wühlen hartnäckig in den Archiven, um Spuren zu finden, die sie hinterlassen haben. Jeden Stein drehen sie um, und hinter jeden Baum und jeden Strauch werfen sie einen Blick. Könnte ja sein, dass der Künstler etwas von sich hinterlassen hat, und wenn es nur ein Buchstabe ist, den er entlang der rauschenden Passer spazierend verloren hat. Es wird alles gesammelt, was Merans Ruhm als Muse der Künstler belegen könnte. Und manches wird hinzugefügt. Gedichtzeilen Parkbänken, unter lauschigen Bäumen, Sinnsprüche auf den Parkplätzen, mitten im Smog, Reime über Reime, wo man sie nicht vermutet hätte.

Sie werden es nicht glauben, aber diese Forscher sind ausgebildete Akademiker, mit Doktortiteln vorneweg. Sie alle haben einst davon geträumt, diese Stadt zu verlassen, denn das ist ja das erste, was man träumt, wenn man in diese Stadt ganz und gar schuldlos hineingeboren wird: dass man aus ihr flüchten kann bei der ersten Gelegenheit. Für viele kommt sie erst, wenn sich ihnen die Tore der Universität öffnen. Es gibt natürlich auch die anderen, die es sehr eilig haben und die sich mittels Drogen die Tore zur Hölle selbst aufstoßen. Die meisten jedoch schaffen den Absprung nicht, aus dem einen oder anderen Grund, aber meist aus dem, dass das Leben hier doch angenehm ist, weil es überschaubar bleibt und weil es Sicherheit gibt: Arbeitsplatzsicherheit, Rentensicherheit, Gesundheitssicherheit, ja sogar Wettersicherheit:

300 Sonnentage im Jahr, ich bitte Sie, wo gibt es denn sonst so viel Sonnensicherheit? Aus diesem Grund also bleiben sie da, oder besser: Sie kommen zurück. Spätestens am ersten Tag ihrer Rückkehr aber hassen sie sich dafür, dass sie zurückgekommen sind, denn sie waren ja weggegangen, weil sie für immer wegbleiben wollten. Doch da war nichts mit Emigration, nur eine kleine Flucht wurde daraus, für ein paar Jahre. Wie feige, wie wenig eindrucksvoll, denken sich die Zurückgekehrten, und empfinden eine tiefe Verachtung für sich selbst, die sie freilich an die anderen weitergeben, an alle, die ihnen begegnen, ganz egal ob Kind oder Frau oder Mann oder Greis oder Greisin. Deshalb ist die Stimmung auch so schlecht unter diesen Forschern und sie hellt sich nur auf, wenn sie Spuren der Stadt in den Werken der Künstler finden. Dadurch bekommen sie sofort das Gefühl, es sei doch nicht ganz falsch gewesen, hierher zurückzukommen, wenn ein Künstler doch hier gewesen ist, sogar gerne gekommen war und auch noch Gedichte über sein Hiersein geschrieben hat. Nein, dann kann es nicht ganz falsch sein, hier zu leben. Darum wird jeder Fund sofort aufgeblasen wie ein Ballon, bis er über der Stadt schwebt, ein Werbebanner hinter sich herziehend: WILLKOMMEN IN DER GARTENSTADT! oder: WILLKOMMEN IN DER STADT DER POESIE! Oder: SONNE! GLÜCK! MERAN! Also, wenn zum Beispiel der weltberühmte Gabriel Garcia Márquez hier gewesen wäre und in einem seiner liebestollen Bücher Meran auch nur eine hitzige Zeile gewidmet hätte, was denken Sie, was da los gewesen wäre? Meran hätte ein dreitägiges Symposium zum Thema „Der Einfluss Merans auf die lateinamerikanische Literatur" veranstaltet, mindestens. Die Stadt hätte keine Kosten gescheut, die berühmtesten Schriftsteller dieses Kontinents einzufliegen, selbst wenn sie im entfernten Feuerland lebten. Wenn es um sie selbst geht, scheut Meran keine Mühen, denn schließlich muss die Stadt ja verbergen, dass sie allen was vormacht, vor allem sich selbst.

Meran lebt davon, sich als Traumstadt zu vermarkten. Wenn der dunkle Gottfried Benn sich hier wohl gefühlt hat, der sieche Kafka und der schräge Morgenstern, dann kann sich doch das ganze Spektrum der Menschheit in dieser Stadt einfinden. Meran will aus dem Selbstbildnis, ein Liebling der Dichter zu sein, möglichst viel Kapital schlagen. Das Poetische an der Liebe zu Meran ist darüber längst zum Glamour verkommen. Kafka, Benn, Zweig, Pound – das ist „name-dropping" in einem Wettbewerb um Aufmerksamkeit. Meran selber produziert ja keinen Glanz oder gibt es etwa einen Meraner Bürger, dem der Glanz auf natürliche Weise eigen wäre? Keiner ist bekannt. Aus dem Inneren strahlt bei Meran wenig, nur die Sonne tut es von oben herab, und das ausgiebig.

Den Mangel an eigenem Glanz müssen andere ausgleichen. Da gab es zum Beispiel 1981 das Finale der Schachweltmeisterschaft zwischen dem linientreuen Sowjetrussen Anatoli Karpow und dem staatenlosen, exilierten Russen Anatoli Kortschnoi. Was war das für eine Show! Die beiden fochten stellvertretend für die Supermächte den Kalten Krieg am Schachbrett aus. 50.000 Zeitungsartikel sind über diese Weltmeisterschaft publiziert worden, 50.000 Mal erschien das Wort Meran, von Hammerfest bis Kapstadt, von Berlin bis nach Tokyo war es zu lesen.

Hier muss ich Ihnen noch berichten, dass auch der Moser Michl gekommen ist, um die Weltmeisterschaft zu sehen, denn er war zum einen selbst ein Schachspieler, ein ziemlich miserabler zwar, doch verbrachte er jeden Dienstag und jeden Donnerstag in einem Hinterzimmer vom

Schwarzen Adler, spielte den ganzen Abend mit seinem Freund Schach, den alle nur unter dem Namen Sheriff kannten, weil er einen Sheriffstern hinter seinem Anzugrevers trug. Angeblich, weil er in seiner Jugend einmal in Hollywood gewesen war und dort eine Rolle in einem Spaghettiwestern gespielt hatte, was keiner beweisen konnte, weil der Film seit einem Brand des Metro Goldwin Meyer Studios unauffindbar sein soll. Das behauptet der Sheriff, und wenn man ihn zu später, sehr später Stunde in den Laubengängen betrunken herumtorkelnd antraf und ihn fragte, ob das denn stimme, das mit seiner Rolle im Spaghettiwestern und dem Brand des Studios, murmelte er: „Urban legend, brother! Urban legend!" Das freilich verstand die Hälfte der Fragenden nicht, weil sie nicht Englisch sprach. Die andere verstand es zwar, konnte sich aber keinen Reim drauf machen, weil sie mit „urban" sicher nicht die Stadt Meran in Verbindung brachte. Mit diesem Sheriff also spielte der Moser Michl zweimal die Woche Schach, dienstags und donnerstags. Deshalb, sagt er selbst, weil es die Tage in der Woche sind, die mit D beginnen, was ihn immer an den D-Day erinnere, den Tag der Landung der Alliierten in der Normandie. Der Tag, der endgültig das Ende des Dritten Reiches einläutete. Das bedauerte der Moser Michl nicht öffentlich, weil das ginge dann doch zu weit, selbst in dieser Stadt. Aber er versteckte sein Bedauern geschickt hinter der bekannten Tatsache, dass der Rommel, der Wüstenfuchs, der ausgefuchste, dass der Rommel dem Hitler ja hatte sagen lassen, dass man die nagelneuen Tigerpanzer, die die Wehrmacht zu hunderten im französischen Hinterland herumstehen hatte, an die Küste der Normandie verlegen müsse. Der Feind, da war sich Rommel sicher, lande dort, womit er auch Recht behielt. Wenn der Hitler auf den Rommel gehört hätte, so sagte der Moser Michl, dann hätten diese Tiger die Amis und die Engländer und die Australier und die Kanadier, und was sonst noch alles an Gesindel am Strand der Normandie landete, einfach weggeblasen, ins Meer geworfen, versenkt. Aus! Basta!, sagte der Moser Michl und haute auf den Tisch, dass alle Schachfiguren einen Satz in die Luft machten und die Bauern umfielen, niedergemäht von dieser Urgewalt des Moser Michl, die ja nicht nachgelassen hatte, seit er selbst Panzer in der Kälte Russlands in die Luft gejagt hatte. Explodiert sind sie, sagte der Moser Michl und hob die Schachfiguren wieder auf, explodiert, als wären sie aus Pappe. Der Tiger war freilich aus ganz anderem Stoff, eine echte Kriegsmaschine, die hätte den Krieg noch entscheiden können, ENTSCHEIDEN, nicht gewinnen. Fürs Gewinnen war es schon zu spät, sagte der Moser Michl zum Sheriff, der gerade seine Stellung studierte und dachte, er sei in Hollywood, in einem Film, so wenig konnte er glauben, was ihm der Moser Michl da erzählte, von Papppanzern, von Stahlpanzern, von Siegespanzern. Vor allem konnte der Sheriff nicht glauben, dass der Moser Michl wirklich davon überzeugt war, die Alliierten hätten mit Hitler ein Friedensabkommen geschlossen, wenn die Tiger sie wieder ins Meer geworfen hätten. Ja, deshalb spielen wir immer am Dienstag und am Donnerstag, sagte der Moser Michl zu dem Sheriff, dem der Kopf schon recht schwirrte und der deshalb noch ein Glas zu sich nahm und in einem Zug austrank, als sei es Wasser. Wir spielen an den D-Tagen wegen des D-Days, weil das eigentlich ein Tag des Friedens hätte werden können, wenn nur Rommel seine Panzer …

Ja, so ging das an diesen Abenden, Schach war Nebensache, was den Moser Michl nicht daran hinderte, sich als kleines Schachgenie zu sehen. Er kam zur Schachweltmeisterschaft zwischen den Russen. Im Saal kommen-

tierte er lautstark die Züge wie bei einem Fußballspiel, solange bis ihn die livrierten Saalordner rausschmissen. Er kam am nächsten Tag wieder und wenn sich ihm einer der Diener in den Weg stellte, fauchte er ihn mit den Worten an: „Ich muss die Russen sehen! Die Russen will ich sehen!" und er tat es mit einem dermaßen irren Blick, dass jeder ihm auswich, so dass er die Russen wirklich zu sehen bekam, die ersten Russen seit den vierziger Jahren. Die ersten lebenden Russen überhaupt, denn er hatte ja nur tote gesehen; aber nein, das ist nicht ganz richtig, er hatte auch russische Kriegsgefangene gesehen, doch die zählten nicht. Für den Moser Michl waren sie nur Ungeziefer, nichts weiter, darum sah er sie nicht. Das war also der zweite Grund, warum der Moser Michl zur Schachweltmeisterschaft kam, weil er endlich Russen sehen wollte, lebendige, waschechte Russen.

Das Turnier fand im Hotel Bristol statt, ein Stein gewordener Traum von glamouröser Größe. Gebaut in den Fünfzigern vom italienischen Reeder Arnaldo Bennati, sah es aus wie ein riesiger Luxusliner, der am Fuße der Berge für immer angelegt hatte. Wie ein Eroberer entwarf Bennati auf dem Reißbrett seine großen Pläne. Er spürte das innerste Bedürfnis Merans, diesen Wunsch nach Geltung und ging daran, es zu befriedigen. Sophia Loren kam zur Eröffnung in das Bristol. Stellen Sie sich das vor: SOPHIA LOREN! Wie sie ihre Pracht vor sich her tragend durch das Bristol schwebte, ein Luxusgeschöpf, das in diese Stadt kam. Was denn der Bennati dafür wohl alles getan hat, ach Gott, ich weiß es nicht, aber ich wüsste es gern. Die Loren blieb nicht die Einzige. Es folgten eine Reihe Stars und Sternchen. Bennati zündete ein Feuerwerk nach dem anderen. Das war nach dem Geschmack der Stadt. Trotzdem strandete der Reeder. Der Erfolg wollte sich nicht dauerhaft ein-

stellen. Bennati hatte das Richtige für Meran gemacht, doch hatte er die falsche Herkunft. Er war Italiener. Wie eine zickige Braut hatte ihn Meran zwar aufgenommen, aber nie recht in ihre Arme geschlossen. Trotzdem, das Bristol half Meran, die Illusion aufrechtzuerhalten, im Mittelpunkt der Welt zu stehen.

Der Kampf zwischen Karpow und Kortschnoi war der Höhepunkt der internationalen Karriere Merans. Das Duell der beiden Schachtitanen inspirierte die Musiker von ABBA, ein Musical namens „Chess" zu schreiben. Es spielt in Meran und Bangkok und machte, wie sollte es anders sein, die kleine Stadt noch weltberühmter, als sie ohnehin schon war.

Meran, Meran, Meran – vielleicht kommt man dem Rätsel der Liebe zu dieser Stadt näher, wenn man diesen Namen einfach wiederholt, so wie es ein Betender tun würde oder ein Werbefachmann. Meran, Meran, Meran – wer ihn nur lange genug leise nachspricht, wird sich fragen, ob die Stadt überhaupt existiert oder ob es sich bei diesem Wort nicht eher um ein Mantra handelt, eine inhaltsleere Beschwörungsformel. Dafür spricht, dass die Künstler, die hier zu Gast waren, zwar über Meran schrieben, aber so gut wie nie über ihre Bewohner, die Meraner, ganz so als existierten sie nicht.

Eine Stadt ohne Menschen ist Meran, gefüllt nur mit den Träumen seiner Gäste. Diese Menschenleere ist der tiefere Grund für die Sogkraft Merans, für ihre über alle Grenzen hinauswirkende Attraktivität. Darin liegt das Geheimnis der ihr entgegengebrachten innigen Liebe. Niemand stört, kein Bauer, kein Arbeiter, kein Bürger. Nichts als Blumen und Blüten, nichts als Licht und Luft, nichts als Ruhe und Rast. Wer möchte da nicht kommen? Wer fühlte sich nicht angezogen von diesem Paradies auf Erden?

Oder glauben Sie, man würde kommen, wenn man die Wahrheit wüsste über Meran und seine Bewohner? Wenn man wüsste, dass es hier den Moser Michl und seine Anverwandten gibt, die um keinen Deut besser sind als der Michl, auch wenn sie selbst nicht in Russland kämpften? Es gibt noch viele andere, von denen ich Ihnen erzählen könnte. Was ich hier aber unterlassen will, weil ich Sie nicht überfordern will mit schlechten Nachrichten und weil ich das auch nicht tun sollte, denn Sie lesen diesen Text ja freiwillig. (Ich möchte allerdings soviel sagen, dass die anderen nicht mit dem Dritten Reich verstrickt waren. Nein, sie waren es nicht, und haben sich doch ganz entsetzlicher Dinge schuldig gemacht. Kein Gericht könnte sie dafür belangen, weil die begangenen Untaten von keinem Strafgesetzbuch erfasst sind.) Ich allerdings schreibe überhaupt nicht freiwillig, ganz im Gegenteil, ich schreibe unter Zwang, denn, wenn ich das jetzt nicht schreibe, platze ich eines Tages. Die Leere dieser Stadt wirkt auf jeden vernünftigen Menschen wie ein Vakuum, das die Lungen zerstört. Allerdings gibt es Menschen, die von diesem Vakuum angesaugt werden. Es ist eine ganz bestimmte Art von Menschen, Gerda Bormann ist eine von ihnen.

Sie kam 1946 nach Meran. Europa lag in Trümmern, Meran nicht, weil es – das Glück verlässt die Stadt nicht – von der Gewalt des Krieges im Großen und Ganzen verschont geblieben war. Es gab nichts zu bombardieren, was der Mühe wert gewesen wäre. Es gab keine Front, die durch dieses Gebiet gelaufen ist. Hier zogen nur die Soldaten durch, die in den Krieg mussten, und solche, die aus dem Krieg geschlagen zurückkamen. Viele blieben hier, um sich heilen zu lassen, so weit es möglich war. Meran war in beiden Weltkriegen Lazarettstadt. Die Schrecken des Krieges hallten wieder in den Klagen der Verwundeten, er zeigte sich in ihren stumpfen Augen, und wirkte fort in ihren zerstörten Seelen. Doch Meran als Stadt blieb verschont, unversehrt und unverletzt. Sie hatte Glück in dem großen Unglück der Welt. Sie behielt auch inmitten des Schlachtens etwas Unwirkliches, Traumhaftes.

1946 also kam Gerda Bormann, gezeichnet vom Krebs und ohne Aussicht auf langes Überleben. Tatsächlich starb sie noch im selben Jahr. Sie war die Frau von Martin Bormann, dem gefürchteten Leiter der Parteikanzlei der NSDPAP. Die glühende Nationalsozialistin hatte sich einen Namen gemacht, weil sie sich öffentlich für die „Volksnotehe" einsetzte. Es sollte Männern im Krieg erlaubt sein, mehrere Frauen zu heiraten. Notwendig sei dies nach Auffassung der gelernten Kindergärtnerin, um Deutschland „völkisch aufzustocken". Gerda Bormann ging beispielhaft voran. Sie gebar dem nationalsozialistischen Deutschland zehn Kinder und förderte ihren Mann nach Kräften, wenn er sich daran machte, junge Frauen zu erobern. Sie beriet ihn dabei, so gut sie konnte, und es war wohl auch ihren Ratschlägen zu verdanken, dass Martin Bormann zu einem der bekanntesten und erfolgreichsten Schürzenjäger des Dritten Reiches wurde.

Sie hätte auch in Meran für ihr Modell sicher dankbare Zuhörer gefunden – in dieser Stadt, die durch und durch bigott ist, also das eine sagt, das andere aber tut. Meran ist ja erzkatholisch, und ist deshalb gegen die Vielweiberei, das ist der moderne Begriff für die Bormannsche Volksnotehe. In Wahrheit praktizieren die Männer dieser Stadt die Vielweiberei nach Kräften, auch die katholischsten unter ihnen, die sonntags zur Kirche gehen und mit dem Pfarrer einen Ablass aushandeln, der sie wieder erleichtert in die kommende Woche gehen lässt. Die Tat-

sache, dass hier die Vielweiberei praktiziert wird, bedeutet nicht, dass die Männer oder die Frauen besonders attraktiv wären, es bedeutet nur, dass sie sich gegenseitig attraktiv finden. Ich kann Ihnen auch berichten, dass es in meiner Schule nicht an Lehrern mangelt, die sich an den Mädchen vergreifen, manche in größerem und manche in geringerem Masse. Einer dieser Lehrer ist dermaßen berüchtigt für seine Schwerenot, dass Mädchen, die in diesem Gymnasium eingeschult werden, schon nach einer Woche Bescheid wissen, weil sie von den älteren gewarnt werden. Dieser Lehrer begnügt sich damit, den Mädchen die Hand unter den Rock zu schieben, oder ihre Brüste zu betatschen. Den Grund für seine „Genügsamkeit" trägt er im Winter und Herbst offen zur Schau. Seine Frau hat ihm für diese kalte Jahreszeit eine grüne Wollmütze gestrickt, auf die sie groß und weithin sichtbar einen gelben Schriftzug gesetzt hat: „Meden agan!" steht darauf. Was Altgriechisch ist, und soviel bedeutet wie: Halte Maß! Der Mann ist Lehrer für Altgriechisch. Und wer nichts von seiner Leidenschaft für junge Mädchen weiß, würde gerne glauben, dass „Meden agan!" sein Lebensmotto ist, denn er ist äußerst sparsam, er trinkt nicht, er raucht nicht, er ist noch nie in einem Gasthaus gesehen worden, und in die Schule kommt er mit einem Fahrrad gefahren, von dem man glauben könnte, dass es schon vor dem Ersten Weltkrieg seinen Dienst tat. Wenn der Lehrer in die Pedale tritt, dann quietscht, rasselt und ächzt es so laut, dass man fürchten muss, es fiele sofort auseinander und der Lehrer auf die Straße, wo er sich etliche Knochen brechen würde, denn er ist nicht mehr der Jüngste.

Ich bin von meinem Thema abgekommen, was Sie bitte entschuldigen mögen, doch passiert es mir immer wieder, denn diese Stadt ist so, dass eine Geschichte sofort eine andere ergibt. Ein Schrecken eröffnet sofort den Weg in den nächsten. Also, lassen Sie mich zurückkommen zu der Geschichte, von der ich ihnen gerade eben berichten wollte: Warum ist Gerda Bormann nach Meran gekommen?

Es gibt keine klare Antwort darauf. Wahrscheinlich wollte sie hier in Ruhe sterben. Die Stadt hatte durchaus den Ruf, sich als Versteck für flüchtige Nationalsozialisten zu eignen. Immerhin ließ sich nach dem Krieg auch Anton Malloth in Meran nieder, der Aufseher des Gestapogefängnisses in Theresienstadt gewesen war. Er lebte hier fast vierzig Jahre lang unbehelligt. Möglich ist aber auch, dass Meran für Frau Gerda Bormann nur eine Durchgangsstation sein sollte. Südtirol lag direkt auf dem Weg, den viele Nazis nahmen, um mit Hilfe des Vatikans nach Südamerika zu entkommen. Die amerikanischen Geheimdienste nannten diese Route die Rattenlinie. Meran war ein Ort, der sich ohne Probleme widerstandslos durchschreiten ließ. Er bot Schutz und öffnete ein Tor ins Freie. Meran war ein Traum, auch für Verbrecher.

Dem Todesengel von Auschwitz, dem Arzt Josef Mengele, war die Flucht über die Rattenlinie gelungen. Über Genua floh er nach Südamerika. Ob er dabei durch Meran kam oder sich hier aufhielt, ist nicht geklärt. Doch gab es zwischen Meran und Mengele Verbindungen. Es ist schwer zu glauben, aber ist wohl so: Mengeles Frau lebt hier. Es gibt keine offizielle Bestätigung dazu, doch ist es ein offenes Geheimnis. Ich selbst überprüfe immer wieder den Wahrheitsgehalt dieses Gerüchts. Tatsächlich, ich fahre an der Straße vorbei und ich sehe einen weißen FIAT 127 und darin zwei Männer in Zivil. Es sind Polizisten. Das zu erkennen ist nicht schwer, denn es gibt nicht viele Polizisten in der Stadt. Wer hier auch nur ein paar Wochen verbracht hat, der kennt sie alle und wird sie auch nicht so schnell vergessen. Die Polizisten sind weniger in ihrem Auftreten, sondern vielmehr in ihrem Aussehen unverwechselbar. Sie prägen sich ins Gedächtnis ein. Irgendjemand, wahrscheinlich an höchster Stelle in Rom, hat entschieden, Beamte in Zivil zu entsenden, um das Haus Frau Mengeles zu observieren. Vielleicht kam ihr ehemaliger Mann ja doch hierher, um sich zu verstecken. Doch das ist eine leere Hoffnung. Mengele kam nicht nach Meran.

Das Haus seiner Frau, das die Polizei observiert, liegt nur knappe hundert Meter von der Anne-Frank-Straße entfernt. Manchmal parkt der Wagen der Polizisten in dieser Straße. Die Beamten rauchen Zigaretten, langweilen sich, spähen durch die Wagenfenster auf die stille Straße und warten auf ihre Beute. Was für eine Vorstellung: Der Todesengel von Auschwitz kommt die Straße entlang spaziert, während sich die Polizisten eine Zigarette anzünden. Er schaut sich um, liest den Straßennamen: „Anne Frank? Anne Frank? Wer ist das doch gleich?" Er denkt nach, kramt in seinem Gedächtnis: „Anne Frank, Anne Frank, kommt mir bekannt vor, aber ...", dann geht er weiter, missmutig die Worte murmelnd: „Was ich nicht alles vergesse! Ich werde langsam alt!" In diesen Moment springen die Polizisten aus dem Auto und rufen: „Josef Mengele! Sie sind verhaftet!"

Und dann stelle ich mir vor, wie diese Verhaftung wohl von den Meranern aufgenommen würde. Was würden sie sagen in ihren warmen Stuben, in ihren schattigen Kaffeehäusern, in ihren verrauchten Restaurants an den schweren, von der Zeit, von Messern gezeichneten Tischen sitzend, was würden sie zu der Verhaftung sagen? Ich denke dies: „Mengele? Verhaftet? Das ist doch dieser Doktor Mengele aus dem Konzentrationslager, der mit Menschen experimentiert hat. Der? Verhaftet? Bei uns? Ja, das ist möglich. Zu uns kommen doch viele bekannte Leute. Da gab es doch diesen Fußballer, wie hieß er doch gleich …? Der hat doch auch einen Namen, der mit M beginnt: M…, M…, M…? Maradona! Genau, Maradona! Der war doch auch hier zur Kur letzthin, nicht wahr? Sehen Sie also, Mengele, der überrascht mich nicht." So oder ähnlich würden sie reden. Wobei sie auch ganz anders hätten reden können, rechtschaffener, sensibler, ehrlicher. Das kann sein.

Meran ermöglicht jedem allerlei Fantasien, weil die Stadt ein Traum ist. Selbst wenn sich ein Bewohner Merans solchen Vorstellungen entgegenstemmen würden, wenn er aufstehen und rufen würde: „Das ist alles Denunziation!", könnte man ihn sofort zum Schweigen bringen, indem man antwortete: „Beweisen Sie mir das Gegenteil!" Gelänge ihm der Beweis, wäre er nicht glaubwürdiger als die Behauptung, die er gerade widerlegte. Alle Assoziationen sind in einem Traum erlaubt.

Josefe Mengele entkam nach dem Krieg zuerst nach Buenos Aires. Das gelang ihm nur dank des Regimes eines Mannes, der eine Zeitlang in Meran gelebt hatte: Juan Domingo Peron. Der argentinische Präsident hatte ausgeprägte Sympathien für die Faschisten. Peron war zwischen Juli und September 1939 als Militärbeobachter in Meran gewesen. Er stand bei den italienischen Geheimdiensten im Verdacht, zu spionieren. Dieser Verdacht bestätigte sich nicht. Peron studierte mit größtem Interesse das Machtsystem Mussolinis. Als dieser auf der Piazza Venezia in Rom von seinem Balkon zu den Massen sprach, war Peron unter den Zuhörern. Später würde Peron von Balkonen seiner argentinischen Heimat flammende Reden halten, die denen von Mussolini in nichts nachstanden. Er war ein gelehriger Schüler des Diktators.

Peron also war in Meran, doch hat er über die Stadt kaum eine Zeile geschrieben, obwohl er eine sehr ausführliche Korrespondenz mit seinen Kameraden der argentinischen Armee unterhielt. Er stieg auf die Berge, um Organisation und Arbeit der Gebirgsjäger zu studieren. Es sind ein paar Fotos von ihm erhalten, die ihn im Schnalstal zeigen. Ein lächelnder, groß gewachsener Mann in Pumphosen und mit Offiziersmütze. Er wirkt wie ein gut gelaunter, jovialer Offizier, der keinem Menschen etwas zu Leide tun kann. Ein lebensfroher Mann, nichts verrät die brennende Ambition, die ihn verzehrte. Peron arbeitete schon damals zielstrebig an seiner Karriere. Er wollte Präsident seines Landes werden. Das trieb ihn um. Während er in Meran weilte, Militärkarten musterte, Bewaffnung und Ausbildung der Gebirgsjäger studierte, muss er sich in die Casa Rosada fantasiert haben, den argentinischen Präsidentenpalast in Buenos Aires. Wie würde es sein, dort zu residieren? Auch die Casa Rosada verfügte über einen Balkon, der für ihn wie für jeden Diktator von zentraler Bedeutung war. Es würde die Bühne sein, von der aus er die Massen in Verzückung setzen konnte. An seiner Seite Evita Peron, der Liebling Argentiniens.

Peron ließ sich bei seinem Aufenthalt in Meran nicht ablenken, nicht einmal von einer der berühmtesten Attraktionen, der so genannten Meraner Traubenkur. Der Argentinier schrieb darüber: „Ich mache eine Traubenkur, von der gesagt wird, dass sie in Meran wunderbar sei. Ich sehe das von der Kur versprochene ‚Mirakel' etwas skeptisch. Ich mache sie trotzdem, auch wenn ich mir sicher bin, dass sie keine Auswirkungen haben wird. Andererseits, da ich nichts habe, was man kurieren müsste, werde ich auch nichts bereuen, außer ich würde mich über die zwei Kilo wunderbarer Trauben beklagen, die ich hier täglich gegessen habe!"

Peron war kerngesund, und so gesehen eigentlich in Meran fehl am Platz. Denn die meisten Berühmtheiten kamen hierher, weil sie krank oder auf der Flucht waren. Meran ist eine ideale Stadt für die Siechen und Kranken. Peron aber war ein kraftstrotzender Offizier, der einer großen Zukunft entgegenstrebte. Was sollte er da in Meran? Es war nicht mehr als eine zufällige Station in seinem Leben. Ob Trauben, Sonne oder Luft – das alles konnte ihn nicht beeindrucken.

Und doch zog es auch ihn zum Traum Meran, oder besser: zu dem Meran, das einen zum Träumen bringen sollte. Die Rede ist von den Pferderennen, die Peron mehrmals besuchte. Der Pferderennplatz war 1935 gebaut worden, vier Jahre vor Perons Aufenthalt. Auch dieser immense Platz, größer fast als die Stadt selbst, war dem Wunsch nach Geltung und Glanz geschuldet, der in Meran so allgegenwärtig ist. Die „Lotteria di Merano" wurde schnell zu einem der wichtigsten Pferderennen Europas. Heißblütige Araberpferde galoppierten über das Gras. Gäste aus aller Welt kamen. Die Zuschauer fieberten mit, sie schrien, kreischten und klatschten. Der arme Mann konnte hier vom plötzlichen Reichtum träumen und wer reich war, rechnete mit einem Nervenkitzel, einem Schauer, der ihn durchfuhr, wenn er große Summen verlor.

Peron, das kann man sich vorstellen, hielt seine Leidenschaften im Zaum. Als Offizier musste er Haltung bewahren. Wenn „sein" Pferd gewann, lachte er wohl kurz auf. Mehr öffentlich gezeigte Regung ist nicht vorstellbar. Das Lachen des künftigen argentinischen Präsidenten, das der Zuschauer, die Ansagen aus den Lautsprechern, all das verebbte auf dem großen, weiten Platz, sobald die Pferde ihr Rennen gelaufen waren. Es machte sich Stille breit. Die Stadt war bereit für neue Träume …

Hier enden die Notizen. Franz M. hat sie nicht weiterführen können oder wollen. Es liegt nicht an mir, die Aussagekraft und Qualität dieses Textes zu beurteilen. Dazu fehlt mir die Kompetenz. Doch scheint er mir von einem wilden, sensiblen, kraftvollen, vor allem aber liebenden Herzen verfasst. Das ist meiner Meinung nach das Wesentliche. Franz' Geschichte hat mir die Augen für diese Stadt geöffnet. Mit einer an Brutalität grenzenden Verve reißt er den Vorhang zur Seite. Nicht die liebliche Stadt kommt zum Vorschein, sondern ihr hässliches Gesicht. Es braucht viel Kraft und Courage, das zu tun. Ich wünschte mir, dass Franz M. als ein Mensch in Erinnerung bleibt, der mit einer unbändigen Intensität, die seinem Herzen eigen war, auf seine Stadt und ihre Menschen geblickt hat. Er liebte und hasste wie kein zweiter – das macht ihn wahrhaftig.

Bozen, 2010

Am 1. Oktober 2010 bestieg Hu Xhi Feng in Mailand einen Zug mit dem Ziel Bozen. Obwohl Hu zum ersten Mal nach Italien kam, sprach er ein tadelloses Italienisch. Er beherrschte auch die deutsche Sprache, allerdings hatte er einen starken Akzent. Hu hatte beide Sprachen an der Pekinger Akademie für Dolmetscher gelernt. Nach dem Ende des fünfjährigen Studiums nahm er eine Stelle beim Außenministerium an, wo er geduldig die Karriereleiter emporstieg. Mitte Oktober 2010 erhielt er seinen ersten Auslandsauftrag. Sein Vorgesetzter, ein Beamter im Rang des 3. Sekretärs der Abteilung für die *Erforschung ausländischer Modellregionen*, ließ ihn in sein Büro kommen und erklärte ihm seinen Auftrag: „Wir haben in mehreren Vergleichsstudien herausgefunden, dass eine Region namens Südtirol zu den erfolgreichsten Gegenden der Welt gehört. Sie ist politisch stabil, sie ist wirtschaftlich extrem erfolgreich und lebt in sozialem Frieden. Fahren Sie nach Südtirol und finden Sie heraus, warum dieses Land so erfolgreich ist. Wie Sie vorgehen, überlassen wir Ihnen, allerdings darf nicht auffliegen, dass Sie für uns arbeiten. Nach zwei Wochen erwarten wir einen ausführlichen Bericht. Die Form Ihres Berichtes bleibt Ihnen überlassen. Doch wollen wir am Ende das Rezept des Südtiroler Erfolges haben, damit wir es eventuell kopieren können."

Der 3. Sekretär zwinkerte ihm zu: „Wenn ich Ihnen noch etwas Persönliches sagen darf: Lassen Sie Ihrem Schreibtalent ruhig freien Lauf, scheuen Sie sich nicht Details zu erwähnen."

Er übergab Hu eine Mappe mit Materialien und verabschiedete ihn mit einem Nicken. Hu setzte sich in sein Büro und begann die Papiere zu studieren, die man für ihn vorbereitet hatte. Eine Woche später bestieg er ein Flugzeug, das ihn nach Mailand brachte. Er hatte sich entschieden, als chinesischer Unternehmer aufzutreten.

Hier ist sein Bericht:

Für die Abteilung
Erforschung ausländischer Modellregionen
Studienobjekt: Südtirol

Am ersten Tag nach meiner Ankunft rief ich den Journalisten Norbert Schaumberg an. Dieser Mann war mir bei der Lektüre der Unterlagen aufgefallen. Er verfasste immer wieder Leitartikel, welche in den ersten Zeilen die Südtiroler Verhältnisse kritisierten, doch dann eben diese Verhältnisse als die besten von allen möglichen beschrieben. Diese besondere Dialektik machte mich neugierig. Schaumberg erklärte sich sofort bereit, sich mit mir zu treffen, was ich als Zeichen der Gastfreundschaft nahm. Wir verabredeten uns zum Mittagessen in einem Restaurant namens *Weißes Kreuz*. Schaumberg kam pünktlich. Er ist ein Mann in den Vierzigern, er hat eine Glatze und ein rundes Gesicht, in dem zwei kleine, braune Augen wie Nadelköpfe stecken, die Nase ist von unbestimmter Form, am ehesten ist sie wohl mit dem Wort fleischig zu beschreiben. Schaumberg begrüßte mich per Handschlag und mit den Worten: „Ob Sie es glauben oder nicht: Sie sind der erste Chinese, den ich treffe!" Er lachte laut und entblößte dabei perlweiß schimmernde Zähne. Ich lächelte, so gut ich konnte. Danach führte er mich an einen Ecktisch aus schwerem Holz. Dort saßen wir die nächsten beiden Stunden. Schon nach den ersten zehn Minuten sagte ich ihm rundheraus, warum ich hier war, ohne mich zu erkennen zu geben.

„Sie also möchten wissen, warum wir hier so erfolgreich sind?"

„Ja", sagte ich.

„Sie sind nicht der Erste, der kommt. Es waren schon viele da."

Ich schluckte.

„Und ich habe alle als erstes dasselbe gefragt: „Warum sind Sie so sicher, dass wir erfolgreich sind?"

Ich antwortete ihm: „Die Zahlen sind eindeutig: Es gibt kaum ein anderes Land, das so gute Zahlen vorzuweisen hat wie Südtirol!"

Er nahm einen Schluck Wein.

„Zahlen? Was sind schon Zahlen?"

Danach stürzte er sich in einen Monolog, den ich als seltsam bezeichnen möchte, aber trotzdem wiedergeben will, denn ich sollte in den kommenden beiden Wochen noch eine Reihe anderer Menschen treffen, die auf meine Frage nach dem Erfolg ganz ähnlich reagierten. Schaumberg sagte kurz zusammengefasst folgendes: *Ja, wir sind reich! Ja, wir haben eine stabile Regierung! Ja, wir können uns alles leisten! Ja, es gibt keine Menschen, die wirklich arm sind! Ja, wir haben eine breite Mittelklasse! Ja, wir haben einen hohen Lebensstandard! Ja, wir haben eine lange Lebenserwartung! Aber wissen Sie was: Wir sind nicht glücklich! Nein, wir sind nicht glücklich!*

Ich war sehr erstaunt, ging aber auf diese Bemerkungen nicht weiter ein, denn ich war ja nicht nach Südtirol gekommen, um herauszufinden, ob die Menschen glücklich sind, sondern was sie so erfolgreich macht. Das konnte ich Schaumberg freilich nicht direkt sagen, deshalb musste ich ihm solange zuhören, bis er seine Selbstanklage beendet hatte. Ich bemühte mich, ihn wieder dahin zu bringen, wo ich ihn haben wollte, doch musste ich all meine Geduld aufbieten, um das zu erreichen. Als er seinen Monolog beendet hatte, war seine Suppe kalt geworden.

„Sie müssen essen!", sagte ich und lächelte ihn aufmunternd an, wie man einen Kranken anlächelt, den man dazu zwingen muss, auf seinen Körper zu achten.

„Ach, ich vergaß ... ", er nahm den Löffel und in kürzester Zeit war der Teller leer. Sein Gesicht nahm wieder eine gesunde – in seinem Fall eine weiße – Farbe an. Danach bestellte er sich einen Teller Carbonara, das sind Nudeln mit Eiern, Schinken und Rahm, eine schwere Kost, die er mühelos hinunterschlang.

„Ich fragte Sie nach den Ursachen für Ihren, wie soll ich sagen ...", ich wollte ja das Wort *Erfolg* vermeiden, damit ihn nicht wieder ein langer Anfall von Selbsthass überkam, „ja, für die guten sozioökonomischen Daten Ihres Landes."

Schaumberg antwortete mit einem Wort: „Der Hauptmann! Er ist das Geheimnis!"

Ich hatte den Namen des Hauptmanns schon in meinen Unterlagen gefunden. Er ist Hauptmann von Südtirol seit 35 Jahren, Spross einer Bauernfamilie, Pragmatiker, sehr populär.

„Sie meinen: Es ist alles nur wegen ihm?"

„Das nicht, nein. Aber er ist der beste Ausdruck des Systems. Ich meine, sie müssen auf das achten, was ich gerne das System Hauptmann nenne."

„Und das wäre?"

„Oh, da könnte ich Ihnen jetzt stundenlang erzählen, doch muss ich jetzt leider zurück in die Redaktion." Er rief den Kellner, bezahlte und sagte: „Wollen wir gehen?"

Im Aufstehen hakte ich noch einmal nach: „Was meinen Sie mit System Hauptmann?

Er schien mich nicht gehört zu haben und ging durch die Tür auf die Straße hinaus.

„Ich meine, das ist so ähnlich wie in einer Monarchie hier, nicht ganz, aber es ist dem sehr ähnlich. Aber jetzt muss ich los ..."

Er schüttelte mir die Hand. Ich bedankte mich, und er eilte davon.

Ich erwähne diese Abschiedsszene, weil sie nach meiner Meinung recht wertvolle Informationen über die Kommunikationsart der Einheimischen liefert. Es passierte mir in den beiden Wochen meines Aufenthaltes nämlich mehrmals, dass Gespräche zu Monologen ausarteten, die der Sprechende ganz plötzlich beendete.

Nach diesem ersten Kontakt ging ich noch einmal in das Hotel zurück, um die Unterlagen zu studieren, die ich aus Peking mitgebracht hatte. Ich blätterte sie sorgfältig durch und blieb an einem Leitartikel hängen, den ein gewisser Balthasar Dekassini in einer Zeitung namens BAZ im Jahr 2008 geschrieben hatte:

„Keine Angst, Leute! Scheine, die über Nacht an Wert verlieren. Schulden, die einen auffressen, Gäste, die weniger kaufen, fremde Gesichter im Dorf, Jugend, die Betäubung schön findet, Männer und Frauen auf Egotrip, Gauner, Sorgen und Fehler – ja, das alles gibt es.

Das Leben ist nie perfekt. Zum Trost blitzt der blaue Himmel oft genug in unser Innerstes hinein. Aber: hier herunten, in diesem irdischen Tal, gibt es auch immer wieder das Gute, das sich zu wehren weiß. Es gibt tüchtige Junge und Ältere, Fleiß und Sparsamkeit, Wagemut und Vorsicht, viele Helfer und Stützen, Höchstleistun-

gen in Kunst, Musik, Sport, Wissenschaft, Technik und Wirtschaft. Sogar heilsame Erkenntnisse für Geist und Seele, wenn auch nicht immer schmerzfrei. Solange es bei uns im Land auch nur ein Kind auf einen Bauernhof gibt, so lange gibt es auch zupackende Leute, die genau wissen, wo bei einer Schaufel vorne und hinten ist. Nur Mut! Bald setzt sich der Tausendfüßler Volk in Bewegung. Seine tausend Füße bestimmen in einer freien und geheimen Wahl, wo der ganze Wurm hingeht oder wo er stehen bleibt.

Jedes kleine Füßchen scheint wunderbar genau zu wissen, wo es hintritt. Das eine dahin, die anderen dorthin. Alle Tippelfüße ausgezählt, bleibt ein braver Tausendfüßler seiner Natur nach dort stehen, wo es ihm gut geht.

Ein saftiges Blatt zu verspielen, das wäre töricht. Jetzt nur keine gefräßige Amsel anlocken!

Nach diesen Landtagswahlen werden im Buch der Südtiroler wohl auch neue Seiten und Blätter aufgeschlagen werden. Die Erfolgsgeschichte vom Zusammenhalt kann und wird mit neuen Ideen fortgeschrieben werden. Dafür sollten wir die Mehrheiten nicht leichtfertig verspielen. Dafür müssen wir nichts auf den Kopf stellen. Ein Freund sagte kürzlich: Ich befolge die Drittel-Regel. Ich wähle zu gleichen Teilen mit Brieftasche, Kopf und Herz. Oft schlägt das eine, ein anderes Mal wieder das andere stärker durch, aber nie eines allein.

Gute Wahl und gutes Blatt, Tausendfüßler, Glück auf!“

In einem weiteren Leitartikel, offensichtlich nach den Wahlen verfasst, schrieb derselbe Autor:

„Die Wähler haben deutlich gezeigt, was sie wollen und was sie nicht ausstehen können. Nun kommt es darauf an, dass unser aller Hauptmann das auch in die Tat

umsetzt. Dazu brauchen wir ihn und keinen anderen. Nur nicht auf die alten Sessel fallen, als ob nichts geschehen wäre! Die Ernte ist mager genug ausgefallen, mit Feuerbrand und so. Jetzt heißt es Baumschneiden, Holz verjüngen und die richtigen Triebe gehen lassen. Auch in der Landesregierung. Sonst pickt auf den Landesäpfeln in fünf Jahren nicht mehr die Edelweiß-Marke drauf. Und weil wir schon bei der Land-Wirtschaft sind: Nicht dass es jemandem einfällt, jetzt noch mehr Kunstdünger auszutragen, in der Erwartung, dass die eigenen Äpfel umso besser wachsen. Mehr Bio ist gefragt. Lasst die kleinen Bäume freier wachsen. Unterstützt sie darin, anstatt sie an die Drähte und Betonsäulen des Landes anzubinden und sie mit Beiträgen zu überdüngen.“

Ich hatte etwas Mühe diese Artikel zu verstehen, weil mir die Syntax nicht vertraut war, jedenfalls wurde sie an der Dolmetscherschule in Peking nicht gelehrt, auch hatten diese Artikel einen Ton, der mir gleichzeitig fremd und vertraut vorkam. Die Lektüre bestärkte mich in der Auffassung, dass ich mich nicht nur alleine auf die Person des Landeshauptmannes konzentrieren sollte, sondern mich noch etwas mehr mit der Presselandschaft beschäftigen müsste. In meinen Unterlagen fand ich zwar viele Artikel, doch schien es mir ratsam, mir weiteres Material aus der lokalen Presse zu beschaffen, denn wenn mich mein Eindruck nicht täuschte, so musste ich diesen besonderen Ton verstehen, um meine Aufgabe erfüllen zu können.

Ich ging in die Landesbibliothek Tessmann, die, ganz nebenbei bemerkt, eine wunderbare Institution ist, und verbrachte dort ganze zwei Tage. Die Lektüre der Zeitungen nahm mich sofort gefangen. Ich konzentrierte mich dabei auf die führende Tageszeitung

Dolomiten. Anfangs nahm ich die neueste Ausgabe in die Hand und las dann rückwärts, gewissermaßen in die Geschichte hinein. Dann aber sprang ich quer durch die Jahre, Monate und Tage, genauso tat ich es mit den verschiedenen Ressorts. Wie ein Süchtiger las ich und las. Ich konnte gar nicht glauben, was da alles stand. Ein Fieber hatte mich erfasst.

Gerne würde ich Ihnen ausführlich die Ergebnisse meiner Lektüre darstellen, doch muss ich mich beschränken, und daher werde ich in wenigen Stichworten darstellen, wie in diesem Land berichtet wird.

A) Begeisterung
Dieser Gefühlszustand durchzieht alle Berichte, ganz egal, ob es um Politik, Gesellschaft oder Wirtschaft geht. Auf Sportplätzen, auf Festwiesen, in den Fußgängerzonen, in Rathäusern, in Fabriken und Werkstätten, überall herrscht Begeisterung.

B) Erfolgsmeldungen
Die Zeitungen, insbesondere die *Dolomiten*, sind gepflastert mit Erfolgsmeldungen. Sie ziehen sich auch hier durch alle Bereiche. Ganz egal, ob es ein Sportler ist oder ein Politiker oder die Feuerwehr eines kleinen Dorfes – immer werden ihre Erfolge herausgestellt. Wenn es Misserfolge gibt, dann werden sie klein geschrieben, oder sie werden so versteckt, dass man den Eindruck bekommt, selbst ein Misserfolg sei ein Erfolg.

C) Insularismus
Ich hatte während meiner zweitägigen Lektüre nie den Eindruck, mich auf italienischem Staatsgebiet zu befinden. Ich muss dazu sagen, dass ich die lokale

italienische Zeitung nicht gelesen habe, weil ich mich zunächst einmal auf die deutschsprachigen konzentrierte, denn die deutschsprachigen bilden ja die übergroße Mehrheit dieser Region.
Also, die Lektüre vermittelte den Eindruck, auf einer Insel zu leben. Ja, die Außenwelt wird auch abgehandelt, jedoch nur kurz und knapp. Dabei wird der Eindruck erweckt, dass das, was da „draußen" ist, auf eine sehr diffuse Weise bedrohlich ist. Das verstärkt das Gefühl, auf einer Insel der Glückseligen zu leben.

D) Lokalismus
Kein Ereignis ist zu klein, um nicht darüber zu berichten. Diese Tendenz zur Mikroberichterstattung steht in einem scharfen Kontrast zu dem Mangel an Artikeln, die sich mit übergreifenden, großen gesellschaftlichen, politischen oder wirtschaftlichen Themen beschäftigen.

An dieser Stelle möchte ich eine kurze Nachricht wiedergeben, die mir typisch erschien. Die Nachricht kam aus Meran, der zweitgrößten Stadt Südtirols.

Samstagnacht gegen 2 Uhr prallte der Fiat Punto des Fahrers H. U. an der Einfahrt zur Klinik Martinsbrunn gegen eine Mauer. H. U. kam vom Feuerwehrfest der Freiwilligen Feuerwehr Algund und war auf dem Weg nach Hause. Er blieb unverletzt. Zum Zeitpunkt des Unfalls befand sich auf dem Rücksitz des Wagens Bello, der Hund des Fahrers. Bello wurde durch die Wucht des Aufpralls durch die Frontscheibe des Wagens geschleudert und erlitt einen Oberschenkelbruch sowie einen vielfachen Rippenbruch. Außerdem beschädigte Bello die Bushaltestelle, die sich an dieser Stelle befindet. Sein Körper prallte gegen das

Schild mit den Angaben der Ankunfts- und Abfahrtzeiten der Busse und verbog es. Bello wurde mangels Alternativen in der Chirurgie des Allgemeinen Krankenhauses Meran erstversorgt, noch in derselben Nacht wurde er nach Hause entlassen. Ermittlungen der Polizei haben ergeben, dass H. U. einen zu hohen Alkoholanteil im Blut hatte. Ein Sprecher der Polizei sagte gegenüber dieser Zeitung: „Er hatte mindestens sieben große Bier intus!"

Ich bin zu der Überzeugung gekommen, dass diese vier Faktoren: Begeisterung, Erfolgsmeldungen, Insularismus, extremer Lokalismus zum Erfolg des Modells Südtirol ganz wesentlich beitragen.

Wenn Sie mir die Bemerkung erlauben, ich konnte nach zwei Tagen die Auswirkung dieser Lektüre an mir selbst feststellen. Als ich in die Bibliothek Tessman eintrat, befand ich mich in recht aufgeräumter Stimmung, doch konnte ich eine leichte Niedergeschlagenheit nicht bestreiten. Ihre Ursache vermute ich in der langen Reise, wie auch in Größe und Schwere der Aufgabe, die mich erwartete. Als ich die Bibliothek Tessmann verließ, tat ich es in beschwingter Stimmung, ich hatte Vertrauen zu mir gefasst, ich fühlte mich in der Lage, jede nur denkbare schwierige Aufgabe zu lösen. Noch viel mehr: Es war mir so, als wäre ich Teil einer Mannschaft, die unter dem Jubel der Menge von Sieg zu Sieg eilte. Eine, wie ich versichern kann, sehr erstaunliche Erfahrung. Ich garantiere, dass ich keinerlei Drogen zu mir genommen, sondern einzig und allein diese Zeitungen gelesen hatte.

Nun möchte ich kurz innehalten und einen Vergleich zu den Berichten in unseren Medien ziehen. Ich kann es nicht wissenschaftlich überprüfen, weil mir hier die

Mittel fehlen, doch prüfe ich vor meinem inneren Auge, ob auch unsere Medien sich an die vier oben erkannten Erfolgsfaktoren halten.

A) Begeisterung
Daran herrscht in unserer Berichterstattung grundsätzlich kein Mangel. Allerdings möchte ich bemerken, dass wir seit der Olympiade im Jahr 2008 in dieser Disziplin etwas nachgelassen haben. Doch es wird uns ein Leichtes sein, unsere Journalisten anzuweisen, diesen Grundton wieder verstärkt in ihren Berichten anzuschlagen. Schneller, weiter, höher – das muss das Motto in allen Belangen sein, dann kommen wir dem Erfolgsmodell Südtirol näher.

B) Erfolgsmeldungen
Auch daran fehlt es in unseren Medien grundsätzlich nicht. Doch auch hier können wir besser werden, zum Beispiel sollten wir von den Südtirolern kopieren, wie man offensichtliche Misserfolge in Erfolge ummünzt. Auch die größten Niederlagen werden einfach als Siege deklariert – unbeirrt und solange, bis es jeder glaubt. Diese Kunst ist in Südtirol äußerst weit entwickelt.

C) Insularismus
Hier haben wir einiges zu lernen, denn durch das schnelle Wachstum unserer Wirtschaft haben wir uns in den letzten Jahren angewöhnt, uns an dic Welt binden. Das ist nicht von Übel, doch zeigt das Modell Südtirol, dass es wichtig ist, sich geistig abzuschotten und wirtschaftlich offen zu bleiben. Das dürfte uns nicht schwer fallen, denn wir

haben ja in unserer eigenen Geschichte über Jahrhunderte das Gefühl gepflegt, Mittelpunkt der Welt zu sein und auf niemanden angewiesen zu sein. Wir hatten nicht das Bedürfnis andere Länder zu kolonisieren, wir waren uns jahrhundertelang selbst genug. Südtirol macht uns vor, wie erfolgreich so ein Modell sein kann. Je weniger Welt wir von außen auf uns eindringen lassen, desto besser und stabiler werden wir sein.

D) Extremer Lokalismus

Soweit ich das von hier aus beurteilen kann, ist das die Eigenschaft, die in unserer Medienlandschaft am wenigsten ausgeprägt ist. Ich weiß, dass die Meldung über den Unfall, die ich weiter oben eingefügt habe, manchen als äußerst seltsam erscheinen wird, doch kann man gerade an dem Beispiel zeigen, von welch großem Nutzen diese Art von Berichterstattung ist.

Die Nachricht über den Hund Bello bindet die Leser an ihre eigene, kleine Welt. Bewohner der Stadt kennen den Ort des Unfalles genau, sie sehen wahrscheinlich auch die Haltestelle vor ihrem geistigen Auge und manche von ihnen werden Bello sogar kennen – das alles gibt ihnen das Gefühl, dabei gewesen zu sein. Das wiederum wird sie dazu bringen, die Geschichte von der Verletzung Bellos denen weiterzuerzählen, die davon noch nichts gehört haben. Es ist eine Eigenschaft der Menschen, am ehesten jene Ereignisse zu berichten, bei denen sie als Zeugen dabei gewesen sind – in diesem Fall glauben, dass sie Zeugen gewesen sind. So wird in Wirtshäusern, in Restaurants, in Wohn-, Schlaf- und Esszimmern über Bello geredet werden. Dabei wird es nicht bei Bello bleiben, denn natürlich werden sich die Leute zum Beispiel fragen, wer denn der Fahrer war oder wie die Ärzte des Krankenhauses die ihnen ganz und gar unvertraute Aufgabe, einen Hund zu versorgen, bewältigt haben. Und so kann aus dem Unfall Bellos eine ganze Kette von Geschichten, Gerüchten und Vermutungen entstehen. Das alles wird die Leute beschäftigen. Es wird ihnen buchstäblich die Zeit rauben. Sie werden sich mit wichtigeren Dingen nicht mehr auseinandersetzen, zum Beispiel mit der Frage, ob die Politik ihrer Regierung denn gerecht ist. Mit anderen Worten: Extremer Lokalismus wirkt wie Chloroform.

Das sind die ersten Erkenntnisse, die ich nach der Lektüre der hiesigen Presse gewonnen hatte. Mir ist klar, dass es nur eine erste Vorarbeit war, um das Erfolgsmodell Südtirol zu verstehen. Interessant aber waren die erstaunlichen Parallelen, die ich zwischen unserer Heimat und Südtirol ziehen konnte.

Extremer Lokalismus kann allerdings nur dann wirken, wenn die Leser die Eigenschaft verloren haben, zwischen wichtig und unwichtig zu unterscheiden.

Wie kann es gelingen, der Mehrheit der Menschen ihre Urteilskraft zu rauben?

Die Antwort ist klar: Man muss dazu den Verstand der Menschen ausschalten, zumindest aber vernebeln. Wie aber wird das in Südtirol gemacht?

Ich entschloss mich, mit offenen Augen und Ohren Bozen zu durchwandern. Ich suchte mir eine ganz bestimmte Route aus. Ich begann am Rathaus und ging zur linken Seite durch die Laubengänge hindurch bis zu ihrem Ende, dann überquerte ich die Talferbrücke, ging auf der anderen Seite des Flusses durch die Laubengänge, die in den dreißiger Jahren gebaut worden waren. Am Mazziniplatz machte ich kehrt und ging denselben Weg, diesmal rechts herum, zurück. Zu Ihrem besseren Verständnis füge ich im Anhang eine Karte ein.

Während des Spaziergangs ist mir Folgendes aufgefallen. Geschätzte 80 Prozent der Geschäfte verkaufen Kleider, und ziemlich genau 80 Prozent der Gespräche, die ich im Vorbeigehen mithören konnte, beschäftigen sich mit Kleidern. Das ist freilich eine ganz und gar unwissenschaftliche Beobachtung, jedoch hat dieser Spaziergang einen dermaßen starken Eindruck auf mich gemacht, dass ich ihn in diesen Bericht aufnehmen muss. Sie müssen wissen, dass ich zu Beginn dieses Spaziergangs entschlossen war, mit kritischen Augen und kritischen Ohren hinzusehen und hinzuhören. Ich bemühte mich daher, alles möglichst genau niederzuschreiben. Das ist mir anfangs auch recht gut gelungen, zum Beispiel habe ich in meinem Notizbuch folgendes Gespräch zwischen zwei Frauen mittleren Alters festgehalten. Die beiden standen vor einem Schaufenster, in dem Kleider ausgestellt waren.

„Der Mantel da ist schön."

„Hmm, findest du?"

„Ja, die Farbe ..."

„Hmm, meinst du?"

„Und der Stoff, schau!"

Beide schieben ihre Gesichter so weit an das Schaufenster, dass sie fast das Glas berühren.

„Hmm, was das wohl für ein Stoff ist?"

„Wolle, natürlich Wolle!"

„Hmm ...?"

„Und der Preis ... da ist das Schild, kannst du es lesen?"

Beide nähern sich dem Schaufenster, soweit, dass ihr Atem das Glas beschlägt. Eine der beiden Frauen wischt den Beschlag mit ihrem Ärmel weg.

„Das ist, ich kann es nicht genau lesen ... das ist, ich denke, ah ja: 1.200 Euro!"

„Ohhh!"

Beide schauen sich an.

„Das ist teuer! Ich habe das in anderen Geschäften, wo war das gleich, viel günstiger gesehen. 800 Euro, so ungefähr ..."

„Ja, ich hab sogar für 600 was gesehen, ein schöner, guter Mantel."

„Lass uns weiter gehen!"

„Ja."

Die beiden gingen nur ein paar Schritte, dann hielten sie beim nächsten Schaufenster an. Sie betrachteten wieder einen ausgestellten Mantel. Die Konversation von vorhin wiederholte sich bis aufs Wort genau. Nur der Preis des ausgestellten Mantels war anders. Er betrug 1.100 Euro.

Das ist eines von vielen Gesprächen, die ich an diesem Tag mithörte. Ganz egal, wer die Teilnehmer waren, ob Frauen oder Männer, ob jung oder alt – sie unterhielten sich auf diese Art und Weise, manche Gespräche entsprachen sich aufs Wort genau.

Nachdem ich die erste Hälfte der Strecke zurückgelegt hatte, ertappte ich mich dabei, wie ich selbst vor Schaufensterscheiben stehen blieb, um die Ware zu betrachten. Darüber vergaß ich nach und nach meine mir selbst auferlegte Pflicht, Menschen zu beobachten und ihnen zuzuhören, soweit ich das diskret tun konnte. Auch vertiefte ich mich in das Betrachten von Schuhen, Mänteln, Hemden, Hosen, Gürteln, Jacken, Anzügen,

Schals, Mützen und Hüten, ich kniff die Augen zusammen, um die Preisschilder zu entziffern, ich murmelte Zahlen vor mich hin, ich bemerkte, wie sich neben mir Köpfe senkten und Gesichter nach vorne reckten. Es dauerte nicht lange und ich fühlte mich als Teil einer Masse gaffender, flüsternder Menschen. Ich fühlte mich wohl in ihr, ich ging auf in ihrem vielköpfigen Körper. Als ich den ersten Teil meines Spaziergangs zurückgelegt hatte, als ich also am Mazziniplatz angekommen war, wurde mir klar, dass sich mein Hirn wie von selbst ausgeschaltet hatte, nicht auf einen Schlag, sondern nach und nach, von Schaufenster zu Schaufenster, wurde die Aktivität meiner Gehirnzellen heruntergefahren wie ein Kraftwerk, dessen Energieausstoß schrittweise auf Null gebracht wird. Wie in Trance kam ich am Rathaus an, ging dann einfach weiter, die Straße entlang, den nächsten Geschäften entgegen, angezogen von blinkender, glitzernder Ware. Der Konsumrausch hatte mich erfasst.

Das alles kennen wir aus unserer Heimat. Wir haben die größten Einkaufstempel der Welt errichtet, um eben diesen Kaufrausch unter den Massen zu erzeugen, der unsere Wirtschaft am Leben erhält. Neu ist das, was ich Bozen erlebt habe, also nicht. Doch gibt es einen bemerkenswerten Unterschied. Hier haben sie keine neuen Einkaufsmeilen errichtet, sie haben das bestehende Ensemble benutzt. Die ganze Bozner Altstadt hat sich in eine Einkaufsmeile verwandelt, nichts musste dafür abgerissen werden. Das, denke ich, können wir lernen. Das Alte kann bleiben, es ist sogar gut, dass es bleibt, weil es den Menschen die Sicherheit vorgaukelt, sie könnten am Vertrauten festhalten. Das ist es, was die Südtiroler als Gleichzeitigkeit von Moderne und Tradition bezeichnen, darauf sind sie stolz. Und ich denke, dass diese auch zur „Abschaltung" der Gehirne beiträgt, der ich doch nachgehen wollte. Die Menschen wiegen sich in Sicherheit, sie schauen sich um und denken, es habe alles seine gute Ordnung, während von innen her alles leer ist wie ein Termitenhügel.

Auch diese innere Leere braucht Grenzen, ansonsten würde das ganze System in sich zusammenfallen und wie Lungen in einem Vakuum kollabieren.

Wodurch sind diese Grenzen definiert?

Wer zieht diese Grenzen?

Bei uns ist es die Unantastbarkeit der Kommunistischen Partei als politische Führungskraft. In Südtirol herrscht die Südtiroler Volkspartei (SVP), ein durch und durch erstaunliches Gebilde. Sie hat fast so viel Macht wie unsere geliebte KPCh, obwohl sie alle fünf Jahre bei Wahlen kandidieren muss. Die Grundlage dieses Erfolges ist ihre Fähigkeit, den deutschsprachigen Südtirolern einzureden, dass sie bedroht sind und daher unter allen Umständen zusammenhalten müssen. Das Gefühl, in seiner Existenz bedroht zu sein, ist historisch gesehen durchaus berechtigt. (Wer von Ihnen sich dafür mehr interessiert, den verweise ich auf entsprechende Literatur, die sich alle Interessierten in meinem Büro ausleihen können.) Inzwischen aber erscheint dieses Zusammenhalten der Südtiroler um jeden Preis zu einer Zweckgemeinschaft geworden zu sein. Sie haben gelernt, dass sie von der Regierung in Rom am meisten erwarten können, wenn sie geschlossen auftreten. Die Disziplin, welche die Südtiroler an den Tag legen, ist bewundernswert, denn Sie dürfen nicht vergessen, dass auch diese Gesellschaft sehr vielfältig ist, dass es Spannungen gibt, Konflikte, Missverständnisse, ja sogar Hass und Missgunst. Trotzdem, seit mehr als sechzig Jahren, solange gibt es die Partei, versammeln sich die Südtiroler in ihrer Mehrheit unter einem Dach. Sie haben guten Grund dazu, denn diese Partei hat ihnen einen beispiellosen Wohlstand beschert, oder sagen wir: Es ist der Partei gelungen, ihre Wähler glauben zu lassen, dass sie ohne die Partei nicht zu diesem Wohlstand gekommen wären. In diesem Punkt gibt es eine erstaunliche Parallele zu unserem Land. Als wir die Parole: „Bereichert Euch!" ausgegeben haben, haben wir auch immer insgeheim dazu gesagt: Ohne Partei könnt ihr euch gar nicht bereichern! Oder: Reich werdet ihr nur mit uns.

Nun habe ich hier den Eindruck gewonnen, dass die Mehrheit in Südtirol genau das denkt. Wir brauchen die Partei, weil sie uns Reichtum beschert. Natürlich darf das keiner offiziell so sagen und behaupten, denn dann stünde der Kaiser nackt da. Selbst die offenste Raffgier braucht eine moralische Begründung.

In Südtirol besteht sie in der Meinung: „Wir sind eine Minderheit und werden es immer bleiben. Minderheiten sind per definitionem bedroht. Weil wir bedroht sind, müssen wir zusammenhalten. Auf ewig." Es gibt auch in diesem Punkt eindeutige Parallelen zu unserem System. Es ist uns gelungen, unserem Volk klar zu machen, dass wir mehr als ein Jahrhundert lang von den Kolonialmächten kujoniert worden sind und dass dies wieder passieren würde, wenn wir nicht zusammenstehen.

Ein Bedrohungsszenario alleine reicht aber nicht aus, um das Volk bei der Stange zu halten. Auf Dauer würde das unglaubwürdig, außerdem erzeugt eine negative Argumentation schlechte Stimmung, was wiederum für das Konsumverhalten kontraproduktiv ist – und die Menschen bei Kauflaune zu halten, das gehört ja zu den obersten Zielen. Es braucht andere Mittel. Diese zur Verfügung zu stellen, darin besteht die größte Leistung des *Systems des Hauptmanns.* Im folgenden Abschnitt will ich auf dieses System genauer eingehen.

Vom Glück des Pragmatismus

Als der Hauptmann zum ersten Mal an die Spitze des Landes kam, hat er verstanden, dass er mit dem Anfachen alter Ängste allein keinen Erfolg haben konnte. Die Zeiten hatten sich geändert. Die Gesellschaft hatte sich ausdifferenziert, das Bildungsniveau der Südtiroler war gestiegen. Darauf hat der Hauptmann mit einer doppelten Strategie geantwortet. Er gab dem Land Institutionen und Einrichtungen, die der umfassenden Liberalisierung der Gesellschaft Rechnung trugen. Gleichzeitig aber stellte er immer sicher, dass er alleine bestimmte, wie weit diese Liberalisierung gehen konnte. Es gibt eine Reihe von Beispielen dafür, ich möchte mich allerdings auf eines beschränken – die Geschichte des Bozner *Museions.*

Auf der offiziellen Website des Museions ist Folgendes zu lesen:

„Das Museion wird 1985 von einem privaten Verein mit Unterstützung der Autonomen Provinz Bozen als Museum für moderne Kunst gegründet. 1987 nimmt es seine Tätigkeit am Sitz in der Sernesistraße unter der Leitung von Pier Luigi Siena und der Präsidentschaft von Karl Nicolussi-Leck auf. Zu Anfang hat die neue Institution eine regionale Ausrichtung: Als Zweckbestimmung gilt die Förderung und Dokumentation der bildenden Kunst im Raum zwischen Ala und Kufstein (also

dem historischen Tirol) ab dem Jahr 1900. Zu Beginn der 90er-Jahre weitet sich die Tätigkeit auf einen Vergleich deutscher und italienischer Kunst aus. Der 1991 angenommene Name Museion spiegelt die Hinwendung zur zeitgenössischen Kunst und den sie kennzeichnenden interdisziplinären Tendenzen wider.“

Die beschriebenen Etappen in der Entwicklungsgeschichte des Museions sind komplementär zu den Veränderungen in der Südtiroler Gesellschaft zu sehen. Zunächst eine Konzentration auf sich selbst (Dokumentation der bildenden Kunst im historischen Tirol), dann eine erste Öffnung Richtung Italien (Vergleich deutscher und italienischer Kunst), und schließlich die Öffnung zur Welt hin (Hinwendung zur zeitgenössischen Kunst). Diese Schritte erscheinen so natürlich, dass darüber leicht vergessen werden könnte, dass sie ohne den ausdrücklichen Willen des Hauptmannes nicht hätten vollzogen werden können – schließlich ist das Land der größte Geldgeber des Museums. Entscheidend bleibt immer der Hauptmann. Auch darin erkenne ich unser eigenes System wieder. Auch bei uns ist es am Ende die Partei, die alles bestimmt, ganz egal wie liberal die Gesellschaft sich auch entwickelt.

Es ließe sich freilich auch anders herum argumentieren. Der Hauptmann hat dem Liberalisierungsdruck aus der Gesellschaft nachgeben müssen. Allerdings habe ich an dieser Version Zweifel, weil sie die Kraft und den Willen der Gesellschaft nach Veränderung überschätzt – siehe dazu die Anmerkungen oben bezüglich der *Ausschaltung der kritischen Fähigkeiten des Gehirns.* Außerdem sehen wir an unserem eigenen Beispiel, dass eine entfesselte Gesellschaft nicht zwangsläufig die politischen Machtstrukturen zum Einsturz bringen muss. Der Hauptmann also hat das Museion, so wie es zum Zeitpunkt des Abfassens dieses Berichts besteht, möglich gemacht. Damit hat er die Kritiker aus dem liberalen Milieu zum Verstummen gebracht. Ein Politiker, der ein solches Projekt nicht nur zulässt, sondern auch fördert, kann von der liberalen Seite kaum attackiert werden. Diese Front also hat der Hauptmann ruhig gestellt. Doch drohte ihm eine neue Gefahr: Denn Kunst ist unberechenbar. Das musste zu Konflikten führen.

Dazu will ich Ihnen eine Geschichte erzählen, die sehr gut zeigt, dass dem *System Hauptmann* trotz seines liberalen Anstriches enge Grenzen gezogen sind. Sie spielt im Sommer des Jahres 2008. Damals wurde der Neubau des Museions eröffnet, ein ehrgeiziges architektonisches Projekt, das ein Bekenntnis der Stadt Bozen, des Landes Südtirol und natürlich des Hauptmanns zur Moderne darstellen sollte. Eines der Kunstwerke, das bei diesem Anlass ausgestellt wurde, war ein Werk des berühmten deutschen Künstlers Martin Kippenberger, der im Jahr 1997 im Alter von 44 Jahren verstorben war. Das Kunstwerk besteht aus einem glänzend grünen Frosch, der wie der christliche Heiland ans Kreuz genagelt ist. In der einen Hand hält der Frosch ein Ei, in der anderen einen Bierkrug. Das Gesicht des Frosches ist nicht schmerzverzerrt, wie es sich für einen ans Kreuz Genagelten gehörte. Ganz im Gegenteil: Der Frosch streckt die Zunge heraus. Dieses Kunstwerk hing schön sichtbar im Eingangsbereich des Museions. Der Frosch blickte auf die versammelten Menschen herunter. Politiker, Honoratioren, Wirtschaftsführer, Kulturbeflissene und eine ganze Menge andere Menschen ließen die Sektkorken knallen, verschlangen Häppchen, plauderten und lachten, sie ließen es sich gut gehen in diesem Tempel der Kunst. Keiner bemerkte diesen Frosch. Vielleicht aus Unachtsamkeit, vielleicht aber auch aus einer inneren Liberalität heraus.

Am folgenden Sonntag bildete die Sonntagszeitung ZETT (ein Ableger der *Dolomiten*, die ich in der Bibliothek so ausführlich gelesen hatte) diesen Frosch auf ihrer Titelseite ab. „Gotteslästerung" – war die Anklage. Das brachte den Stein ins Rollen. Das ganze Land befand sich binnen kürzester Zeit in Aufruhr. Ein Politiker übertraf den anderen, um die angeblich *verletzten religiösen Gefühle* der Menschen zu verteidigen. Der Hauptmann meldete sich ebenfalls zu Wort: *„Das ist einfach eine Respekt- und Geschmacklosigkeit. Da muss einer nicht ganz holla im Kopf sein, um so etwas zu machen!"* Ein anderer recht prominenter Politiker trat vor dem Museion in den Hungerstreik. Es dauerte noch ein paar Wochen, und der Frosch wurde abgehängt. Die Grenzen der Liberalität waren erreicht.

Auch aus dieser Episode, die manche als Provinzposse bezeichneten, können wir folgende nützlichen Lehren ziehen:

1. Sich der Kunst öffnen, um der Öffnung der Gesellschaft Rechnung zu tragen.
2. Sich an die Spitze dieser Öffnung zu setzen, gleichzeitig aber die entscheidenden Instrumente in der Hand behalten, um sie wieder rückgängig zu machen.
3. Falls die Kunst zu weit geht, sie mit Hilfe der Medien (in diesem Fall das Äquivalent zu den *Dolomiten*, unsere Zeitung des Volkes *Renmin Ribao*) wieder in ihre Schranken weisen.

4. Nie einen Zweifel daran lassen, bei wem die Macht sitzt (in unserem Fall ist es die Partei, im Fall Südtirols ist es der Hauptmann).

Ein kleiner Exkurs über den Hauptmann und die Kunst

Es wäre nun falsch, dem Landeshauptmann Südtirols zu unterstellen, Kunst sei für ihn nur ein Mittel zur Machtsicherung. Der Hauptmann verfügt – das ist eine sehr gut belegte Einschätzung – über ein inneres Bedürfnis nach Kunst. Ja, es ist für ihn geradezu eine Notwendigkeit.

Der gegenwärtige Hauptmann ist ein Bergbauernsohn, der entschlossen und zielstrebig die Karriereleiter innerhalb der Partei emporgestiegen ist. Er stellte dabei gerne sein polterndes Selbstbewusstsein zur Schau, das ihn besonders bei den Bauern, seiner ursprünglichen Klientel, populär machte. Seine große Durchsetzungskraft tat den Rest. Je höher er stieg, desto mehr musste er aus der Rolle des Bergbauernfunktionärs herauswachsen. Als er Landeshauptmann wurde, da war die gesamte Südtiroler Gesellschaft seine Klientel. Er musste sein Verhaltensmuster anpassen und sein Repertoire verbreitern. Diese Karriere ist für die Entwicklung Südtirols typisch. Südtirol musste sich vom Bauernland zu einem modernen Land entwickeln, mit verschiedenen Lebensstilen, verschiedenen Arten des Wirtschaftens, mit verschiedenen Glaubensrichtungen. An der Spitze steht der Hauptmann. Sie müssen sich das durchaus wie eine Pyramide vorstellen. Aber oben ist nicht nur die ganze Macht, sondern oben sind auch alle Selbstbilder dieser Gesellschaft konzentriert. Ob Bauer, Arbeiter oder Unternehmer, ob Beamter, Freigeist oder Künstler: Alle sollen sich in dem Machthaber spiegeln. Das ist der monarchistische Kern dieser pyramidal-demokratischen Struktur. Diese erzeugt natürlich einen immensen Druck auf den, der ganz oben angesiedelt ist. Gleichzeitig ist es eine unwiderstehliche Versuchung.

Wer möchte nicht ALLES und ALLE zugleich sein?

Der Hauptmann ist ein Mann von bäuerlicher Herkunft. In den Augen der Südtiroler aus der bürgerlichen Klasse fehlt Menschen wie ihm Geist, Kultur und Feinsinnigkeit. Ich habe während meiner Reise nicht feststellen können, dass Südtirols Bürger darüber verfügten, genau so wenig habe ich erkennen können, dass es den Bauern daran fehlte, doch habe ich zur Genüge beobachten können, dass die Bürger sehr wohl glauben, diese Tugenden zu besitzen, während sie diese den anderen absprechen. Das Amt des Landeshauptmannes bringt es mit sich, dass sein Inhaber diese Eigenschaften haben sollte, denn er muss ja alle Klassen und Schichten in sich vereinen. Hinzu kommt, dass wohl auch der Hauptmann trotz seiner robusten Konstitution von diesen Erwartungen nicht unbeeindruckt bleiben dürfte. Er gibt ihnen also nach und versucht, sie verzweifelt zu erfüllen. Er begibt sich also auf das Feld der Kunst und setzt sich damit beträchtlichen Gefahren aus, da er sich darauf nicht versteht. Er ist ein guter Politiker und versteht instinktiv diese Schwäche, ohne sie zu zeigen. Der Hauptmann ist zu klug, um sich selbst als äußerst kunstsinnigen Menschen darzustellen (was die oben zitierte Aussage auch nicht geraten sein ließe: „Da muss einer nicht ganz holla im Kopf sein, um so etwas zu machen!"), aber er muss sich angesichts der Notwendigkeiten des Amtes als Mann geben, der sich für Kunst interessiert.

Es war an der Zeit, den Hauptmann endlich persönlich zu treffen. Ich hatte gehört, dass dies viel einfacher sei, als man sich hätte denken können, denn der Hauptmann hatte jeden Morgen um 6 Uhr 30 seine Sprechstunde im Landhaus. Wer ein Anliegen hatte, konnte kommen, egal wer er war, egal, was er vorzutragen hatte. Der Hauptmann empfing sie alle. Man sagte sogar, dass es keinen Südtiroler gab, den der Hauptmann nicht schon persönlich getroffen hatte. Warum sollte er mich nicht treffen wollen: Einen neugierigen Chinesen, der von ihm lernen wollte.

Doch wollte ich mich zuerst noch einmal mit dem Journalisten Norbert Schaumberg treffen. Er kannte den Hauptmann gewiss persönlich, und ich wollte mich ein wenig darauf vorbereiten. Außerdem war ich auf Schaumberg neugierig geworden, nachdem ich in der Bibliothek Tessmann durch einen Zufall auf ältere Artikel von ihm gestoßen war, die ich von ihrem Inhalt her allesamt als linksradikal bezeichnen würde – ja, es gab darunter sogar einen Kommentar, verfasst für eine Studentenzeitung, der den Titel trug: „Die unausweichliche Revolution!" Sonderbarerweise war dieser Artikel mit dem Roten Büchlein unseres Großen Vorsitzenden illustriert. Als ich Schaumberg anrief, stimmte er einem Treffen ohne Zögern zu.

„In einer Stunde? Geht das für Sie?"

Ich bejahte, und genau eine Stunde später saßen wir wieder im Weißen Kreuz, am selben schweren Holztisch. Erst jetzt fiel mir auf, dass Schaumberg hier ein sehr bekannter Mann war. Als wir eintraten, grüßte er nach rechts und nach links, und die Kellnerin schenkte ihm ein Lächeln, dass so weich und zart war, dass man hätte denken können, sie wolle ihn zu etwas anderem verführen als zu einem prächtigen Mittagsessen.

„Na, wie kommen Sie voran?“, fragte mich Schaumberg.

„Ach, danke, ganz gut.“

„Es ist nicht so kompliziert bei uns. Wenn Sie mal ein, zwei grundlegende Sachen verstanden haben, dann ist alles sehr einfach.“

Ich nahm einen Schluck von dem Mineralwasser, das uns die Kellnerin servierte, ohne dass wir danach gefragt hätten.

„Was meinen Sie mit ein, zwei Sachen?“

Schaumberg schwieg, dachte nach, grüßte einen Mann, der gerade bei der Tür hereinkam, dann wandte er sich wieder mir zu.

„Sehen Sie zum Beispiel diesen Herrn?“

Ich nickte.

„Also, dieser Mann ist der Direktor einer sehr wichtigen Schule der Stadt. Er hatte politische Ambitionen und rechnete damit, für den Landtag – also für unser lokales Parlament – kandidieren und dann das Ressort für Kultur, Bildung und Familie übernehmen zu können. Das ist ein sehr mächtiges Ressort, es gibt viel Geld, viel Personal, viel Einfluss. Es sah sehr gut aus für ihn, doch dann geschah etwas Unerwartetes. Er war auf Besuch in seinem Heimatdorf. Es war ein Sonntag. Nach dem traditionellen Kirchgang besuchte er noch das Gasthaus. Er trank ein Glas Wein, dann noch eines, dann noch eines. Die Stimmung wurde ausgelassener, die Zungen lösten sich. Und dieser Mann begann, über den Bürgermeister seines Heimatdorfes zu lästern. Warum? Es geht die Geschichte, dass der Bürgermeister vor vielen Jahren unserem Freund die Frau ausgespannt hat. Das hat er ihm nie verziehen.

An diesem Sonntag also schimpfte unser Mann über den Bürgermeister, in einer sehr unflätigen Art und Weise. Mehr möchte ich dazu nicht sagen. Jedenfalls dauerte es nicht lange, und die unbedachten Aussagen unseres Mannes kamen dem Bürgermeister zu Ohren. Dieser war dermaßen erbost über das, was er da zu hören bekam, dass er zum Telefon griff und einen Freund anrief, der hier in der Hauptstadt eine wichtige Rolle spielt. Mit diesem Anruf endete auch die politische Karriere unseres Freundes." Er nickte und wies auf den Mann, der sich an der Theke mit anderen unterhielt. Er hatte ein schmales, langes Gesicht das abgehetzt und müde wirkte. Was er wohl über den Bürgermeister gesagt haben mochte, dachte ich mir, während ich ihn betrachtete.

„Ja, das war das Ende seines Traums!"

„Gut, das kann passieren. Aber was soll ich daraus lernen?"

„Was sie daraus lernen sollen: Dass es bei uns vor allem darauf ankommt, dass sie sich keine Feinde schaffen!"

„Ist das nicht überall so?"

„Das kann sein, aber ich denke, dass die Tatsache, dass Menschen sich gegenseitig immer wieder mal schmähen, nirgendwo so ernste Konsequenzen haben kann wie bei uns."

Ich wiegte den Kopf nachdenklich hin und her, unentschlossen, ob ich das glauben sollte, oder nicht.

„Ich sehe schon, das überzeugt sie nicht."

„Ich meine, die politische Karriere dieses Mannes ist beendet worden, das ist schlimm, aber das kann passieren."

„Ja, aber es reichte ein falsches Wort und es brauchte einen Anruf bei einem richtigen Mann. Verstehen Sie?"

„Hmm, ich denke, da ist viel, wie soll ich sagen, ja, viel Vernichtungswille im Spiel".

Er klopfte mir auf die Schulter.

„Das ist genau das richtige Wort: VERNICHTUNGSWILLE!"

Er nahm einen Schluck aus dem Weinglas, das ihm inzwischen serviert worden war.

„Ich meine, das dürfen Sie nicht unterschätzen, diese Energie, die sich freimacht, wenn einer sich in seiner Ehre verletzt fühlt."

„Ehre? Ich dachte, das hier sei eine sehr fortgeschrittene Gesellschaft."

„Ach, ich erzähle Ihnen was. Wenn Sie die Geschichte der Südtiroler Vereine studieren, also ich meine Sportvereine, Bergsteigervereine, Musikvereine, Musikkapellenvereine und ähnliches, wenn Sie diese Geschichte genau zurückverfolgen, dann werden Sie sehen, dass viele dieser Vereine aus einer Spaltung hervorgegangen sind ..."

„Spaltung", unterbrach ich ihn, „was meinen Sie mit Spaltung?"

„Also, es ist so: In vielen Gemeinden gab es EINEN Verein, EINEN Fußballverein, EINEN Musikkapellenverein, EINEN Bergsteigerverein. Dann aber haben sich zwei Menschen in diesem Verein gestritten, der eine trat aus und begründete einen Konkurrenzverein! Sehen Sie, was ich meine?"

Nein, ich sah es nicht und schüttelte den Kopf.

„Also, sehen Sie, unsere Konkurrenz gründet auf Streit, auf Beschimpfung, auf gegenseitiger Beleidigung. Das treibt uns an, das bringt uns voran. Das ist unsere Form des Kapitalismus. Eine normale kapitalistische Gesellschaft hat Klassen, Arbeiterklasse und Bürgertum. Marx hat uns gelehrt, dass es dieser Klassenkampf ist, der die Geschichte vorantreibt. Bei uns ist es eben anders. Wir kennen nur zwei Klassen, die Beleidiger und die Beleidigten, wobei die Rollen immer wieder vertauscht werden können, Opfer werden zu Tätern und umgekehrt.“ Er nahm einen weiteren Schluck Wein. Dann fuhr er fort: „Eigentlich gehören alle hier zu den Beleidigten, denn früher oder später hat sich jeder einmal in seiner Ehre verletzt gefühlt. Darum sind wir so erfolgreich, weil aus der erfahrenen Verletzung ein Vernichtungswille entsteht, der den anderen – den Konkurrenten – ausschalten will. Der Markt ist ein Kriegsschauplatz. Das ist eine alte Weisheit! Wir sind dafür bestens gerüstet, weil niemand so wie wir den anderen Verletzungen zufügen kann. Darin sind wir wahre Meister!“

Erstaunt hörte ich ihm zu. Ich verstand nun, warum dieser Mann früher Aufrufe zur Revolution verfasst hatte. Ich hatte ihn treffen wollen, um ihn nach dem Verbleib seines revolutionären Gedankengutes zu fragen, doch das war nicht mehr nötig, es war alles da. Er analysierte die Gesellschaft mit marxistischen Instrumenten, allerdings hatte er sie den lokalen Gegebenheiten angepasst.

„Aber die Menschen sind doch in Südtirol nicht böser als anderswo?“, wandte ich ein.

„Nein, böser sind sie nicht, wenngleich ich sagen würde, dass sie ein bisschen über dem Durchschnitt liegen in ihrer Fähigkeit zur Gemeinheit.“

Er trank sein Weinglas aus.

„Entscheidend ist aber nicht das, sondern entscheidend ist, dass es hier so eng ist. Enge macht böse, merken Sie sich das! Und je wohlhabender wir wurden, desto enger wurde es. Früher, sehen Sie, da lag Bozen von Innichen zum Beispiel eine Weltreise entfernt. Heute können Sie Innichen in sehr kurzer Zeit erreichen. Was ich damit sagen will, wenn heute jemand eine Gemeinheit begeht, dann hat das viel mehr Verletzungspotenzial, weil er viel mehr Leute in viel kürzerer Zeit erreichen kann!“

„Aber die Distanzen sind doch überall durch die erhöhte Mobilität geschrumpft“.

„Sie haben recht, doch in Südtirol, das haben Sie gewiss bemerkt, stoßen Sie schnell an Grenzen. Ich meine, ein Südtiroler hat wenig zu tun mit der Welt außerhalb Südtirols. Auch wenn er dreimal im Jahr nach New York fährt oder nach Peking, wird er immer wieder schnell an Grenzen stoßen. Es ist nämlich so, dass durch die Europäische Union die Grenze zu Österreich gefallen ist, und eine zum Süden, zu Italien hin, hat es nie gegeben. Doch die eigentlichen Grenzen sind im Inneren. Sie sind uns eingebläut worden. Und darum befinden wir uns nicht im Austausch mit der Welt, darum sind wir immer mit uns selbst beschäftigt, mit unseren Verletzungen, Demütigungen und Schmerzen. Das hier ist ein Tümpel, in den selten Frischwasser kommt. Verstehen Sie? Und so blubbern die Gase unserer Gemeinheiten ungehindert vor sich hin, verpesten die Luft und vergiften uns!“

Ich fragte mich, ob er alkoholisiert war, doch hatte er ja erst ein Glas getrunken und ich konnte an ihm keine Anzeichen von Trunkenheit feststellen. Seine Augen glänzten, das ja, doch das führte ich auf den Erregungszustand zurück, in den er sich hineingeredet hatte. Ich beschloss, an ihm dran zu bleiben, schließlich war dies eine wunderbare Gelegenheit, wenn einer so offen redete.

„Und, was hat das alles mit dem *System Hauptmann* zu tun?“

Er legte den Kopf in den Nacken und schaute an die Decke.

„Das ist nicht schwer zu verstehen. Der Hauptmann ist der Moderator, er schlichtet Streit."

„Das unterscheidet ihn nicht von anderen Regierungschefs, auch sie müssen Kompromisse suchen und finden", wandte ich ein.

„Ja, sicher, aber hier geschieht das auf eine sehr direkte Weise. Der Hauptmann ist ein Monarch, wissen Sie, und er muss es sein, denn es ist die einzige Art und Weise, wie man eine Gesellschaft wie die unsere beherrschen kann, so vergiftet ist sie, so voller Zorn und Hass. Der Hauptmann, das ist seine Aufgabe, muss den Vernichtungswillen bremsen und in halbwegs zivilisierte Bahnen lenken."

„Sie reden wirklich wie ein Monarchist."

„Wenn Sie so wollen, ein linksradikaler Monarchist ..." Er nahm wieder einen Schluck Wein. Als er ausgetrunken hatte, verabschiedete er sich wieder auf so abrupte Weise wie bei unserem ersten Treffen.

Am folgenden Tag wollte ich zur Audienz des Landeshauptmannes gehen. Im Internet suchte ich noch nach seiner Website, um mich vorzubereiten. Ich hatte ihn bisher nur auf Fotos in den Zeitungen gesehen. Ich kann mich an keine Ausgabe der *Dolomiten* erinnern, in der der Landeshauptmann nicht mindestens fünf Mal abgebildet war. Ich habe mir sogar die Mühe gemacht, ein paar Nummern daraufhin zu sichten und zu überprüfen, wie oft der Hauptmann im Bild war – es waren niemals weniger als fünf Mal. Diese Allgegenwärtigkeit beeindruckte mich und erinnerte mich an die Zeiten als unser Großer Vorsitzender in unseren Medien sehr präsent war. Allerdings lacht der Hauptmann auf den Bildern immer, während unser Großer Vorsitzende uns, dem Ernst seiner Aufgabe entsprechend, immer ernst entgegenblickt.

Auf der Website des Landeshauptmanns findet sich ein Video mit dem Titel: „Ein Tag mit dem Hauptmann“. Man sieht, wie der Hauptmann kurz vor sechs zur Arbeit geht. Ein Trommelschlag ist zu hören und dann geht es in einem rasenden Tempo durch die nächsten 13 Stunden, so lange nämlich dauert sein Arbeitstag. Die Zeit ist ganz wichtig in diesem Film, immer wieder wird die Uhr eingeblendet: 5:55, 09:00, 10:30, 13:00, 16:00, 19:00, 21:10 und Schluss – der Landeshauptmann fährt in seiner Limousine winkend davon. Der Mann arbeitet rund um die Uhr. Er ist immer konzentriert, jovial, fröhlich und sehr präsent. Ich schaute mir das Video mehrmals an und ich konnte nicht umhin, an unsere Wasserbüffel zu denken, die in meinem Heimatdorf in den Reisfeldern stehen, wie Felsen sind diese Tiere, und wenn sie sich in Bewegung setzen, zittert die Erde. Tatsächlich träumte ich in der Nacht bevor ich zum Landeshauptmann ging von einem Wasserbüffel. Das Tier stand nicht in einem Reisfeld, sondern inmitten einer Apfelbaumwiese, durch die ich in meinem Traum spazierte. Kaum sah mich der Büffel, begann er auf mich zuzulaufen, dabei bahnte er sich unaufhaltsam seinen Weg wie ein Zug durch die Apfelbaumreihen, was nicht schwer war, denn diese Bäume sind eigentlich nichts anderes als dünne Äste, die mit Hilfe von Drähten und Betonpfeilern aufrecht stehen. Ich spürte, wie die Erde unter meinen Füßen bebte. Ich wollte davonlaufen, doch blieb ich wie angewurzelt stehen. Ich geriet in Panik. Der Büffel stürmte auf mich zu, die Hörner gesenkt, und ich begann zu schreien, doch kein Ton kam aus meiner Kehle. Da schloss ich die Augen, und als ich schon damit rechnete, dass mich der Büffel in die Luft schleudern würde, da spürte ich, wie er plötzlich stehen blieb. Langsam öffnete ich die Augen. Er stand nur ein paar Zentimeter von mir entfernt. Aus seiner Nase kamen heiße Atemwolken, und seine Augen glühten wie Kohlestücke. Ich wollte wieder schreien, doch da wachte ich auf. Ich war in Schweiß gebadet.

Dieser Traum saß mir noch in den Knochen, als ich am nächsten Morgen zum Landeshauptmann ging. Es war ein schöner Herbsttag, zu warm für die Jahreszeit, und es war der letzte Tag vor meiner Rückreise nach Peking. Ich stand um fünf Uhr morgens auf, trank noch einen Kaffee am Bahnhof und ging dann zum Landhaus, dem Sitz des Hauptmanns. Ich hatte erwartet, dass viele Leute da seien, doch als ich sah, wie viele sich in dem Flur drängten, da war ich doch überrascht.

Sehen Sie, liebe Kollegen, Sie müssen sich das so vorstellen, wie die Menschenschlangen, die sich im Mausoleum unseres Großen Vorsitzenden bilden, wenn auch weniger lang, aber die Menschen warten mit derselben ernsten Konzentriertheit darauf, dass sie dran kamen. Ich mischte mich unter sie, und es dauerte nicht lange, bis ich gefragt wurde, was ich denn hier machte, ein Chinese beim Landeshauptmann, was mochte der wohl für ein Anliegen vorbringen. Auf Fragen antwortete ich ausweichend und wenn ich etwas Konkretes sagte, dann nur soviel, dass ich ein chinesisches Restaurant eröffnen wollte und dafür eine ganz besondere Erlaubnis brauchte, die mir nur der Landeshauptmann geben könnte und sonst niemand. Als ich das sagte, da nickten die Menschen, denn sie alle waren hier, um eine Sache zu bekommen, die „nur der Landeshauptmann" ihnen geben konnte. Niemand sonst. Ich verwickelte die Menschen weiter in Gespräche, ich erfuhr, dass sie aus allen Schichten der Bevölkerung kamen, Arbeiter aus der Bozner Industriezone, Bauern aus entlegenen Tälern, Lehrer, Akademiker, Unternehmer – Vertreter der gesamten Gesellschaft waren hier versammelt und versuchten, etwas zu erreichen, wozu ihnen „nur der Landeshauptmann“ verhelfen konnte.

„Warum nur der Hauptmann?“, fragte ich einen Bauern, der gekommen war, um eine Subvention für den Neubau seines Heustalles zu bekommen. „Es gibt doch auch eine Landesregierung, einen Landesrat für Landwirtschaft!“

Der Bauer lachte: „Regierung? Die Regierung ist er!“

Und ein anderer fügte hinzu: „Das sind alles seine Buben und Madeln. Sie tun, was er sagt.“

Eine Frau mischte sich mit dem Satz ein: „Warum zum Schmiedl gehen, wenn ich auch zum Schmied gehen kann!“

„Aber was ist mit der Demokratie?“, fragte ich so laut, dass es alle hören konnten.

Da ging ein Raunen durch die Menge.

„Demokratie! Ich bitte Sie, das müssen wir doch nicht haben, wir haben doch den Hauptmann“, rief einer.

„Natürlich sind wir Demokraten!“, sagte ein anderer, „doch wir müssen auch schauen, dass die Dinge funktionieren. Wenn die Demokratie das nicht garantieren kann, dann sind wir halt etwas weniger demokratisch!“

„Wir brauchen Entscheidungen, schnell, unbürokratisch, wirksam – welches System es dann ist, das ist mir herzlich egal!“, sagte ein Mann, der Anzug und Krawatte trug.

Während wir so sprachen, rückten wir immer näher an das Büro des Landeshauptmannes heran. Die Tür ging auf, er erschien, lächelte, der Bittsteller verschwand, nach einiger Zeit kam der Bittsteller wieder heraus. So ging es weiter. Immer noch kamen Menschen in den Flur, und während ich nach vorne rückte, wurde die Menschenschlange hinter mir immer länger. Ich bekam langsam Skrupel, denn ich war ja nicht wirklich hier, um etwas vom Landeshauptmann zu bekommen, sondern es war nur ein Vorwand, um ihn kennenzulernen. Damit aber nahm ich jemandem einen Platz weg, der vielleicht eine wirklich dringende Bitte an den Landeshauptmann hatte. Und hatte ich nicht schon alles gelernt, was ich lernen musste, war nicht in den Sätzen, die ich hier gehört hatte, der Kern der Südtiroler Erfolgsgeschichte enthalten:

„Natürlich sind wir Demokraten, doch wir müssen schauen, dass die Dinge funktionieren. Wenn die Demokratie das nicht garantieren kann, dann sind wir halt etwas weniger demokratisch. Wir brauchen Entscheidungen, schnell, unbürokratisch, wirksam – welches System das garantiert, ist herzlich egal."

Und ist dieses Erfolgsmodell nicht genau wie das unsere?

„Möchten Sie meinen Platz einnehmen?", fragte ich eine ältere Dame, die nach mir dran gekommen wäre.

„Oh, meinen Sie wirklich?"

„Aber ja, natürlich!"

„Sie sind aber ein freundlicher Chinese!", sagte sie in aller Unschuld.

Ja, lassen Sie mich das an dieser Stelle einfügen. Die Menschen hier haben etwas Angst vor uns Chinesen, doch wenn sie mal einen persönlich kennenlernen, dann legen sie diese Furcht schnell wieder ab.

Ich überließ also der alten Damen meinen Platz, danach einem älteren Herrn, und danach einem jungen Mann. Schließlich verließ ich das Landhaus, aus den oben erwähnten Gründen gab es für mich keine Notwendigkeit mehr, den Hauptmann zu treffen, und indem ich meinen Platz räumte, konnte ich, wie soll ich sagen, ja: Gutes tun! Tatsächlich flammte kurz ein Leuchten auf den Gesichtern der Menschen auf, wenn ich ihnen den Vortritt ließ, ganz so als hätte ich sie durch diese schlichte Geste beglückt. Das hatte mich mit Freude erfüllt. Doch während ich mich vom Landhaus entfernte und die Laubengasse entlanglief, fiel es mir wie Schuppen von den Augen. Der Hauptmann würde irgendwann einmal sterben. Selbst er konnte nicht ewig leben. Die Menschen, die ich eben getroffen hatte, und die tausenden anderen, die ich nicht gesehen hatte, die jedoch jahraus, jahrein zu ihm pilgerten, würden verwaisen – im buchstäblichen Sinne würden sie ihren Übervater verlieren und wie Waisenkinder umherirren. An wen sollten sie die Wünsche herantragen, wenn ER nicht mehr war?

Eine Politologe würde mit etwas Empörung in der Stimme sagen: „Hören Sie mal, wir leben doch in einer Demokratie! Wir haben Institutionen! Die Menschen würden einen neuen Hauptmann wählen. Er wäre anders, aber die Dinge würden weitergehen."

Doch so einfach schien mir die Sache nicht. Der Hauptmann hatte mehr als drei Jahrzehnte regiert, und er hat dabei alle Kraft aus den Institutionen gesogen, bis sie kraft- und wehrlos waren. Diese hoch gelobten Institutionen der Demokratie, das Landesparlament, die Regierung, der Verwaltungsapparat, erschienen mir plötzlich wie Fassaden aus Papier; ein Windstoß genügte und sie fielen um. Nein, das Ende des Hauptmanns würde dieses Volk entblößen. In seiner Nacktheit, dieser Gedanke schoss mir glasklar durch den Kopf während ich mein Zimmer betrat, in seiner Nacktheit würde dieses Volk jedem hinterherlaufen, der ihm nur etwas Wärme versprach. Nach dem Hauptmann würde die Stunde der Populisten schlagen, die Stunde der Vereinfacher, der Menschenfänger, der Verführer. Sie werden es leicht haben, denn keiner wird sich mehr erinnern, warum es denn einmal so etwas wie eine Teilung der Macht gegeben hat. Ich kenne das auch nur aus den Büchern über Demokratietheorie, die ich mir angeeignet habe. Aus eben diesen Büchern weiß ich auch, dass es Jahrhunderte gedauert hat, bis man in Europa zu der Erkenntnis gelangte, dass eine Teilung der Macht den Menschen vor den Menschen schützt. Und was war hier in Südtirol geschehen? In etwas mehr als dreißig Jahren Herrschaft des Hauptmanns war dies alles in Vergessenheit geraten. So schnell ging das, so einfach. Ich blickte aus dem Fenster auf eine belebte Straße. Am nächsten Tag würde ich abreisen, meine Mission hier ging zu Ende. Ich war froh darüber, denn je länger ich über die Zukunft dieser Modellregion nachdachte, desto düsterer wurden meine Gedanken.

Brenner, 2015

Bevor ich Ihnen über meinen Aufenthalt am Brenner berichte, sollte ich Ihnen erklären, was mich dazu gebracht hat, drei Tage und zwei Nächte an diesem unwirtlichen Ort zu verbringen. Es war Sommer, der dritte Sommer nach dem Tod meiner Frau Marie. Wir waren 35 Jahre verheiratet. Ohne sie fühlte ich mich verloren. Dabei versuchte ich nach Kräften, meine Verlorenheit zu verbergen, in dem ich mich in das Reisen stürzte. Ich kaufte mir ein Wohnmobil, fuhr im ersten Sommer kreuz und quer durch Deutschland, im zweiten Sommer reiste ich über Frankreich nach Spanien und Portugal. Als ich zurückkam, war es schon Frühjahr. Acht Monate blieb ich weg. Ich hatte ja keinen Grund nach Hause zurück zu kommen, und an Geld fehlt es mir nicht. Ich bin nicht reich, aber ich lebe bescheiden und mein Wohnmobil erlaubt es mir, mich frei zu bewegen und da zu bleiben, wo es mir gerade passt, ohne viel Geld ausgeben zu müssen. So bin ich viel herumgekommen, aber den Brenner habe ich noch nicht gesehen. Das ist, ich gebe es gerne zu, überraschend. Wahrscheinlich war ich einer der wenigen Deutschen, die noch nie über den Brenner gefahren sind. Bis zu jenem Sommer im Jahr 2015. Viel gereist bin ich bis zum Tod von Marie ohnehin nicht. Wir waren rechte Stubenhocker. Es ging uns gut dort wo wir waren, alles hatte seinen Rhythmus und seine Ordnung. So fest und sicher das war, so schnell fiel es dann auch auseinander. Und ich sehnte mich plötzlich nach Ländern, nach denen ich mich noch nie gesehnt hatte. Ich fuhr an Orte, an die ich nie im Leben gefahren wäre, Orte wie den Brenner.

Ich las also im dritten Sommer nach Maries Tod eine Anzeige in einer Zeitung, wonach man im Umkreis von 180 Kilometern mit Bahn und Bus kostenlos auf den Brenner fahren konnte.

„Warum 180 Kilometer?", stand in der Anzeige: „Weil es genau so viele Kilometer vom Brenner bis zur südlichen Grenze des historischen Tirol sind. Mit dieser Aktion wollen wir unsere Verbundenheit mit dem alten Tirol ausdrücken!" Gezeichnet war die Anzeige von der *Brenner Verwertungsgesellschaft*. Neben dem Schriftzug war ein kleines, lächelndes Gesicht auf weinrotem Hintergrund abgebildet. Auf den ersten Blick erinnerte mich das Gesicht an *Curious George*, den Affen aus der gleichnamigen amerikanischen Kinderbuchreihe. Mein Bruder, der in die USA ausgewandert ist, schickte uns vor vielen Jahren ein Buch von *Curious George*. Mein Sohn war damals noch klein, und für ihn war *Curious George* Liebe auf den ersten Blick. Er konnte davon nicht genug kriegen, und mein Bruder musste immer mehr Bücher schicken. Der amerikanische Affe war ein Teil der Kindheit des Jungen, und damit auch ein Teil meines Lebens. Ich mochte mich täuschen, aber mir schien, als sei das Gesicht in der Anzeige dem von *Curious George* nachgebildet.

„Kommen Sie!", stand da weiter zu lesen. „Kommen Sie für einen vergnüglichen Tag! Zeigen Sie uns Ihr Ticket und wir erstatten Ihnen den Preis!"

Was war das für ein Ort, der bezahlte, damit man ihn besuchte? Ich entschloss mich, dahin zu fahren.

Ich überlegte eine Weile, ob ich tatsächlich Bahn oder Bus nehmen sollte, doch dann entschied ich mich, mit dem Wohnmobil zu fahren, denn ich war inzwischen zu sehr an die Unabhängigkeit und Flexibilität gewöhnt, die mir dieser Wagen gab.

Es war eine laue, sternenlose Nacht, als ich am Brenner ankam. Auf der Straße war niemand zu sehen, und die grelle Straßenbeleuchtung verstärkte den Eindruck der Verlassenheit. Ich fuhr bis ans Ende des Dorfes, dann wieder zurück, wofür ich keine fünf Minuten brauchte. Nachdem ich meinen Wagen auf einem Parkplatz abgestellt hatte, entschied ich mich, noch einen Spaziergang zu unternehmen. Wind kam auf und strich mit kühler Hand um die Häuser. Mich fröstelte ein wenig. Das Licht der Straßenlaternen zeichnete harte Schatten auf den Asphalt. Ich fühlte mich wie in einem Fußballstadion, in dem das Flutlicht auch nach dem Spiel noch eingeschaltet blieb. Nichts war zu hören außer dem Rauschen der Autobahn, das je nach Windrichtung anschwoll oder abflaute. Ab und zu dröhnte das Hupen eines Lastwagens durch das Tal, doch selbst diesen mächtigen Lärm verschlang die gierige Dunkelheit, die an den Berghängen hockte. Sehr bald ging ich zu meinem Wagen zurück und legte mich hin. Während ich so dalag, in einem Zustand, den ich nicht hätte definieren können, fiel mir Goethe ein. Wann hatte ich das letzte Mal an ihn gedacht? Das war in der Schule gewesen, vor dem Abitur, da ich mir sicher war, dass man mein Wissen über ihn prüfen würde, hatte ich das Wesentliche von ihm gelesen – ein bisschen *Faust*, ein bisschen *Die Leiden des jungen Werther*. Es war umsonst, denn sie fragten mich nicht einmal nach ihm. Seither war der Name Goethe nie wieder in meinem Kopf aufgetaucht, geschweige denn eine Zeile seines umfangreichen Werkes. Ich weiß über ihn soviel, wie wahrscheinlich jeder durchschnittliche Deutsche wissen sollte. Dass er unser größter Dichter war, ein Genie, ein Universalgelehrter und ein Reisender. Hier auf dem Brenner hatte er eine Nacht zugebracht, bevor er sich nach Süden aufmachte in das „Land, wo die Zitronen blühen!“, wie er schrieb. Ich stieß beim Stöbern im Internet auf diese Information. Ich hatte das Stichwort „Brenner“ eingegeben. So entdeckte ich, dass Goethe hier übernachtet hatte, was für mich zusätzliche Motivation war, denn nach dem Tod Maries hatte ich auch den Plan gefasst, mir etwas Kultur anzueignen. Viele meiner Reisen betrachtete ich als Kultur- und Kunstreisen, denn ich hatte immer wieder gelesen, dass Kunst Trost spendet, und Trost brauchte ich. Der Brenner, das war mein Plan, sollte die erste Station meiner Italienreise sein. „Das Land, wo die Zitronen blühen!“, diesen Satz vor mich hin murmelnd, schlief ich ein.

Morgens weckte mich heftiges Klopfen an meiner Wagentür. Ich begriff nicht recht, wo ich mich befand, und ich brauchte ein paar lange Sekunden, bis ich mich daran erinnerte, dass ich in der Nacht zuvor am Brenner angekommen war. Bilder sausten durch meinen Kopf: die verlassenen Straßen, das grelle Licht, die Dunkelheit rundherum.

„Machen Sie auf!“, rief jemand von draußen und klopfte erneut gegen die Wagentür, diesmal so stark, dass ich glaubte, er würde mir eine Delle ins Blech schlagen. Wütend öffnete ich die Schiebetür. „Schön ruhig bleiben, ja!“, rief ich, „Sie beschädigen meinen Wagen!“ Ich blickte in das rosige, wettergegerbte Gesicht eines Mannes von vielleicht fünfzig Jahren. Ungerührt sagte er: „Sie müssen Parkgebühr bezahlen!“

„Parkgebühr?“

„Ja, ihr Wagen steht auf einem gebührenpflichtigen Parkplatz.“ Erst jetzt bemerkte ich, dass der Mann Uniform trug. Sie war aus feinem weinroten Stoff. Sie hatte goldene Schulterstücke und goldene Knöpfe. An den Oberarmen prangte ein Symbol, das ich nicht entziffern konnte, weil der Mann den Arm auf und ab bewegte. „Sie zahlen drei Euro pro Stunde, ab jeder dritten Stunde kostet es 2,50 ab jeder sechsten Stunde nur mehr zwei Euro. Und wenn Sie 24 Stunden bleiben wollen, dann kostet das nur 40 Euro. Also, wie lange wollen Sie bleiben?"

„Hören Sie, ich bin gerade aufgewacht, ich brauche etwas Zeit."

„Ich kann warten", antwortete der Mann.

„Ich verstehe ...", ich schloss die Wagentür. Sie rollte mit einem dumpfen Knacken in ihre Verankerung. Dann blickte ich durch das Fenster hinaus. Tatsächlich, dieser seltsam Uniformierte wartete, bis ich wieder aufmachte. Mir blieb keine andere Wahl, als zu zahlen. Ich zog mich sehr langsam und bedächtig an, weil ich ihm auf diese Weise zeigen wollte, wie verärgert ich war. Immerhin hatte er mich unsanft aus dem Schlaf gerissen. Nach rund 10 Minuten öffnete ich die Tür. Wieder blickte ich direkt in dieses gleichgültige Gesicht.

„Haben Sie es sich überlegt? Wie lange wollen sie bleiben?"

„Mindestens 24 Stunden", antwortete ich.

„Das macht dann 40 Euro, wenn Sie dann verlängern möchten, die zweiten 24 Stunden sind etwas billiger als die ersten."

„Warum sollte ich verlängern wollen?", sagte ich unwirsch. Er ging mir mit seiner Grobheit auf die Nerven. Sein Mund zuckte. „Sie wären nicht der Erste, der hier länger geblieben ist, als er ursprünglich wollte!"

Jetzt erst verstand ich, dass dieses Zucken seiner Lippen ein Lächeln war.

„Zahlen Sie bar oder mit Karte?"

„Ich zahle bar."

Aus einer Ledertasche, die schlapp an seiner Schulter hing, nahm er eine riesige Brieftasche. Ich reichte ihm die vierzig Euro und er steckte sie mit einer schnellen Handbewegung in das mittlere Fach. Danach stellte er mir eine Quittung aus. Während er das tat, konnte ich endlich das Emblem an seinen Armen entziffern. Tatsächlich, es war das lächelnde Gesicht von *Curious George*. Darunter stand: *BVWG*. Als er mir die Quittung überreichte, fragte ich ihn: „Wofür steht denn BVWG?"

„Brenner Verwertungsgesellschaft", antwortete er knapp.

„Was verwerten Sie denn?", fragte ich in aggressivem Ton, denn mein Ärger über diesen Mann und seine rüde Art hatte sich immer noch nicht gelegt.

„Alles, was mit dem Brenner zu tun hat", antwortete er ohne auf meine Wut zu achten, die ihm doch aufgefallen sein musste.

„Dann wissen Sie auch über die Gratisfahrten Bescheid? Die kostenlosen Fahrten?" sagte ich mit Nachdruck.

„Ach Sie meinen unser Tirolticket", sein Mund zuckte wieder, diesmal aber blieben die Lippen etwas länger aufgezogen. „Das ist eine tolle Sache", sein Gesicht heiterte sich auf, ja, es war so, als hätte jemand in seinem Inneren einen Schalter umgeworfen, denn er begann regelrecht zu strahlen, wie eine Lampe, die man einschaltete.

„Eine neue Maßnahme, um unsere Verbundenheit mit Tirol zu unterstreichen. Das Tirolticket zeigt, wie sehr wir unser Land lieben. Sie hätten auch mit diesem Ticket kommen können."

„Ja, ich weiss", antwortete ich, „doch sehen Sie, ich habe mich an mein Wohnmobil schon so gewöhnt. Es ist mir ein zweites Zuhause."

Seit sich sein Gesicht aufgehellt hatte und er plötzlich redselig geworden war, empfand ich eine gewisse Sympathie für ihn.

„Hier, ich gebe Ihnen einen Tirolgutschein."

Er zog eine rotweißrote Karte aus der Tasche, sie sah aus wie eine Konzertkarte.

„Was ist das?"

„Auch dies ist eine neue Aktion der BVWG. Wenn Sie auf dem Brenner um 180 Euro einkaufen, dann zeigen Sie diesen Gutschein vor, und Sie bekommen automatisch 18 Euro gutgeschrieben. Das sind zehn Prozent Skonto!"

„Skonto? Was ist Skonto, bitte schön?"

„Ach so, ich meine, das sind zehn Prozent Preisnachlass. Wenn Sie 1800 Euro ausgeben, dann kriegen Sie nicht nur 180 Euro Nachlass, sondern Sie bekommen auch eine Gratiskarte für eine Aufführung der Aida in der Arena von Verona."

„Warum denn Verona?"

„Warum denn nicht?"

„Das gehörte nicht einmal zu Tirol, oder täusche ich mich, jedenfalls mein Reiseführer, der sagt ..."

„Nein, zu Tirol gehörte das nicht, aber fast, und außerdem: Es ist die schönste Bühne Norditaliens, diese Arena."

„Waren Sie denn schon einmal dort?"

„Nein, aber ich habe es mir erzählen lassen. Ich hab doch keine Zeit, ich muss den ganzen Tag hier arbeiten."

„Ich verstehe."

„Wie auch immer: Willkommen! Und vergessen Sie die Zahl 180 nicht, da gibt es viele Überraschungen."

Er hob die Hand an die Mütze, drehte sich um und marschierte los. Ich schaute auf die Karte, die er mir gegeben hatte, und sah nun, dass auch hier das Gesicht von *Curious George* abgebildet war. Noch einmal schaute ich mich nach dem Parkwächter um, doch war er auf dem riesigen Parkplatz verschwunden. Nun erst bemerkte ich, welches Gewimmel hier herrschte. Ich hatte es in der Aufregung und dem daraus folgenden Gespräch nicht wahrgenommen. Wagen über Wagen fuhren heran und füllten in schneller Folge die Lücken. Auf der anderen Seite des Platzes, ungefähr 100 Meter von meinem Standort entfernt, lag ein würfelförmiges Gebäude, das zwei Stockwerke hoch war und sich über die ganze Länge des Parkplatzes entlangzog: *Shop Shop Shop Paradies* prangte auf der Mauer in mannshohen Lettern. Darüber ein gewaltiger, leuchtender Kopf von *Curious George*. Zahlreiche Menschen strebten vom Parkplatz dem Gebäude entgegen und verschwanden durch eine Drehtür, die in der grellen Morgensonne glitzerte wie ein Diamant. Jetzt sah ich meinen Mann wieder. Er schritt die Wagenreihen ab und kontrollierte die Parkuhren der Gäste. Er war nicht alleine. Ich sah noch mindestens drei andere Männer in weinroten Uniformen auf diesem Parkplatz. Wie viele mochten es wohl sein, fragte ich mich, dann blickte ich auf die Uhr und stellte mit Entsetzen fest, dass es bereits zehn Uhr war.

Normalerweise schlief ich nie länger als bis sieben. Ich war ein klassischer Frühaufsteher, der, wenn er einmal länger als bis acht schlief, den ganzen Tag über in dem Gefühl lebte, etwas verpasst zu haben. Ich schloss den Wagen ab und machte mich auf die Suche nach einem Gasthaus, in dem ich frühstücken konnte. Ganz zu Beginn, als ich das Wohnmobil gerade gekauft hatte, aß ich meistens im Wagen, doch das wurde mir schnell zu einsam und es war ja nicht so, dass ich es mir nicht leisten konnte, auswärts zu essen.

Zuerst wollte ich in das *Shop Shop Shop Paradies* gehen, doch dann entschied ich mich doch für die Straße Richtung Bahnhofsgebäude, wo ich hoffte, ein schönes, ruhiges Cafe zu finden. Ich stellte mir vor, an einem großen Fenster zu sitzen und dem Rangieren der Züge auf den Geleisen zuzusehen und an Marie zu denken. Auf dem Weg dorthin bemerkte ich am Straßenrand Schilder auf denen stilisierte, lächelnde Gesichter abgebildet waren, die offensichtlich dazu gedacht waren, gute Laune zu verbreiten. Die Schilder waren rund und die Hintergrundfarbe war weinrot, genauso wie die Uniform des Parkwächters. Es bestand kein Zweifel: Es war das Gesicht von *Curious George*, dasselbe Lächeln, denselben unschuldigen, etwas dümmlichen und doch liebenswerten Ausdruck im Gesicht. Durch eine Form von Sinnestäuschung, die man von bestimmten Postkarten her kennt, sah es so aus, als würden einen *Georges* Augen verfolgen, wenn man an ihnen vorbeiging. Ich beschloss, herauszufinden, wer auf die Idee gekommen war, diese Schilder hier aufzustellen, denn auf mich wirkten sie gar nicht aufmunternd. Das erste Schild rang mir noch ein Lächeln ab, beim zweiten verfiel ich ins Nachdenken und beim dritten begann ich, mich von diesen Blicken belästigt zu fühlen. Ich muss zugeben, dass ich nie verstanden habe, warum mein Sohn diesen amerikanischen Affen liebte. Er war mir mit seiner unerschütterlich guten Laune unheimlich, und es hat mich große Überwindung gekostet, meinem Sohn Abend für Abend diese Geschichten vorzulesen. An einigen Schaufenstern, an denen ich vorbeikam, sah ich Aufkleber mit *Georges* Gesicht, und kurz vor dem Bahnhof war eine ganze Mauer mit seinem Ebenbild bedeckt. *Curious George* war hier so gegenwärtig wie in der seligen Sowjetunion der selige Lenin, nur dass er lächelte und ein Affe war. Es würde mich nicht wundern, dachte ich, wenn es hier auch Geldscheine mit diesem Konterfei gäbe. Da konnte ich nicht wissen, dass ich ein paar Stunden später einen Gutschein ausgehändigt bekommen würde, auf dem eben *George* abgebildet war. Der Gutschein ermöglichte mir einen Gratiseinkauf über 18 Euro, wenn ich in den nächsten 18 Tagen wieder auf dem Brenner einkaufen würde. Wie hatte doch der Parkwächter gesagt: „Sie werden noch sehen, wie viele Überraschungen Ihnen die Zahl 180 bereiten wird!“ Auch seinen wahren Namen würde ich erfahren: „Was? Sie kennen ihn noch nicht?“, sagte die Verkäuferin, die mir den Gutschein aushändigte: „Das ist Brennerino, unser Markenzeichen: BRENNERINO“, wiederholte sie Buchstabe für Buchstabe. Also nicht George, sondern Brennerino. Aber ich greife vor. Das sollte ich nicht tun, denn die Geschichte, die ich zu erzählen habe, ist ohnehin verwirrend genug.

Ich war also auf dem Weg zum Bahnhof, ohne etwas von der Existenz eines Brennerino zu wissen, und wunderte mich nur über *Curious Georges* Allgegenwärtigkeit, da rempelte mich ein Mann an, und noch bevor ich „He!“ oder sonst was schreien konnte, war er auch schon weg. Als ich mich kopfschüttelnd umdrehte, um weiter zu gehen, rempelte mich ein zweiter an, dann ein dritter und ein vierter. Der fünfte Mann zischte zwischen den Zähnen hervor: „Sie sind im Weg! Sehen Sie das nicht!“ Und der sechste stieß mir ein simples: „Aus dem Weg, Sie Trottel!“ ins Gesicht. Sprachlos blieb ich stehen und erst jetzt fiel mir auf, dass ich, ohne es zu merken, mitten in eine Menschenmenge geraten war, die sich ganz plötzlich aus der Bahnhofshalle auf die Straße ergoss. Eine Trillerpfeife ertönte. Dann spürte ich, wie zwei kräftige Hände unter meine Arme fassten, mich hochhoben und zurück auf den Bürgersteig trugen, ein paar Meter entfernt von der Menschenmenge, die immer noch ohne Unterlass auf die Straße strömte.

„Es tut uns leid, doch müssen Sie hier die Straße überqueren. Sehen Sie: Da ist ein Pfeil, der die Richtung angibt."

Es war ein Mann mit weinroter Uniformjacke, der mir das sagte. Er hatte mich gemeinsam mit seinem Kollegen hochgehoben. Die beiden lächelten nun, als hätten sie mir den größten Dienst erwiesen.

„Was fällt Ihnen eigentlich ein?", sagte ich, doch sie starrten mich ratlos an.

„Wie meinen?"

„Was fällt Ihnen eigentlich ein, mich einfach zu packen und wegzutragen. Ich bin ein freier Mann in einem freien Land." Meine Stimme zitterte vor Empörung.

„Es ist doch zu Ihrem Schutz, man hat Sie ja fast zu Tode getrampelt."

„Genau das meine ich. Was ist hier eigentlich los?"

Die beiden blickten sich an, auf ihren Gesichtern spiegelte sich eine Mischung aus Unverständnis und Belustigung. Dann sagte der Ältere der beiden: „Wir sind nur hier, um Ihnen zu helfen. Verstehen Sie?"

„Helfen?"

„Ja, Sie waren auf dem falschen Track ..."

„Track, was ist das?"

„Ich meine, auf dem falschen Weg, auf der falschen Linie, oder wie soll ich sagen: Track eben."

Er machte mit beiden Händen eine Bewegung, als wollte er Geleise eines Zuges nachzeichnen. „Es kommen Massen von Menschen auf den Brenner, darum müssen wir nicht nur den Autoverkehr sondern auch den Menschenverkehr regeln. Verstehen Sie? Man kommt hier links aus dem Bahnhof und man geht rechts in den Bahnhof“, er zeigte mit einer Hand in die eine Richtung, mit dem anderen in die andere Richtung, so dass er wie ein Vogel aussah, der seine Flügel aufspannte: „Sie sind in die falsche Richtung gegangen. Gegen den Strom. Da mussten wir Sie herausholen. Das ist unsere Pflicht. Sie hätten verletzt werden können.“

Tatsächlich spürte ich einen Schmerz in meiner Schulter. Ich blickte noch einmal auf die Straße, auf der sich immer noch eine ungeheure Menschenmasse drängte. Schulter an Schulter bewegte sie sich voran, wälzte sich auf den Bürgersteig und von dort aus weiter auf das *Shop Shop Shop Paradies* zu.

„Ja, wie kann das sein?“, sagte ich laut denkend zu den beiden Uniformierten. „Ich bin gestern Nacht angekommen, da sah es hier so verlassen aus. Eine Einöde war das.“

„Nachts?“, sagte nun der jüngere der beiden, der ein ebenso rosiges Gesicht hatte wie der Parkwächter von vorhin. „Nachts, da ist nichts los.“

Der andere fiel ihm ins Wort: „Noch ist nichts los. Noch! Die Gesellschaft hat schon Pläne, wie sie hier auch die Nacht zum Tag machen kann.“

„Die Gesellschaft?“, fragte ich, „Was bitte ist diese Gesellschaft?“

„Die Brenner Verwertungsgesellschaft, die BVWG – wir nennen sie hier alle: Die Gesellschaft. Verstehen Sie?“

„Ja, ich verstehe, ich habe von ihr schon gehört, klar doch. Aber welche Pläne gibt es? Was für Pläne für die Nacht?“

Die beiden blickten misstrauisch, so als ob sie sich nicht entscheiden könnten, ob sie mir überhaupt etwas erzählen sollten.

„Das wissen wir auch nicht, aber wir wissen, dass alles, was die Gesellschaft anpackt, funktioniert!“, sagte der Jüngere und spannte seine Brust so sehr, dass ich dachte, er würde gleich wie ein Gorilla mit den Fäusten darauf trommeln, um allen seine Kraft zu zeigen. Der Ältere rieb Daumen und Zeigefinger aneinander: „Was die anfassen, das wird zu Gold.“

Er zwinkerte mit den Augen.

„So, nun müssen wir los.“

Er überreichte mir eine Visitenkarte, auf der zu lesen stand: „Sind Sie nicht zufrieden? Haben Sie Anregungen? Brauchen Sie Hilfe? Rufen Sie mich an. *Brennerino,* und darunter stand die Telefonnummer 1818.

„Das ist wirklich eine Telefonnummer? So kurze Nummern gibt es doch nur für die Feuerwehr oder die Polizei?“

„Doch, doch, das ist Brennerinos Nummer. Die Gesellschaft denkt eben an alles. Rufen Sie an, wenn Sie etwas brauchen oder sich beschweren wollen. Hoffentlich beschweren Sie sich nicht über uns. Wir haben Sie ja vor Schlimmerem bewahrt.“

„Natürlich nicht, Sie haben mir geholfen. Ich werde höchstens anrufen, um mich zu bedanken.“

Ich wunderte mich selbst darüber, wie schnell mein Zorn über die beiden verflogen war. Alles, was sie erzählt hatten, klang so klar und nachvollziehbar, dass mir selbst meine gewaltsame Entfernung von der Straße wie ein Schritt höchster Vernunft vorkam. Inzwischen war der Menschenstrom abgeflaut. Bis auf ein paar Nachzügler, die über die Straße hoppelten wie verwirrte Hasen, konnte ich niemanden mehr sehen. Offenbar war ein Zug angekommen, der die Menschenmenge ausgespuckt hatte.

Wie viele von ihnen hatten wohl von dem Tirolticket Gebrauch gemacht? Ich hätte das gerne gewusst und ich fragte mich, ob ich vielleicht von 1818, der Nummer Brennerinos, eine solche Auskunft bekommen könnte. Ich werde, dachte ich mir, bei nächster Gelegenheit anrufen. Dann setzte ich über die Straße, diesmal auf der richtigen Seite, dem Pfeil entlang, der den Leuten, die in den Bahnhof gingen, die Richtung wies.

In der Bahnhofshalle herrschte ein gräuliches Licht, das alle Konturen verwischte. Es roch nach Plastik, Kaffee und Schweiß. Über der Halle hing eine überdimensionale Uhr. Mich traf fast der Schlag, als ich auf dem Ziffernblatt das Gesicht Brennerinos sah, der mich anlächelte. Seine Augen bewegten sich im Takt der Sekunden, und mir war so, als könnten diese Augen hypnotisieren. Ich wandte mich ab, weil ich genau das befürchtete. Was hatte Marie zu mir immer gesagt: „Lass dich nicht verwirren, mein Lieber! Nicht von den Weibern und nicht von den Geldmachern!" Ich ging tiefer in die Halle hinein und erst jetzt bemerkte ich, dass an beiden Seitenwänden lange Bänke standen, auf denen dicht gedrängt Menschen saßen. Sie schwiegen. Nur das Rascheln von Papier war zu hören, ein Seufzer, ein Flüstern, ein Tuscheln. Auf dem Boden vor ihnen standen unzählige Tüten, Taschen und Kartons, die sich mitunter zu einem regelrechten Berg auftürmten, der so schief stand, dass man fürchten musste, er würde ihre Besitzer unter sich begraben. Und wer grinste mich von den Taschen, den Tüten und Kartons an? Brennerino.

Ich schlich an den Menschen vorbei, wie man an jemandem vorbeigeht, der vor sich hindöst und den man nicht wecken wollte. Ein bisschen war es wie in einer Kirche, nur dass keine Gebete oder Gesänge zu hören waren, es gab hier keine stille Einkehr, keine Meditation. Oder war das der falsche Eindruck? Waren diese Menschen in eine Art religiöser Andacht versunken? Übten sie sich nur in einer besonderen Form des Gebetes, die mir bisher noch nicht begegnet war? Was wusste ich schon?

Ein scharfer Pfiff von den Geleisen zerriss die Stille. Das Signal ging wie ein Zucken durch die wartenden Menschen. Langsam kam Bewegung in ihre Körper, die eben noch schlaff und leblos waren. Die Menschen richteten sich auf. Alte und Junge waren dabei, Frauen, Männer, Kinder, Jugendliche. Schwer, ungelenk fassten sie nach ihrer Ware, hoben sie hoch und reihten sich ein, um in einem schmalen, rechteckigen Gang zu verschwinden, der sie zu den Geleisen brachte, wo der Zug wartete, der sie und ihre neu erworbenen Güter nach Hause bringen würde. Kostenlos wahrscheinlich, dachte ich, und schaute ihnen nach. Da ertönte eine helle Stimme, sie kam von der Decke der Bahnhofshalle. „Ich wünsche Ihnen eine gute Reise! Kommen Sie mich bald wieder besuchen! Ihr Brennerino!“

Unwillkürlich drehte ich mich um. Tatsächlich, der Brennerino vom Ziffernblatt bewegte seinen Mund. Die Augen kreisten dabei weiter im Sekundentakt.

Nach einigen Minuten war außer mir niemand mehr in der Halle. Ich ging auf den Bahnsteig, aus purer Neugier wollte ich sehen, wie die Menschen ihre Waren verstauten. Ich stellte mir einen indischen Bahnhof vor, so jedenfalls wie ich es im Fernsehen gesehen hatte: laute, volle Bahnsteige, Geschrei, Gedränge, Geschiebe. Aber als ich auf dem Bahnsteig ankam, da war er so leer gefegt, als hätte jemand binnen Sekunden mit einem Besen jede Spur menschlichen Lebens getilgt. Wie war das möglich? Eben noch hatte ich doch mindestens hundert Menschen in der Halle gesehen, mit hunderten Taschen, Kartons und Tüten. Ich schaute mich um, doch auf dem Bahnsteig war keiner von ihnen zu sehen, nur ein paar weinrot gekleidete Männer wuselten auf und ab. Was sie genau taten, konnte ich nicht erkennen, doch sah es so aus, als würden sie alles noch einmal nach liegen gebliebenen Resten absuchen. Selbst auf die Bahngeleise warfen sie ihre schnellen Blicke. Ich schritt an den Waggons des Zuges entlang und blickte verstohlen in die Abteile. Da waren Brennerinos Kunden. Dicht gedrängt saßen sie da mit ihren Beutestücken, müde sahen sie aus, abgekämpft und verloren. Sie waren wieder in diesen Zustand der Teilnahmslosigkeit verfallen, den ich in der Bahnhofshalle an ihnen bemerkt hatte. In manchen Gesichtern spiegelte sich die pure Verzweiflung.

„Wenn Sie noch einsteigen möchten, dann müssen Sie sich beeilen."

Die Stimme hatte einen sehr hohen Ton, der mir in den Ohren schmerzte. Ich drehte mich um und sah wieder einen weinrot Uniformierten vor mir. Er hatte wie alle anderen seiner Kollegen eine rosige Gesichtsfarbe. Ich schätzte sein Alter auf knapp sechzig Jahre. Seine massive Gestalt kontrastierte mit seiner Stimme, und auch seine gutmütigen Augen passten nicht recht zu dem groß gewachsenen, knotigen Körper, der leicht zu einem Boxer gepasst hätte.

„Nein, nein, ich fahre nicht. Ich bin erst angekommen", sagte ich und reckte mich, um mit ihm auf Augenhöhe zu kommen.

„Aber da müssten Sie doch schon mit den anderen Gästen im *Shop Shop Shop Paradies* sein."

„Nein, ich bin mit dem Auto gekommen, gestern Nacht."

„Ach, was machen Sie dann am Bahnhof?“

Warum interessiert sich dieser Mensch dafür, dachte ich mir.

„Ich bin aus Neugier hier. Ist es etwa verboten, sich hier umzuschauen?“

„Verboten?“ Er lachte. „Nein, wo denken Sie hin. Ich wollte hier nur behilflich sein. Verboten ist hier fast nichts. Der Brenner ist ein Paradies, ein Kundenparadies. Was sollte da verboten sein?“

Ein Pfiff erklang. Der Zug fuhr mit einem Ruck an. All die erschöpften Gesichter zogen an mir vorüber in einer immer schneller werdenden Prozession. Ich schaute ihnen nach, und ich spürte einen kleinen Stich im Herzen. Hier, sagte Marie oft und streichelte mit ihren zarten Fingern meine Brust, hier unten, ganz unten im Herzen, da wohnt das Mitgefühl mit den Menschen. Wenn jemand irgendwo auf der Welt verletzt wird, dann tut es dir hier weh. Das sagte meine Marie, und anfangs hatte ich darüber gelacht, bis ich selbst diesen ganz bestimmten Schmerz an dieser Stelle spürte. So wie jetzt.

„Wie viele Züge kommen denn am Tag hier an?“, fragte ich den Uniformierten, um mich abzulenken.

„Das kommt darauf an. An Wochentagen sind es drei. An Wochenenden sind es bis zu zwölf Züge. Am meisten los aber ist so um die Weihnachtszeit oder wenn wir besondere Aktionen haben.“

„Aktionen?“

„Ja, Aktionen. Sie haben doch sicher schon vom Tirolticket gehört. Den 180 Kilometern und so ...“ Er fuchtelte mit den Händen in der Luft.

„Davon habe ich gehört, aber was gibt es sonst noch für Aktionen?“

Er atmete tief ein, dann rollte er mit den Augen.

„Was soll ich Ihnen sagen … Brennerino fällt immer etwas ein."

Dann zählte er ein paar Angebote auf, die ich schon kennenlernen konnte: Die Muntermacherschilder, das Ziffernblatt mit Brennerinos Gesicht, die Stimme im Bahnhof, die zum Abschied wie auch zur Begrüßung erklang, die vierstellige Telefonnummer. Es war erstaunlich. Der Mann sprach von Brennerino als handle es sich um eine wirkliche Person. Er tat es so überzeugend, dass ich ihn schließlich fragte.

„Sagen Sie mal, diesen Brennerino, kann man ihn treffen? Gibt es ihn wirklich?"

Er schaute mich mit großen Augen an.

„Aber natürlich, jederzeit …"

„Es gibt ihn also wirklich?" unterbrach ich ihn.

„Klar, gehen Sie ins *Shop Shop Shop Paradies*. Dort finden Sie ihn bestimmt."

„Vielen Dank."

Ich wollte mich schon verabschieden.

„Ich habe gerade eine Pause, wollen Sie mit mir einen Kaffee trinken?", sagte der Mann.

Überrascht nahm ich das Angebot an. Er freute sich darüber von Herzen, wie mir schien. Wir gingen die paar Schritte in die Eingangshalle hinein, von dort bogen wir nach rechts ab, in einen Gang, der zu einer Flügeltür führte. Der Uniformierte stieß die Tür auf und wir standen in einem Kaffee. Ich prallte zurück, denn an die Wände war in einer Endlosfolge Brennerinos Gesicht gemalt, und in der Mitte des großen Spiegels hinter der Theke war er ebenfalls angebracht. Wo ich hin schaute, war Brennerino. Der Uniformierte bemerkte meine Überraschung und legte seine Hand an meinen Unterarm.

„Man gewöhnt sich daran“, dann führte er mich an einen Tisch. Nachdem wir uns gesetzt hatten, sagte er: „Ich heiße übrigens Paul Fritzeder.“

„Angenehm!“, erwiderte ich immer noch etwas erschlagen von Brennerinos massiver Anwesenheit.

„Möchten Sie einen Kaffee?“

Ich nickte. Er rief die Kellnerin und bestellte. Dann wandte er sich wieder mir zu.

„Sie sind wohl das erste Mal hier, nicht wahr?“

„Ja, woher wissen Sie das?“

„Das ist leicht zu erkennen. Wer zum ersten Mal kommt, wirkt immer ein wenig verwirrt.“

„Naja, hören Sie mal! Verwirrt, das würde ich nicht sagen.“

„Dann eben überrascht oder überwältigt vielleicht?“

„Überwältigt. Genau das ist das richtige Wort!“

Er lehnte sich zurück. Seine Uniformjacke spannte sich, die goldenen Knöpfe knarzten. Er sah wie ein Mann aus, der mit sich und der Welt im Reinen war. Zufrieden, satt, selbstgewiss. Die Kellnerin brachte den Kaffee. Auf ihrer blauen Schürze war Brennerino aufgestickt, darunter der Spruch: „Brennerino sucht Bäuerin mit viel Holz vor der Hütte.“ Selbst auf die Kaffeetassen war sein Gesicht gemalt, und dazu: „Brennerino empfiehlt Lavilly.“

„Brennerino sucht Bäuerin mit Holz vor der Hütte. Was bitte bedeutet das?“, fragte ich Paul und wies auf die Kellnerin, die sich daraufhin abrupt umdrehte, so als sei sie bei etwas Ungehörigem ertappt worden.

„Das heißt, wie soll ich sagen ... Na, Sie sind nicht von hier. Das merkt man.“

Er räusperte sich. „Deswegen habe ich Sie auch angesprochen. Wissen Sie, die Menschen, die hierher kommen, haben wenig Zeit. Sie steigen aus dem Zug, eilen in das *Shop Shop Shop Paradies*, dann kehren sie wieder zurück. Deshalb habe ich gestaunt, als ich Sie am Bahnsteig sah. Das ist selten, dass jemand die Zeit hat, sich hier umzuschauen, einfach so."

Das war eine überzeugende Erklärung, doch interessierte sie mich im Augenblick nicht, denn schließlich hatte ich ihn nach was anderem gefragt.

„Das ist ja furchtbar nett, dass Sie mir das erzählen. Aber ich wollte von Ihnen wissen, was das bedeutet: Bäuerin mit Holz vor der Hütte."

Er blickte verlegen zur Seite, dann sagte er, ohne mich anzuschauen: „Holz vor der Hütte, das bedeutet ... ", dann nahm er beide Hände und formte Körbchen, hielt sie vor die Brust. „Holz. Verstehen Sie? Das ist so eine Almensprache für ..." Wieder ließ er die Hände auf und ab wippen.

„Ach, ich verstehe," antwortete ich und entließ den Mann aus der Verlegenheit.

„Sagen Sie mal, wer hat denn diese Figur erfunden?"

„Sie meinen Brennerino?"

„Ja."

„Hmm, das weiß ich nicht, aber vor einiger Zeit führte die BVWG ihn ein. Wir Angestellten mussten ein Wochenende lang eine Schulung besuchen. Wir haben gelernt: Brennerino ist das neue Markenzeichen. Markenzeichen heißt, dass bei allem, was auch nur im Entferntesten mit dem Brenner zu tun hat, Brennerino dabei sein muss. Er ist die so genannte Dachmarke für den Brenner."

Er nahm einen Schluck Kaffee. Etwas Schaum blieb an seinen Lippen hängen. Er leckte ihn mit einer schnellen Zungenbewegung weg.

„Dachmarke? Was ist denn das?", fragte ich, weil ich wollte, dass er weiter sprach.

„Das ist ganz einfach. Diese Marke ist das Dach, unter dem sich alles und alle versammeln. Daher Dachmarke."

Was für eine seltsame Bezeichnung, dachte ich, hob die Tasse an und bevor ich trank, sah ich Brennerino, wie er mir von der Tassenwand ins Gesicht lächelte.

„Aber warum müssen sich denn alle unter einem Dach versammeln?"

Paul legte die Stirn in Falten.

„Bitte, das dürfen Sie mich nicht fragen. Ich bin doch kein Philosoph. Ich bin ein einfacher Angestellter, der sein Geld verdienen will. Nachdenken ist nicht meine Sache. Und wenn die BVWG mir sagt, dass wir uns alle unter einem Dach versammeln sollten, dann tue ich das."

„Ja schon, aber Sie haben doch ein Seminar besucht, da hat man Ihnen sicher etwas erzählt über den Sinn und Zweck der Dachmarke."

Er legte beide Hände in den Nacken und begann auf den hinteren Stuhlbeinen zu wippen so wie es Schüler tun, die das Klingeln der Pausenglocke nicht erwarten können. Während er an die Decke blickte, sagte er zu mir: „Ja, sicher, sie haben uns eingetrichtert, dass wir alle wie einer erscheinen sollen. Nach außen hin, wie eine Sache, ein Mensch, ein Volk – wie eine Marke eben. Und vor allem: Wir haben alle nur ein Ziel."

„Und das wäre?"

Er kippte nach vorne, nahm die Hände aus dem Nacken und legte sie auf die Oberschenkel. „Jetzt, da Sie mich fragen, erinnere ich mich wieder. Da gab es bei dem Seminar einen großen, schlaksigen Mann, das war der Chef der BVWG. Der hat uns das mit der Dachmarke eingetrichtert. Ich glaube, er hat auch den Brennerino erfunden ..."

„Was sagst du da? Wer hat den Brennerino erfunden?“

Die Kellnerin hatte offenbar mit einem Ohr zugehört und mischte sich nun mit kräftiger Stimme ein.

„Woher, lieber Paul, weißt du das denn?“

Paul schaute sie verlegen an.

„Ich weiß es nicht, aber der Herr da, der fragt mich, und ich versuche ihm eine Antwort zu geben.“

Sie schaute mich mit einem abfälligen Blick an, wie es manche Kellner zu tun pflegen.

„Brennerino, das ist wahr“, sagte sie, „ist von der BVWG erfunden worden, aber wer von den Leuten es dort war, das wissen wir nicht. Wir wissen nämlich überhaupt nichts.“

Ihr Ton wurde plötzlich scharf.

„Gar nichts wissen wir. Bevor du von Brennerino redest, erzähl ihm doch erst einmal wie das so ist mit dem Brenner und der BVWG.“

Sie stieß Paul mit der Faust leicht gegen die Schulter.

„Warum soll ich das erzählen?“

„Warum nicht? Es ist doch kein Geheimnis, oder? Das weiß doch die ganze Welt. Na, mach schon.“

In der folgenden halben Stunde hörte ich eine Geschichte, wie ich sie noch nie vernommen hatte. Es begann, so berichtete Paul, vor rund fünf Jahren. Damals rutschte die Gemeinde Brenner in eine tiefe Krise. Die Bewohner waren schon einiges gewohnt, denn der Brenner hatte schon seit vielen Jahren nach und nach an Bedeutung verloren. Nachdem Österreich 1995 der EU beigetreten war, hatte sich die Grenze praktisch aufgelöst. Polizei, Zoll und Militär – die größten Arbeitgeber des Ortes zogen sich zurück und hinterließen überproportionierte Unterkünfte, die langsam vor sich hinstarben. Anfangs schickten die Ministerien noch Arbeiter, um diese Häuser in Schuss zu halten, offensichtlich in der Hoffnung, sie an Investoren veräußern zu können, doch nachdem sich keiner für die Objekte interessierte, blieben auch die Arbeiter aus. Keiner reparierte mehr die Fenster, die Betrunkene nachts kaputt schlugen, keiner hängte die Jalousien wieder ein, die ein Sturmwind aus der Verankerung gerissen hatte, und keiner kam, um die Dächer der Häuser auf Schäden zu überprüfen, so dass bald Regen und Schnee einsickern konnten und die Gebäude von innen zermürbten. Ohne Grenze gab es für die Reisenden keinen Zwang mehr, sich hier aufzuhalten, und einen Grund gab es auch nicht dafür. In Innsbruck wurden riesige Einkaufszentren eröffnet, die im Preis wie auch in der Qualität der Ware mit den Geschäften am Brenner mühelos konkurrieren konnten. In der Folge gab es für die Bewohner des Brenners kaum mehr Arbeit, junge Menschen zogen weg, zuerst in benachbarte Orte, dann immer weiter, der Arbeit nach, die sie mitunter ins ferne Ausland führte. Von einem jungen Mann wurde berichtet, er sei nach China ausgewandert und habe dort eine Lederhosenfabrik eröffnet, die sehr erfolgreich sei, weil die Chinesen dieses Kleidungsstück aufgrund seiner geschmeidigen Robustheit zu schätzen wissen. Das war eine Geschichte, die keiner bestätigen konnte, doch erfüllte sie eine ganz bestimmte Funktion. Sie besagte, dass Menschen vom Brenner überall erfolgreich sein konnten, wenn man ihnen nur die Chance dazu gebe. Es waren durchaus fähige Leute und es war nicht ihre Schuld, wenn sie hier nicht mehr arbeiten konnten.

„In einem Wort gesagt: Der Brenner lag im Sterben. Wir lagen im Sterben!"

Paul hatte die Tasse ausgetrunken. Er wirkte wie jemand, der eine Geschichte erzählte, die er sich nur unter körperlicher Anstrengung abpressen kann. Sein Gesicht war verzerrt, und all die Sattheit, die ich vorhin an ihm wahrgenommen hatte, hatte sich verflüchtigt.

„Und dann? Was ist dann passiert?"

„Was passiert ist? Na, schließlich haben sie auch diesen Tunnel gebaut, den Brennerbasistunnel. Wir glaubten ja lange, dass es nie dazu kommen würde. 20 Milliarden? 40 Milliarden? Keiner wusste, wie viel der Bau des Tunnels kosten würde, doch waren es Unsummen. Was gab es da für einen Streit, und wir dachten, wenn sie nur einen Bruchteil dieses Geldes für uns ausgeben würden ... Schließlich fand man das Geld doch, irgendwie. Seither sind wir untertunnelt, als hätte ein Maulwurf unser ganzes Leben untergraben ..."

Er lachte über diesen Vergleich und fuhr dann fort. „Aber Sie fragten mich, was weiter geschah?"

„Ja, ich meinte, sie sagten, der Brenner lag im Sterben ..."

Paul berichtete nun, dass der Gemeinderat eine Krisensitzung nach der anderen abhielt. Es gab Ideen, aber sie wurden immer wieder verworfen. Es kam zum Streit, der so heftig war, dass der Bürgermeister ihn nur unter Aufbietung all seiner Autorität schlichten konnte. Keiner wusste einen Ausweg. Die meisten hatten sich schon mit dem langsamen Tod ihres Heimatortes abgefunden und planten ihre Abwanderung. Da machte ein junges Mitglied des Gemeinderates, das in Innsbruck studiert hatte und in der Welt herumgekommen war, den Vorschlag, doch nach Bozen zur Südtiroler Verwertungsgesellschaft zu fahren. Die meisten hatten von dieser Gesellschaft gehört, doch wussten sie nichts Genaues. Der junge Mann versicherte, dass dies eine vertrauenswürdige Organisation sei, die schon manche Krise gemeistert und mancher Gemeinde in aussichtloser Situation geholfen habe. Es war eine gute, nahe liegende Idee. Trotzdem wurde über den Vorschlag eine Zeit lang beraten, denn der Gemeinderat hielt etwas auf sich und die Demokratie, deren Ausdruck er schließlich war. Man stritt sich, wie immer, doch schließlich entschloss sich der Gemeinderat, eine Delegation nach Bozen zu schicken. Sie hatte den Auftrag, alles zu unternehmen, um die Verwertungsgesellschaft dafür zu gewinnen, auf dem Brenner aktiv zu werden. „Alles“, sagte Paul, „heißt wirklich: Alles!“

Als die dreiköpfige Delegation aus Bozen zurückkam und von den Ergebnissen der Gespräche berichtete, erschraken die Gemeinderatsmitglieder. Die Verwertungsgesellschaft war bereit, so der Bericht der drei, sich zu engagieren, allerdings nur unter einer Bedingung: Die Gemeinde Brenner musste alle Kompetenzen an die Gesellschaft abgeben.

„Wie? Alle Kompetenzen? Was soll ich mir darunter vorstellen?“, unterbrach ich Paul, der inzwischen den dritten Kaffee getrunken hatte.

„Das heißt, dass die Gemeinde praktisch aufhörte zu existieren. Alle Belange werden von der Gesellschaft geregelt. Alle, wirklich alle.“

„Aber, wie kann so was möglich sein?“

„Klar, Sie sehen es doch! Der Brenner gehört der Verwertungsgesellschaft. Alles wird von ihr geregelt. Brennerino ist unser Herr.“

Paul berichtete weiter, dass der Gemeinderat, nachdem er den ersten Schock überwunden hatte, sich dazu durchrang, den Vorschlag anzunehmen. Zu verlieren, das glaubten sie, hatten sie ja nichts. Die Entscheidung aber war so gravierend, dass man alle Bewohner fragen musste. Man hielt ein Referendum ab, wobei es von Anfang an eine ziemlich eindeutige Sache war, denn abgesehen von ein paar unbeweglichen Sturköpfen, die nicht aufhörten, vom Ausverkauf der Heimat zu reden und sich dagegen nach Kräften zu wehren, gab es keine nennenswerte Opposition. Viele der potenziellen Opponenten wurden mit einer Mischung aus Verlockungen und Drohungen mürbe gemacht.

„Mir fällt gerade ein, dass damals zum ersten Mal das Konterfei von Brennerino auftauchte."

„Sind Sie sicher?"

„Ja, natürlich. Allerdings hieß er noch nicht Brennerino. Es war einfach ein Gesicht, das ziemlich klein an den Wahlplakaten der Befürworter angebracht war: Wählen sie gegen den Untergang! Wählen Sie die Zukunft! Wählen sie BVWG! Das waren die Plakate."

„Es hieß schon BVWG?"

„Ja, ja. Die hatten sich in Bozen gut vorbereitet."

„Aber was ist mit der Landesregierung? Ich meine, konnte die einfach zuschauen, wie eine ganze Gemeinde sich in die Hände einer Gesellschaft begab?"

„Also, die Landesregierung", er zögerte, „die Landesregierung hatte anscheinend nichts dagegen."

„Aber, ich meine, das ist ja so, als ob sie einen Teil ihres Landes an Private einfach abtritt."

„Ja, genau so ist es. Aber, was heißt hier privat! Die Verwertungsgesellschaft ist sehr eng mit der Landesregierung verbunden ..."

„Was meinen Sie denn damit?"

Diese Geschichte interessierte mich mehr und mehr. Ich, der sich noch nie richtig mit Politik beschäftigt hatte, entdeckte plötzlich eine Leidenschaft für diesen Vorgang, den man wohl nicht anders als „hochpolitisch" nennen konnte. Wie konnte es sein, dass eine ganze Gemeinde de facto in die Hände einer Verwertungsgesellschaft gegeben wurde, das ist ja so, als würde der Staat seine Souveränität über Teile des Landes einfach aufgeben.

„Ach, ich will da nicht ins Detail gehen“, sagte Paul, „doch nur soviel: Bei uns ist nichts, wie es auf den ersten Blick erscheint.“

„Die Landesregierung hat also zugestimmt?“

„Nicht ganz“, antwortete Paul, „nicht ganz. Sie hat eine Bedingung gestellt: Die Übergabe an die Verwertungsgesellschaft ist zunächst auf fünf Jahre befristet. Danach muss erneut abgestimmt werden, auf weitere fünf Jahre. Doch eine Verlängerung dürfte kein Problem sein.“

Die Kellnerin, die bisher geschwiegen hatte, mischte sich nun mit ihrer hellen, klaren Stimme ein: „Und auch das ist nur deshalb geschehen, weil sich die Heimattreuen gewehrt haben.“

„Ach, komm Lieselotte, lass das!“, sagte Paul sanft und machte mit der Hand eine beschwichtigende Geste.

„Doch, nur weil wir uns gewehrt haben. Nur deswegen haben sie uns nur für fünf Jahre übernommen.“

Paul nahm ihre Hand und drückte sie zärtlich. Sie schwieg, und mir schien, dass ich nicht mehr weiterfragen sollte. Ich war ohnehin schon zu weit in das Leben dieser mir gänzlich unbekannten Menschen eingedrungen.

„Dann will ich mal aufbrechen, vielen Dank für alles“, mit diesen Worten erhob ich mich und reichte Paul die Hand.

„Ich muss auch los“, sagte er und wenn ich den Ausdruck in seinem Gesicht richtig deutete, hatte auch er das Gefühl, dass er mir zu viel erzählt hatte. Lieselotte reichte mir ebenfalls die Hand, und als ich sie ergriff, sagte sie mit heiserer Stimme: „Nicht dass Sie glauben, wir hätten nicht gekämpft!“

Ich verstand nicht, und schüttelte den Kopf.

„Ich meine gegen all das, gegen diesen fürchterlichen Brennerino."

Lieselotte hatte Tränen in den Augen. Paul legte seinen Arm um ihre Schulter und flüsterte ihr etwas ins Ohr. Er wollte sie wegziehen, doch sie wehrte sich und er gab sofort nach. Sie hielt ihre Schürze in die Höhe: „Sehen Sie diesen Spruch."

Ich las noch einmal: „Brennerino sucht Bäuerin mit Holz vor der Hütte." Ich nickte. „Sehen Sie, die Gesellschaft wollte einen ganz anderen Spruch, ich weiß nicht mehr genau welchen, aber einen fremden, uns heimattreuen Tirolern völlig fremden Spruch. Doch dagegen haben wir uns erfolgreich gewehrt. Brennerino konnten wir auf den Schürzen nicht verhindern, aber wir haben verhindert, dass unsere bewährten Tiroler Schürzensprüche verschwinden. Darauf bin ich stolz." Sie hob die Schürze in die Höhe, diesmal zog Peter sie stärker und sie folgte ihm widerwillig.

„Ich verstehe, ich verstehe!", rief ich den beiden noch nach, da waren sie auch schon hinter den Schwingtüren, die zur Küche führten, verschwunden.

Wenige Minuten später war ich wieder auf der Straße. Nach allem, was ich gehört hatte, wollte ich endlich in das *Shop Shop Shop Paradies* gehen, das das Herz des Brennerprojektes der BVWG war. Ich hatte Paul noch gefragt, warum er immer den vollen Namen aussprach, nämlich: *Shop Shop Shop Paradies*, und nicht einfach nur Einkaufszentrum oder Shoppingparadies. Er antwortete flüsternd: „Wir sind darauf verpflichtet worden. Wenn wir dabei erwischt werden, dass wir ein Kürzel verwenden, droht uns ein Lohnabzug." So hart geht es hier zu, dachte ich und machte mich auf den Weg Richtung *Shop Shop Shop Paradies*. Ich lächelte darüber, da auch ich nun den vollen Namen verwendete. Das war so grotesk, dass es mir unwirklich erschien, wie der schlechte Scherz eines Marketingexperten, der nichts anderes zu tun hatte, als Menschen an der Nase herumzuführen.

Doch gerade als ich zu glauben begann, dass all dies nur ein schlechter Traum sei, hörte ich den Pfiff eines ankommenden Zuges. Mit einem Schlag sah ich eine Menschenmasse aus dem Bahnhof quellen, wie eine Büffelherde alles nieder trampelnd, und ich sah auch die erschöpften Gesichter derjenigen, die vom *Shop Shop Shop Paradies* zurückkehrten, um in der Bahnhofshalle auf ihren Abtransport zu warten. Unruhe packte mich. Als der Zug in kurzer Folge mehrere Pfiffe ausstieß, steigerte sie sich zur Angst. Ich ging schneller auf den Eingang des *Shop Shop Shop Paradieses* zu, immer schneller. Ich rannte, so als könnte mich dort Rettung erwarten und nicht das Verderben. Vielleicht beruhte das Ganze wirklich auf diesem Prinzip, dass nämlich die ganze Welt außerhalb des *Shop Shop Shop Paradieses* wie eine gefahrvolle Wildnis erschien, so dass man sich schnellstens in Sicherheit bringen wollte. Während ich lief, spulten sich in meinem Kopf die Bilder vom Brenner ab, wie ich ihn in der Nacht meiner Ankunft erlebt hatte, unwirtlich, kalt und dunkel. In der Tat, was hatte dieser Ort auch zu bieten? Er war ein enger Schlund an der Kippe zwischen Nord und Süd, wo es manchmal noch im Juni schneien konnte und im Winter die Dunkelheit früh kam. Vielleicht hatte die Gesellschaft genau das erkannt, dass man nämlich Erfolg haben kann, wenn man den Menschen klarmacht, dass alles außerhalb der Welt, welche die Gesellschaft schafft, nicht des Lebens wert ist, ja einem sogar das Leben kosten kann. Aus diesem Blickwinkel gesehen war es ein genialer Einfall der Gesellschaft, ihr *Shop Shop Shop Paradies* auf dem Brenner zu errichten, denn wo sonst – außer vielleicht in der Arktis – mag einem die Welt so dermaßen öde erscheinen, wo sonst mochte man sich sofort in die Arme der BVWG werfen, so wie ich es gerade tat, so hastig als wäre mir der Teufel auf den Fersen. Und wie naiv war es von mir zu glauben, dass die Menschen, die ich am Bahnhof hatte warten sehen, vom Einkaufen erschöpft seien, erschlagen von ihrem maßlosen Konsum unter den wachsamen Augen Brennerinos. Nein, es war doch umgekehrt. Sie saßen still da, weil sie wie gelähmt waren angesichts der Tatsache, dass sie in wenigen Minuten aus dem Paradies namens Brenner abtransportiert wurden, zurück in ihre hässliche Welt. Wie ein Blitz durchfuhr mich diese Erkenntnis. Ich stand vor der Drehtür, und mit einer schnellen Drehung wurde ich in das *Shop Shop Shop Paradies* hineingezogen, mitten hinein in das Herz der BVWG.

Wie soll ich den Anblick beschreiben, der sich mir bot? Stille ist das erste Wort, das mir in den Sinn kam: Stille. Natürlich nicht in einem absoluten Sinne, also nicht als Abwesenheit von Geräuschen jeder Art, sondern in einem relativen Sinne. Ich hatte mich auf Lärm vorbereitet, doch nichts davon. Kaum war ich im Inneren des Gebäudes, umfing mich die Stille wie eine warme, weiche Wasserwelle. Augenblicklich fühlte ich mich willkommen, umarmt, geborgen, aufgehoben. Ich sah nur lächelnde Menschen. Sie schwebten wie auf Kufen gleitende Wesen durch die großen, weiten, hellen Gänge des *Shop Shop Shop Paradieses*, vorbei an Geschäften, an Cafés, Bars, Restaurants. Die Einkaufstaschen, die sie trugen, schienen sie nicht zu beschweren, sondern eher zu beflügeln. Schon nach einigen

Minuten fiel mir auf, dass die Kunden, die am meisten bepackt waren, den glücklichsten Eindruck machten.

Wie konnte das sein? Wie war das möglich? Staunend ging ich umher. Obwohl ein großes Gedränge herrschte, rempelte mich niemand an, keiner zischte mir unfreundliche Worte zu, wie es mir am Bahnhof widerfahren war. Wir bewegten uns wie Fische im Wasser, glitten elegant aneinander vorbei, manchmal streiften wir uns, doch gab es nie einen Zusammenprall. Wir waren in unserem Element.

In diesem Zustand der Abgehobenheit sah ich Brennerino vor mir, das lächelnde Gesicht, sein Körper eine einzige Rundung, aus der zwei lange Arme ragten. Es war eine Puppe, ganz offensichtlich. Ich ging auf ihn zu, und jede Erinnerung an den amerikanischen Affen meines Sohnes war ausgelöscht. Das hier war nicht der unheimliche *Curious George*, das hier war Brennerino, mein Freund, mein Helfer, meine Lichtgestalt. Am liebsten hätte ich ihn umarmt, doch gelang es mir nicht, weil Brennerinos Körper zu groß war, zu glatt. Ich konnte mich nicht festhalten und rutschte an ihm ab. Ich hörte noch Brennerinos Stimme:

Willkommen!

Willkommen!

Willkommen!

Dann wurde ich weiter getragen von dem wohligen Menschenstrom, von meinen Freunden, die ich nur durch den Eintritt in das *Shop Shop Shop Paradies* gewonnen hatte. Tief in meinem Inneren hörte ich meine Seele jubeln und jauchzen. Ich wollte nur den Brenner sehen und ich war im Himmel angekommen.

Ich habe ihn von Anfang an nicht gemocht und doch dachte ich mir, dass es vielleicht gut sei, mit ihm ins Geschäft zu kommen. Schließlich hatte er anzubieten, was ich suchte: Berge, Berge und noch mal Berge, außerdem Schnee, Eis und grüne, satte Wiesen, tiefblauen Himmel und einen kleinen Rest Gletschereis. Damit warb er zuerst gar nicht, sondern mit ganz was anderem, nämlich mit Erdbeeren. „Die besten auf der ganzen Welt!", behauptete er und zog eine kleine Schale Erdbeeren aus einer Kühltasche, die er unter den Tisch gestellt hatte.

„Was? Sie haben die Erdbeeren den ganzen weiten Weg mitgebracht?"

„Aber ja! 6400 Kilometer. Das ist es wert, probieren Sie nur."

Er reichte mir eine Erdbeere über den Tisch und hielt sie zwischen den Fingern, als handelte es sich um ein Juwel. Der livrierte Kellner, der gerade vorbeikam, blickte auf die Kühltasche und zog die Augenbrauen hoch. Es war nicht gerade der Stil des Taj Mahal, dass Gäste ihr eigenes Essen mitbrachten. Hier dinierten die Reichen der Reichen, Selbstversorger wurden schnellstens des Hauses verwiesen. Ich verscheuchte den Kellner mit einer Handbewegung und er trippelte, sich verneigend, davon. Ich nahm die Erdbeere und während ich sie zum Mund führte, blickte er mich erwartungsvoll an.

Da ich ihn nicht ausstehen konnte, wäre es mir ein Vergnügen gewesen, ihn zu enttäuschen und die Erdbeere mit einem angewiderten Gesichtsausdruck auszuspucken, doch tat ich es nicht, weil sich in meinem Mund dieser intensive Geschmack breitmachte, der mich augenblicklich verwirrte.

„Na? Was sagen Sie?“, er beugte sich über den Tisch wie ein gieriger Vogel, der bereit war jedes Wort von meinen Lippen zu picken.

„Tatsächlich, eine gute Frucht.“

„Sehen Sie! Ich hab es Ihnen doch gesagt. Wir sind eine Genussregion.“

Warum hatte ich zugestimmt, diesen Menschen zu treffen, fragte ich mich, während ich in sein sonnenverbranntes, gesundes Gesicht blickte. Bilder der letzten Tage schossen mir durch den Kopf: meine Sekretärin, die mir sagte, da sei ein Herr im Vorzimmer, der sich nicht abwimmeln ließ, er komme aus einer Gegend namens Südtirol; meine üble Laune an diesem Tag, der verhaltene Zorn über die schlechten Jahresergebnisse meiner Produktionsfirma, die ersten Argumente, die ich mir mühsam für die Investoren zurechtlegte, die bald anrufen würden, um sich über die niedrigen Profitmargen zu beklagen; wie ich sie vertrösten würde auf nächstes Jahr, wider besseres Wissen, denn die Zeiten waren schwierig geworden in Mumbai, überhaupt war es nicht mehr einfach, in Indien billige Filme zu produzieren. Selbst die Komparsen verlangten jetzt ansehnliche Gagen, ganz zu schweigen von den Stars, die Summen kassierten, von denen ich selbst nur träumen konnte, dabei war ich ein reicher Mann. Es war alles anders geworden. Indien, ein Billiglohnland! Dass ich nicht lache, das stimmte schon lange nicht mehr, für den Film jedenfalls. Schuld daran war vor allem der Staat, der aus lauter gierigen Bürokraten bestand, die für alles und jedes Geld verlangten. Sie waren korrupt bis auf die Knochen, jedes Jahr verlangten sie einen größeren Schnitt. Ich hatte Freunde, die ihr Unternehmen nach Europa oder in die USA auslagerten. Dort mochten die Lohnkosten höher sein, doch es gab vergleichsweise wenig Korruption, und wenn man die Kosten dafür wegrechnete, war die Produktion mitunter sogar billiger als bei uns in Indien. Auch ich musste Wege finden, um die Kosten zu senken.

„Der Mann lässt sich wirklich nicht abwimmeln", sagte meine Sekretärin, als sie wieder zu mir ins Büro kam. Sie hatte ihre Augenbrauen eng zusammengezogen und auf ihrer Stirn hatte sich ein Faltennest gebildet. Sie war am Explodieren. Ich wusste aus leidvoller Erfahrung, dass es besser war zu vermeiden, dass dies geschah.

„Na gut, lassen Sie ihn reinkommen."

Damit begann das Verhältnis zwischen mir und Martin Prettlhuber. Nachdem er mir die Erdbeere gegeben hatte, reichte er mir eine zweite und während ich diese mit großem Genuss aß, erzählte er mir von den Vorzügen seiner Heimat, dem Martelltal. Sein Englisch war nicht besonders gut, doch er redete und redete, ohne sich um seine Fehler zu kümmern. Immer wieder reichte er mir Erdbeeren. Ich kann mich nicht mehr erinnern, wann ich schließlich zugestimmt hatte, das Martelltal zu besuchen, doch muss es gewesen sein, nachdem ich die letzte Erdbeere gegessen hatte

„Ja, gut. Ich komme. Im Sommer. Für einen Tag. Sie aber tragen die Kosten."

Er stimmte ohne zu zögern zu. Seine blitzblauen Augen schimmerten vor Freude.

Wenige Monate später fuhr ich mit dem Zug von Bozen nach Latsch. Ich betrachtete die Landschaft, die an mir vorbeizog, alles war grün, und die Dörfer leuchteten fröhlich. Er hatte mich am Flughafen in Bozen abholen wollen, doch bestand ich darauf, mit dem Zug zu fahren. Es war mir wichtig, so langsam wie möglich anzukommen, nachdem ich die mehr als

6400 Kilometer von Mumbai bis nach Bozen in weniger als 24 Stunden zurückgelegt hatte. Zumindest die letzten Kilometer wollte ich ganz bewusst erleben. Der Zug, in dem ich fuhr, war so sauber, dass man hätte vom Boden essen können, obwohl der Zug bis auf den letzten Platz gefüllt war. Mir fiel auf, dass viele Passagiere weit über sechzig Jahre waren und trotz ihres Alters einen sehr rüstigen Eindruck machten. In ihren Gesichtern mischte sich die Gelassenheit des Alters mit der Entschlossenheit der Jugend. Das Ergebnis war eine rosigweiße Gesichtsfarbe, die ich nicht anders als mit dem Wort „Altersfrische" beschreiben kann. Der andere Teil der Passagiere bestand aus nicht mehr ganz jungen Männern und Frauen. Fahrradfahrer in eng anliegender Sportbekleidung, Bergsteiger mit prallen Rucksäcken und eindrucksvoll schweren Schuhen, Spaziergänger mit leichterem Gepäck und Stöcken. Kinder sah ich keine im Zug. Es war eine Freizeitgesellschaft, keiner schien zu arbeiten oder Arbeit zu haben. Verglichen mit unseren Zügen in Mumbai, die täglich Millionen Menschen transportierten, war dies hier ein privilegiertes Luxusraumschiff. Wir surrten leise durch das Tal, das bis an die Berghänge von Apfelbäumen übersät war.

Als der Zug im Bahnhof von Latsch einfuhr, ertönte Musik. Die Leute reckten neugierig ihre Hälse. Erst als ich ausstieg, bemerkte ich, dass diese Musik mir galt. Eine Kapelle stand am Bahnsteig und spielte einen zackigen Marsch. Die Instrumente blitzten in der Mittagssonne. Ich blieb, ganz benommen von der Reise, wie angewurzelt stehen. Da kam ein etwa zehnjähriges Mädchen mit blonden Zöpfen auf mich zu und drückte mir einen Blumenstrauß in die Hand. Sie trat einen Schritt zurück, die Musikkapelle beendete ihren Marsch, das Mädchen sagte ein Gedicht auf:

Wandern kann man überall
Schöne Berge gibt es im ganzen Land
Ob Schi, Rad, Rodel oder Ball
Die Freude ist unser aller Band
Sympathisch sind die Südtiroler fast überall
Doch nur hier, im schönen Martell
Da ist das Leben richtig prall
So wie es eben sein muss, wenn man leben will
Martell, das ist Genuss
Dafür gibt es nun einen Kuss

Als das Mädchen seine Rezitation beendet hatte, applaudierten die Anwesenden, auch ich konnte nicht anders, als in die Hände zu klatschen und dem Mädchen freundlich zuzulächeln, obwohl mir gar nicht danach war. Als der Applaus verebbte, trat eine junge Frau in einer bunten Tracht vor mich, schob mir ihren vollen Busen entgegen, beugte sich nach vorne und drückte mir ihre feuchten Lippen auf die Wangen.

„Willkommen!", hauchte sie mir ins Ohr. Ich spürte ihren warmen Atem auf meiner Haut wie eine Sommerbrise.

„Willkommen im Genussland Martell!", kam es aus dem Hintergrund. Martin Prettlhuber lief mit ausgestreckten Armen auf mich zu und umarmte mich wie einen alten Freund, den er lange nicht gesehen hatte. Er drückte mich so fest an sich, dass mir der Atem stockte.

„Schön, dass Sie endlich gekommen sind. Es wurde Zeit!"

„Ja, ich ..."

Doch blieben mir die Worte im Halse stecken. Prettlhuber führte mich an der Hand und stellte mich der Reihe nach jedem einzelnen vor, insgesamt waren es vielleicht zwei Dutzend Menschen. Sie trugen eine bunte Tracht, von der ich erst später lernen sollte, dass jede einzelne Farbe eine bestimmte Bedeutung hatte.

„Mit diesen Leuten werden Sie arbeiten, wenn Sie es denn möchten."

„Arbeiten?", sagte ich in einem recht entschiedenen Ton, „ich bin erst einmal hier, um die Lage zu erkunden. Das wissen Sie!"

„Natürlich, klar. Hier geschieht nichts, was Sie nicht wollen. Das ist doch selbstverständlich." Er setzte die unterwürfige Miene auf, die ich schon in Mumbai an ihm bemerkt hatte und für gespielt hielt. Ich traute ihm nicht. Warum bloß war ich gekommen, fragte ich mich jetzt wieder, als ich sah, wie er sich vor mir verneigte. Gleichzeitig spürte ich, dass er mir in die Hand beißen würde, sobald ihm die Gelegenheit dafür gekommen schien. Ich beschloss, ihn schlecht zu behandeln. Ich wollte ihn treten, bis er reagierte.

„Machen wir es kurz. Bringen Sie mich an die Locations."

„Natürlich."

Wir gingen zum Bahnhofsvorplatz, eine Menschenmenge hatte sich dort versammelt, offensichtlich angelockt von der Musik. Die Leute betrachteten mich neugierig, aber nicht feindselig, eher wie jemanden, den sie nicht recht einordnen konnten. Ein Chauffeur hielt eine Autotür auf, es war ein nagelneuer BMW der 7er Klasse, ausgestattet mit dem besten Elektromotor, den die Autobranche zu bieten hatte. Ich stieg ein. Martin Prettlhuber setzte sich neben mich. Ich winkte den Leuten draußen zu, denn diese Szene wäre ohne mein Winken nicht vollständig gewesen, irgendwie nicht echt. Die Menschen winkten zurück. Ich nahm das als ein gutes Zeichen, nicht nur weil es eine gewisse

Freundlichkeit mir gegenüber ausdrückte, sondern vor allem weil mir schien, dass diese Menschen sich genauso verhielten, wie es die Szene verlangte. Sie taten instinktiv das Richtige, das gefiel mir, auch das Auto passte, und der Chauffeur ebenfalls. All das hätte in meinem neuen geplanten Film „Guru Guru“ genauso ablaufen können. Wir fuhren über blitzsaubere Straßen, vorbei an schmucken Häusern, prächtigen Gasthöfen und einladenden Geschäften. Auch das passte. Es brauchte keine Kulissen. Ich hätte hier sofort drehen können, ohne auch nur etwas umzustellen. Es dauerte nur ein paar Minuten, und wir befanden uns mitten in grünen Obstwiesen, so grün, dass sich meine Augen daran gar nicht satt sehen konnten, wir kamen an aufgeräumten, alten Bauernhöfen vorbei, die wie gemalt wirkten. Alles war ruhig. Nur ein deutscher Schäferhund, der aus einer Toreinfahrt gestürmt kam und unserem Wagen kläffend hinterherlief, störte die Idylle. Auch für ihn würde ich noch eine Verwendung finden, dachte ich. Dann drückte ich mich in den weichen Sitz und schlummerte ein. Es war ein traumloser Schlaf, aus dem ich abrupt aufwachte, als unser Fahrer plötzlich den Wagen zur Seite riss. Erschrocken blickte ich um mich.

„Keine Sorge“, sagte Martin Prettlhuber mit sanfter Stimme, „es ist nur unsere Musikkapelle. Sie ist etwas übermütig.“

Ich schaute durch die Windschutzscheibe und sah, wie ein Kleinbus vor uns die steile Straße in einem Affentempo emporfuhr. Er hatte uns offensichtlich überholt und unseren Fahrer dazu gezwungen, in die Böschung auszuweichen.

„Warum machen sie das?“, fragte ich mit vor Müdigkeit kratziger Stimme.

„Ach, sie wollen einfach alles richtig machen. Sie sind hoch motiviert."

Ich sah, wie der Kleinbus in eine Kehre fuhr und sich dabei gefährlich zur Seite neigte. Aus den Fenstern ragten Blasinstrumente, sie blitzten in der Sonne wie Gewehre. Als der Fahrer wieder aufs Gaspedal drückte, kam eine schwarze Wolke aus dem Auspuffrohr.

„Der Wagen entspricht bestimmt nicht den Normen", sagte ich mit gespielter Empörung.

„Bestimmt nicht, bestimmt nicht", antwortete Prettlhuber. „Doch der Kleinbus, der mit dem vorschriftsmäßigen Elektromotor betrieben wird, ist heute Morgen leider ausgefallen. So mussten wir diesen alten Schrottwagen wieder aktivieren. Aber das macht nichts. Die Polizei in Martell weiß Bescheid. Sie drückt ein Auge zu, heute jedenfalls. Für Sie tun wir alles."

Da war wieder dieser unterwürfige Ton, der mich so provozierte, und mich in eine böse Stimmung versetzte.

„Was ist das?", sagte ich barsch und wies mit dem Finger auf eine Schlossruine, die über uns auf einem felsigen Hügel stand.

„Oh, das ist Schloss Montani. Ich wusste, dass es Ihnen gefallen würde."

„Hab ich gesagt, dass es mir gefällt?"

„Nein, aber es wird Ihnen gefallen, sicher, ganz sicher ..."

Ich schwieg und verbarg vor ihm, dass ich diese düstere Ruine wirklich mochte, ich konnte mir gut vorstellen, dort eine Szene des Films zu drehen. Wie zum Beispiel würde es aussehen, wenn meine Tänzerinnen auf den Mauern der Ruine tanzten? Oder wie würde es sein, wenn sich die liebeskranke Arundati von den Zinnen in die Tiefe stürzte?

„Können wir da anhalten?"

„Natürlich, es ist alles vorbereitet.“

Wir nahmen noch ein paar Kehren, dann fuhren wir von der Hauptstraße ab und nach wenigen hundert Metern befanden wir uns auf der Rückseite der Schlossruine. Wir stiegen aus. Wieder wartete die Musikkapelle auf uns. Sie hatte am Rande des Weges Aufstellung genommen und spielte nun einen etwas getragenen Marsch. Ich ging an ihnen vorbei, sah die feuerroten, verschwitzten Gesichter der Musiker und lächelte. Es wird schwierig sein, sie zu beschäftigen, dachte ich mir. Die Musik, die sie spielten, war für Guru Guru nicht geeignet, oder wie sollten zu diesen zackigen, dröhnenden Klängen meine Tänzerinnen die Hüften schwingen lassen? Als hätte Martin Prettlhuber meine Gedanken erraten, sagte er: „Diese Leute sind sehr flexibel. Sie sind nicht nur Musiker, sondern auch Feuerwehrleute, Bauern, Holzfäller, Bergsteiger, Schifahrer, Schlittenfahrer, Hundeführer, Schneeschuhwanderführer, Langlauflehrer, Museumsführer, Gletscherführer und nicht zu vergessen: Jäger, Wilderer, Wanderer …“

„Ja, ja, ich hab schon verstanden. Danke!“, unterbrach ich ihn unwirsch. Gleichzeitig dachte ich, dass ich ein paar Holzfäller für „Guru Guru“ gut gebrauchen könnte. Diskret schaute ich mir die Musiker an, ich betrachtete ihre Körper und versuchte zu erraten, wie viel Muskeln sich unter dem Trachtenstoff verbargen. Der letzte in der Reihe, ein junger Mann mit strohblondem Haar und einem breiten, freundlichen Gesicht, schien mir viel versprechend. Als ich ihn passierte, warf ich einen Blick auf seine Waden, die unter den knappen Kniebundhosen freilagen und weiß schimmerten. Sie waren dick und kräftig wie die Wurzeln eines jahrhundertealten Baumes. Ich drehte mich zu Martin hin und – die Kapelle spielte immer noch – schrie ihm ins Ohr: „Kann ich mal mit dem jungen Mann da sprechen?“

Er nickte. Mit einer Handbewegung rief Martin den Mann zu sich, es wirkte als sei er gewohnt, Befehle zu geben. Dieser senkte seine Trompete und löste sich aus der Reihe seiner Kollegen, die ihr Spiel nicht unterbrachen, sondern noch stärker in ihre Instrumente bliesen. Martin legte den Arm um ihn und hakte sich gleichzeitig bei mir unter. Er führte uns ein wenig von der Musikkapelle weg, der Schlossruine entgegen.

„Das ist Josef. Er stammt aus dem Martelltal, er ist Maurer von Beruf. Aber vielleicht stellt er sich selbst vor.“

Der Mann machte einen Schritt auf mich zu, streckte die Hand aus und sagte: „Grüßgott, Sie können mich einfach Sepp nennen. Das tun alle hier im Tal.“

Ich nahm seine Hand. Sie fühlte sich rissig und rau an.

„Es freut mich Sie kennen zu lernen. Wie alt sind Sie?“

„Ich bin 24 Jahre alt, mein Herr!“

Sein Englisch war sehr schlecht, und ich bat Prettlhuber zu übersetzen. Inzwischen hatte die Musikkapelle ihr Stück beendet. Es war still geworden, nur Vogelgezwitscher war zu hören, der spitze Schrei eines Falken und das Knirschen des Kiesweges über dem die Musiker sich Richtung Parkplatz entfernten.

„Erzählen Sie ein bisschen von sich!“, sagte ich zu Sepp. Er schaute mich ein wenig erstaunt an und fragte: „Wie meinen Sie?“

„Ich meine, was ich sage: Erzählen Sie mir ein bisschen von sich.“

„Ja, was soll ich sagen: Ich bin Maurer, ich bin auf einem Bauernhof geboren, eines von vier Kindern. Der Hof ist nicht mehr rentabel, schon lange nicht mehr.

Aber mein Bruder, der den Hof führt, kriegt öffentliche Gelder, ein bisschen aus Rom, ein bisschen aus Brüssel, ein bisschen aus Bozen. Es reicht gerade zum Leben, aber mehr nicht. Und ich? Ich habe meine Arbeit vor rund einem Jahr verloren. Der Bauwirtschaft geht es nicht gut, warum auch sollte es ihr gut gehen? Es ist ja fast alles schon verbaut hier."

„Sagt Ihnen Bollywood etwas?"

„Wenn ich ehrlich bin, man hat uns erst kurz bevor sie hierher gekommen sind erklärt, was Bollywood ist. Das indische Hollywood, sagte man uns, nur viel mächtiger und viel größer."

Während Martin diese Worte übersetzte, lächelte er verlegen.

„Möchten Sie in meinem nächsten Film eine Rolle spielen?"

„Oh, ich? Aber natürlich, ja."

Wieder lief er rot an. Martin freute sich wie ein Honigkuchenpferd.

„Gut, Sepp. Ich werde es Sie wissen lassen."

Ich verabschiedete ihn.

Welcher Teufel hatte mich bloß geritten?

Normalerweise machte ich Leuten niemals so schnell ein Angebot. Ich war sogar für meine Zurückhaltung und meine Vorsicht bekannt, wenn es darum ging, jemanden einzustellen. Selbst meine Frau beklagte sich über meine mangelnde Spontaneität, wie sie sich ausdrückte. Und nun hatte ich nach wenigen Minuten einem Mann namens Sepp, der keinerlei Erfahrung mit der Schauspielerei hat, und der bis vor wenigen Stunden das Wort Bollywood nicht einmal hatte buchstabieren können, eine Rolle angeboten, von der ich zu allem Überfluss nicht einmal wusste, wie sie beschaffen war. Ja, was bloß war in mich gefahren?

„Kommen Sie“, sagte Prettlhuber, „ich möchte Ihnen etwas zeigen.“

Wir gingen in die Schlossruine hinein. Als wir den Innenhof erreichten, erhob sich ein Ohren betäubender Lärm. Hämmern war zu hören, ein Klappern und Klopfen, Flüche und Schreie. Ich war ganz plötzlich umgeben von seltsam gekleideten Menschen, die schwere Säcke schleppten, Karren hinter sich herzogen, aus Schläuchen tranken, vor grob gezimmerten Läden standen und feilschten. Verwirrt schaute ich zu Martin hin, der vergnügt in die Hände klatschte.

„So sah ein Markt im Mittelalter aus. Ich dachte, das würde Ihnen gefallen.“

„Was soll ich mit dem Mittelalter?“

„Dieses Schloss ist 1228 erbaut worden. Ich dachte mir, Sie sollten eine Vorstellung von der Zeit gewinnen. Das kann nicht schaden. Vielleicht wirkt es auf Sie inspirierend.“

Der Widerwille, den ich gegenüber diesem Menschen empfand, kam mir wieder hoch wie eine Speise, die ich nicht verdauen konnte. Das war umso schlimmer, als ich zugeben musste, dass die Ideen dieses Mannes durchaus interessant waren. Ich musste nur die Figuren betrachten, die sich um mich herum bewegten, die groben Stoffe, die sie trugen, die verfilzten Haare, das primitive Schuhwerk, die langen, schmutzigen Bärte der Männer, die fleckigen Gesichter der Frauen, um zu begreifen, dass sie auf unser Publikum zu Hause Furcht erregend wirken mussten. Wie wunderbar ließ sich vor dieser rohen Kulisse die Eleganz, die Schönheit und der Feinsinn Indiens darstellen. Vielleicht sollte ich *Guru Guru* angesichts dieser Möglichkeiten doch einen etwas patriotischeren Anstrich geben, das lag geradezu auf der Hand. Ich hatte noch nicht den gesamten Plot festgelegt, mir nur die Grundlinien des Films überlegt. Diesmal sollte mir meine Frau nicht mangelnde Spontaneität vorwerfen, dachte ich vergnügt und ging auf die Schmiede zu, die direkt an einer Mauer aufgebaut worden war. Ein Mann mit Armmuskeln, die so dick waren wie der Hals eines Pferdes, schlug mit einem riesigen Hammer auf ein glühendes Eisen ein. Funken sprühten in alle Richtungen. Ich legte eine Hand schützend vors Gesicht. Der Gehilfe des Schmieds bediente mit dem Fuß einen Blasebalg, der fauchend das Feuer anfachte. Ich trat, die Hand immer noch vor dem Gesicht, näher heran, da blickte der Schmied mich aus seinem rußgeschwärzten Gesicht an. Er hatte blitzblaue Augen. Warum nur, dachte ich, haben hier alle blitzblaue Augen, das muss an den Genen liegen. Da hielt er mir auch schon seine Pranke hin, ich nahm sie, und er drückte so fest zu, dass es schmerzte.

„Franz, Schmied“, sagte er mit einer Donnerstimme, die das Fauchen des Feuers mit Leichtigkeit übertönte. „Möchten Sie Ihr Pferd neu beschlagen lassen?“

„Was?“

„Möchten Sie Ihr Pferd beschlagen lassen?“

„Wie?“

Da gab der Schmied ganz plötzlich ein knatterndes Lachen von sich, das sich anhörte, als schieße er mit einem Maschinengewehr. Jetzt erst begriff ich, dass er scherzte. Er spielte seine Rolle. Er war Schmied in einem mittelalterlichen Schloss, und was tat ein Schmied dieser Zeit: Er beschlug Pferde. Was sonst? Ich staunte darüber, wie selbstverständlich und natürlich es ihm gelungen war, mich zu verwirren. Auch er, dachte ich, auch er wird in *Guru Guru* eine Rolle spielen.

„Mein Pferd habe ich erst vor drei Tagen beschlagen lassen. Aber das nächste Mal komme ich zu Ihnen. Sie machen das bestimmt perfekt."

Ich lachte und schüttelte ihm erneut die Hand. Er entblößte seine weißen Zähne und sagte zu Martin hin gewandt: „Dieser Inder gefällt mir. Er hat Humor."

Tatsächlich hatte ich zum ersten Mal seit meiner Ankunft gelacht. Die Anspannung, die sich in mir während der Reise aufgestaut hatte, löste sich langsam.

Ich hatte mir nicht viel erwartet, als ich in Mumbai ins Flugzeug gestiegen war. Mit mir befreundete Filmproduzenten waren schon in dieser Gegend gewesen, irgendwo zwischen Deutschland, der Schweiz und Österreich, doch waren sie enttäuscht nach Hause gekommen. Die Landschaft, ja, die sei wunderbar, berichteten sie, doch mit den Menschen könne man nicht arbeiten, sie stellten zu viele Ansprüche und sie verstünden überhaupt nicht, was Bollywood brauchte. Ich wäre ihrem Rat, nicht zu fahren, gefolgt und selbst der Hartnäckigkeit Martins hätte ich widerstehen können, hätte ich nicht einen Blick auf Google Earth geworfen. Südtirol, gab ich als Stichwort ein. Der Globus drehte sich unter den Augen des Satelliten, bis es bei diesem Landstrich stehen blieb. Südtirol war nicht mehr als ein Fleck, ein Fliegenschiss auf der Landkarte. Ich zoomte näher heran: Täler, Berge, Dörfer, Städte – alles wie erwartet. Nichts Ungewöhnliches. Doch dann sah ich als erstes den Werbebanner eines Hotels, es hieß: Pension, Residence Obstgarten. Als ich das las, spürte ich in meinem Herzen Rührung. Da wusste ich, dass ich dem Drängen Martin Prettlhubers nachgeben und diesen Fleck aufsuchen würde. Es gab im Internet ziemlich viele Informationen über Südtirol, um genau zu sein, bekam ich auf meine erste Anfrage hin

5.880.000 Einträge in 0,42 Sekunden, das waren genau 11,9 Einträge pro Einwohner. Aus Neugier gab ich den Namen meiner Heimatstadt in die Suchmaschine ein. In 0,32 Sekunden bekam ich 32.200.000 Einträge für 18 Millionen Einwohner, das waren nur 1,7 Einträge pro Kopf. So gewichtig waren die Südtiroler. Natürlich ist das eine nicht ernst zu nehmende Statistik, doch zeugt es von meiner aufgeflammten Neugier, dass ich dergleichen Spielchen trieb.

Jetzt, im Angesicht dieses rußgeschwärzten Schmiedes, begann ich zu begreifen, dass sich mir eine goldene Gelegenheit bot. Das schmucke Städtchen Latsch, die aufgeräumten Bauernhöfe, die sattgrüne Landschaft, die düstere Ruine des Schlosses, Sepp mit seinen wurzeldicken Waden, der Furcht erregende Schmied, die Musiker mit ihren von der Sonne geröteten Gesichtern – all das überzeugte mich davon, dass ich gar nicht viel brauchte, um hier zu drehen. Ja gut, meine Tänzerinnen müsste ich mitbringen, einen männlichen und einen weiblichen Star auch, doch das restliche Personal konnte ich vermutlich unter den Martellern rekrutieren. Meine Erkundungsreise hatte gerade erste begonnen, und schon hatte ich mindestens zwei Kandidaten für eine Rolle in *Guru Guru* gefunden. Wie viele würde ich noch entdecken? Wie wäre es zum Beispiel mit der Marketenderin da drüben? Sie bewegte ihre breiten Hüften so schwungvoll, als hätte sie ihr Leben lang nie etwas anderes getan, als ihre Hüften schwungvoll über einen Marktplatz zu bewegen. Vielleicht kann ich sie ja zu einer Tänzerin umschulen? Und was war mit dem Müllermeister, der diesen schweren Sack schleppt? Seine vom Mehl geweißten, starken Arme würden sich in einem Ringkampf gut machen, ganz zu schweigen von dem fetten Mönch, der gerade um die Ecke kam und so aussah, als bereite er gerade das nächste Komplott vor, ein Prachtexemplar geradezu.

„Zeigen Sie mir mehr!", sagte ich ganz unwillkürlich zu Prettlhuber, der daraufhin so breit lächelte, dass selbst seine Backenzähne zu sehen waren.

„Kommen Sie!"

Wir gingen ein paar Schritte weiter, über den Innenhof, um eine der Mauern des Schlosses herum und kamen zu einer Wiese. Auf einer Seite war eine Tribüne aufgebaut, auf der anderen Seite standen Rundzelte, vor denen junge Männer, die enge Beinhosen trugen und seltsame Mützen aus Filz, mit Lanzen, Schildern und Schwertern hantierten. Pferde, die an Pflöcke gebunden waren, scharrten unruhig mit den Hufen, sie schnaubten und warfen ihre Köpfe nach hinten. Zwei Ritter in schweren eisernen Rüstungen kamen aus den Rundzelten. Die Knappen halfen ihnen in den Sattel, reichten ihnen Schild und Lanze, dann ritten beide in entgegen gesetzte Richtungen, blieben nach etwa hundert Metern stehen und machten kehrt, so dass sie sich gegenüberstanden.

„Unser Ritterturnier", sagte Martin und gab mit der Hand ein Zeichen.

Darauf preschten die zwei Ritter mit ihren Pferden aufeinander zu. Sie senkten ihre Lanzen. Die Erde unter unseren Füßen zitterte. Die Zuschauer betrachteten das Schauspiel schweigend und mit angespannten Gesichtern. Ich dachte bis zum Schluss, dass die Ritter wohl im letzten Augenblick mit einem kräftigen Ruck am Zügel ihre Pferde zum Stehen bringen würden. Doch nichts dergleichen geschah. Die beiden prallten mit voller Wucht aufeinander. Es krachte laut und einer der Ritter flog in hohem Bogen aus dem Sattel, während der andere bis zum Ende der Bahn weiterritt. Als er dort angekommen war, machte er kehrt und ritt bis vor die Tribüne. Dort erst öffnete er das Visier. Applaus brandete auf.

„Was sagen Sie zu unseren Ritterspielen?“

„Das ist sehr beeindruckend.“ Ich mochte Martin zwar immer noch nicht, doch das konnte ich angesichts der Möglichkeiten, die sich mir hier boten, vernachlässigen. Ritterturniere kannte ich nur aus Filmen und was ich hier gesehen hatte, gefiel mir sehr. Ich ging auf den Sieger zu, der immer noch hoch zu Ross vor der Tribüne auf und ab trabte. Als er mich sah, blieb er stehen und wartete, bis ich an ihn herangekommen war. Er nickte und durch das offene Visier meinte ich, einen der Musiker zu erkennen, die vorhin den Marsch gespielt hatten. Ja, sicher, er hatte die Tuba geblasen. Das war der Mann. Ich grüßte ihn ebenfalls mit einem Nicken und schritt dann an den Tribünen entlang. An die zwei Dutzend Leute saßen da, und ich glaubte, einige von ihnen wiederzuerkennen. Sie hatten am Bahnsteig gestanden, andere waren auf dem Mittelaltermarkt gewesen. Ja, ich war mir sicher. Prettlhuber hatte für die verschiedenen Szenen eine Gruppe von Menschen organisiert.

„Wie viele Leute hat ihre Truppe?“, fragte ich ihn.

„Was meinen Sie?“

„Ich habe doch bemerkt, dass immer dieselben Leute andere Rollen spielen.“

„Oh nein, da täuschen Sie sich!“

„Aber sicher nicht.“

„Doch, Sie irren sich, glauben Sie mir.“

„Der Ritter hier, das ist doch der Musiker von vorhin.“

„Nein, Sie täuschen sich. Das ist sein Cousin zweiten Grades.“

„Und was ist mit dem Mann da oben auf dem dritten Rang, ist das nicht der, den ich auf dem Bahnsteig getroffen habe?"

„Nein, das ist der Schwager des Mannes vom Bahnsteig."

Ich wurde immer ungeduldiger.

„Der da, sehen Sie, der da oben, auf dem letzten Platz von links. Auch er war unter den Musikanten, nicht wahr?"

„Nein, stimmt auch nicht. Das ist der Bruder des Musikanten."

„Bitte, ich will Ihnen gerne glauben, aber es fällt mir sehr schwer. Denn die Ähnlichkeiten sind sehr verblüffend."

Martin lachte ein wenig.

„Sie haben Recht. Da muss ich Ihnen etwas erklären."

Er hakte sich wieder unter und führte mich weg von der Tribüne dahin, wo keine Ritter waren, keine Pferde, keine Knappen, einfach niemand, der mich an jemanden erinnern konnte, den ich heute schon gesehen hatte. Wir kamen an den Rand des Felsens, auf dem das Schloss stand. Der Blick öffnete sich auf das darunter liegende Tal.

„Das ist das Etschtal", sagte Martin Prettlhuber mit einer sonoren, ernsten Stimme, die ich bei ihm noch gar nicht gehört hatte, „den Namen hat es vom Fluss Etsch, der dieses Tal durchfließt. Von der Etsch müssen Sie wissen, dass Sie direkt ins Meer fließt. Es ist der einzige Südtiroler Fluss, der ins Meer fließt. Die Etsch ist deshalb für mich, wenn ich Ihnen etwas Persönliches sagen darf, mein Lieblingsfluss, denn sie verbindet uns mit der Weite, mit der Welt. Vielleicht erscheint Ihnen, der Sie aus Mumbai kommen, einer Stadt am Meer, dies absurd. Vielleicht erscheint Ihnen dieses Tal da unten, das Etschtal, wie ein enger Schlund. Es würde mich nicht wundern, denn Sie kommen aus einem großen Land mit weiten Flächen und unzähligen Menschen. Doch hier, hier ist alles klein, so klein, dass ein Tal wie dieses Etschtal schon groß erscheint, riesengroß."

Er machte eine Pause. Wir gingen einen Schritt nach vorne, so dass wir ganz knapp am Felsvorsprung standen. Eine frische Brise Wind fuhr uns in die Haare. Ich schloss die Augen und hörte, wie Martin weiter sprach, dabei spürte ich in meinem Herzen jene Rührung, die ich zum ersten Mal empfunden hatte, als ich über Google Earth in Südtirol die Pension Residence Obstgarten ausgemacht hatte.

„Wissen Sie, ich bin mir sehr bewusst, wie klein wir sind, im Vergleich zu Ihrem Land."

Fliegenschiss, das Wort fiel mir ein. Ein Fliegenschiss auf der Landkarte, ein kaum sichtbarer Fleck.

„Doch Kleinheit ist relativ, auch Enge ist relativ."

Ich spürte, wie er mich wieder am Arm nahm. Ich öffnete die Augen, und als er das bemerkte, sagte er: „Nein, nein, lassen Sie Ihre Augen ruhig einen Augenblick geschlossen. Warten Sie, bis ich Ihnen sage, dass Sie die Augen wieder öffnen können."

Ich tat, wie er es mir sagte. Er nahm mich am Ellenbogen und führte mich über das Gelände. Mehrmals wollte ich die Augen öffnen, weil ich fürchtete, ich könnte über einen Stein stolpern, über eine Wurzel, oder gar in einen Abgrund stürzen. Doch jedes Mal, wenn ich drauf und dran war, meine Lider zu heben, drückte er mich mit seiner Hand fester an sich, so dass ich wieder Vertrauen zu ihm fasste. Martin war weich, freundlich und zuvorkommend.

Wir blieben nach wenigen Minuten stehen, unter meinen Füßen spürte ich etwas Spitzes. Die kühle Brise, die mich vorhin noch erfrischt hatte, hatte sich gelegt. Es war still.

„Öffnen Sie die Augen."

Ich tat es, vor mir sah ich einen dunklen, engen Spalt, der den Berg teilte, so als hätte ein Riese mit seiner Axt ihn entzwei hauen wollen. Doch war es ihm nicht ganz gelungen, denn je weiter man in den Spalt blickte, desto enger wurde er, desto mehr drängten die Berge wieder von den Seiten heran. Mich fröstelte, obwohl es ein warmer Sommertag war.

„Das ist das Martelltal."

Er wartete einen Augenblick, dann fuhr er fort.

„Sehen Sie den Unterschied? Verstehen Sie, warum das enge Etschtal für mich weit ist, und noch dazu über den Fluss verbunden mit der großen Welt?"

„Ja, ich verstehe", antwortete ich, „aber worauf wollen Sie hinaus, außer Ihre Gefühle zu schildern, von denen ich nicht weiß, warum sie mich interessieren sollten!"

Ich hatte mich wieder gefangen und war entschlossen, mich von der Gefühlsduselei, die mich ergriffen hatte, wieder zu lösen.

„Das ist ganz einfach", antwortete Prettlhuber völlig unbeeindruckt von meiner Grobheit, „Sie haben doch vorhin geglaubt, einen Menschen mehrmals in verschiedenen Rollen gesehen zu haben. Ich musste Sie belehren, dass dem nicht so ist. Und jetzt will ich Ihnen sagen, warum sich diese Menschen ähneln. Das hat mit der Enge des Tales zu tun. Sehen Sie, vor ungefähr zwanzig Jahren hat ein Südtiroler Genforscher entdeckt, dass es bei uns eine große Zahl abgelegener Gemeinden gibt, die über Jahrhunderte vom Rest der

Welt nahezu isoliert waren. Auf diese Weise hat sich ihr Erbgut über lange Zeit kaum verändert. Er nannte das … warten Sie!“ Er legte den Zeigefinger an die Wange, „… Ach ja, er nannte das: Mikroisolate.“

Langsam begann ich zu begreifen, worauf er hinaus wollte. „Sie meinen, das waren kleine Gemeinden, die keinen Kontakt zur Außenwelt hatten.“

„Ja, genau mit der Folge, dass die Menschen einer Gemeinde untereinander heirateten …“

„Und daher die Ähnlichkeit vieler Gesichter …“

„Sie haben es erfasst. Das wollte ich Ihnen sagen.“

„Da haben Sie aber einen weiten Umweg gewählt. Sie hätten es doch viel einfacher sagen können.“

„Ja, sicher, da haben Sie Recht. Aber ich wollte sicher gehen, dass Sie verstehen.“

Er klang jetzt nachdenklich und schien wirklich verwundert darüber, dass er einen so umständlichen Weg gewählt hatte.

„Na, Sie haben gute Arbeit geleistet. Jetzt habe ich es jedenfalls begriffen“, sagte ich in einem versöhnlicheren Ton, denn ich wollte nun endlich vorankommen, der Tag war fortgeschritten und so viel Zeit hatte ich auch wieder nicht, dass ich mich hier lange mit den Stammbäumen einer Talbevölkerung auseinandersetzen konnte. „Lassen Sie uns gehen.“

Schnellen Schrittes machten wir uns auf. Die Sonne stand schon nachmittäglich tief und ich warf einen flüchtigen Blick auf das Martelltal. Im Tal selbst war es schon schattig und ich konnte kaum etwas erkennen, nur auf den steilen Hängen, in höheren Lagen, schien die Sonne und brachte Bauernhöfe zum Leuchten. Kaum kamen wir zurück in den Innenhof des Schlosses, brandeten wieder der Lärm und das Chaos des Mittelalters auf. Als wir auf dem Kiesweg entlangkamen, begann die Musikkapelle wieder aufzuspielen. Ich ärgerte mich darüber, doch gleichzeitig dachte ich mir, je mehr die Leute üben, desto mehr Zeit und Geld kann ich mir später sparen, denn wir würden bestimmte Szenen nicht oft wiederholen müssen. In meinem Kopf hatten die Bilder für *Guru Guru* eine präzisere Gestalt angenommen. *Guru Guru* würde eine Reihe von Szenen im Schloss haben, welche, das wusste ich nicht, aber ich war mir sicher, dass ich die meisten Leute, die ich hier gesehen hatte, auch engagieren würde.

Als wir uns auf die Rückbank des BMW setzten, fragte ich Martin: „Was ist eigentlich aus dem Forscher geworden, der vor mehr als zwanzig Jahren die Südtiroler Mikroisolate entdeckt hat?“ „Oh, der hat eine riesige Karriere gemacht. Er lehrt heute in Harvard, und angeblich ist er auch Kandidat für den Nobelpreis.“

„So weit kann einen das Martelltal bringen“, antwortete ich. Er schaute mich überrascht an. Dann lächelte er. „Sie haben Recht. So hatte ich mir das noch gar nicht überlegt.“

„Das glaube ich Ihnen nicht“, gab ich zurück, „Sie sind bis nach Mumbai. Auch daran ist das Martelltal mit Schuld, oder?“

„Das“, sagte er mit ernster Miene, „das ist eine andere Geschichte.“

Er gab dem Chauffeur ein Zeichen. Mit einem Ruck ging es los.

„Wohin fahren wir jetzt?“, fragte ich ihn.

„Jetzt geht’s zum Besten, was wir haben. Jetzt geht’s zu den Erdbeeren.“

Wir rollten von der Anhöhe des Schlosses Montani hinunter ins Tal. Wenige Minuten später befanden wir uns mitten drin in dem engen Schlund, der vermutlich gar nicht so eng war, doch hatten die Worte Martins Eindruck auf mich gemacht. Ich fühlte mich geradezu bedrängt von den steil aufragenden Hängen. Als ich die Augen schloss und an das Etschtal dachte, da kam es mir auch weit und groß vor, und der Gedanke, dass der Fluss direkt ins Meer floss, war tröstlich für mich. Martin hatte es offensichtlich geschafft, mir sein Lebensgefühl, das wohl das Lebensgefühl des ganzen Tales war, zu vermitteln. Wieder wurde ich aus meinem Tagtraum gerissen. Der Fahrer lenkte den Wagen abrupt zur Seite, und wieder sah ich den Kleinbus mit den aus den Fenstern ragenden Blasinstrumenten auf der Überholspur eine schwarze Wolke hinter sich herziehend.

„Müssen die denn immer dasselbe Rennen veranstalten?", sagte ich zu Martin mit zorniger Stimme.

„Es tut mir leid. Sie wollen einfach vor uns an der MEG sein?

„MEG? Was ist das?"

„Da sehen Sie, zu Ihrer Linken, da vorne?"

Da stand etwas oberhalb der Hauptstraße ein lang gestrecktes Gebäude, das aussah wie eine Lagerhalle. Auf dem Platz davor hatten sich eine Menge Leute versammelt. Ich sah, wie der Bus mit der Kapelle anhielt, wie die Musikanten in aller Eile heraussprangen und bevor wir einfuhren, hatten sie auch schon den nächsten Marsch angestimmt.

„MEG – das ist die Marteller Erzeugergenossenschaft", sagte Martin. „Sie erinnern sich ja an die Erdbeeren, die ich Ihnen in Mumbai gegeben habe? Nun, die werden von der MEG produziert und vertrieben."

Natürlich erinnerte ich mich an den fruchtig, intensiven Geschmack. Das war die erste Spur, die mich hierher geführt hatte. Oder sollte ich sagen, dass diese

Erdbeeren, die er mir im Taj Mahal regelrecht in den Mund geschoben hatte, die Leimrute waren, an der ich kleben geblieben war? Gefangen im Martell!

Gefangen im Martell?

Ja, warum nicht? Das wäre doch ein wunderbarer Titel für den geplanten Film.

Guru Guru.

Gefangen im Martell.

Ich zog mein Notizbuch aus der Tasche und notierte den Titel. In diesem Augenblick öffnete der Chauffeur die Tür und ein Schwall schmetternder Musik schwappte herein und ließ mich unwillkürlich zurückweichen. Ich versuchte mich tiefer in den Wagen zurückzuziehen so wie man vor dem Wüten eines Unwetters in eine Höhle flüchtet. In meinem Rücken spürte ich die Ellenbogen Martins. Er schob mich wieder zur Tür hin, wo eine dröhnende, klingende Wand und ein Spalier Menschen auf mich warteten. Ich erkannte die Dame mit dem großen Busen, die mich am Bahnsteig geküsst hatte, auch das Mädchen, welches das Gedicht aufgesagt und mir Blumen überreicht hatte, konnte ich sehen, und Sepp, den Musikanten. Er blies aus Leibeskräften in sein Instrument. Der riesenhafte Schmied Franz hielt diesmal ein gewaltiges Schild in die Höhe, auf dem stand: „Das Erdbeerparadies Martell grüßt seinen Gast aus Mumbai!" – wobei das „a" von Mumbai eine stilisierte, knallrote Erdbeere war. Ich holte tief Luft, dann sprang ich mit einem Satz aus dem Auto. Ein Tusch erklang, der mein Trommelfell fast zum Platzen brachte. Die Menge formte einen Halbkreis. Ein Trommelwirbel hob an, und mit dem letzten Schlag sprangen Männer in kurzen Lederhosen in den Halbkreis und begannen einen wilden Tanz aufzuführen, bei dem sie sich rhythmisch auf die nackten

Schenkel schlugen. Auf dem Kopf trugen sie Mützen, die einer Erdbeere nachgebildet waren. Nach wenigen Minuten waren die Schenkel dieser kräftigen Männer von den vielen Schlägen, die sich selber versetzten, gerötet. Einer der Tänzer war der Gehilfe des Schmiedes. Er schlug sich so heftig, dass ich nur vom Hinsehen Schmerzen empfand, doch sein Gesicht blieb völlig unbewegt.

Noch während die Männer tanzten, kam mir die Idee, dass ich sie sehr gut in meinem Film gebrauchen konnte. *Guru Guru* soll ja im Martell gefangen werden. Ich könnte ihn an einen Pfahl binden lassen und bevor er hingerichtet würde – was freilich nicht geschehen würde, denn alle meine Filme haben ein Happy End, führten die wilden Männer des Martells diesen Tanz auf.

„Wie nennt man das?", fragte ich Martin, der an meiner Seite stand.

„Schuhplattln!"

„Was ist das?", schrie ich in sein Ohr.

„Das ist wie der Tanz eines Auerhahns, der seine Henne bedrängt. Der Mann zeigt ihr seine Kraft und seine Anmut, und vor allem zeigt er ihr, dass er sich mit ihr vereinen will."

„Es ist also ein Liebestanz?"

„Naja, Liebe. Was ist das schon?", schrie er so laut, dass er sogar das Donnern der Musik und das Klatschen der Schuhplattler übertönte.

„Nein, das weiß ich auch nicht."

„Sehen Sie", da lachte er und schaute wieder auf die Männer, die sich nach Kräften traktierten.

Mochte dieser Tanz durchaus Begehren ausdrücken, ich konnte ihn sehr gut als Totentanz inszenieren. Ich sah schon die riesige Kinoleinwand vor mir, der schmächtige Held des Films an den Pfahl gebunden, mit nacktem Oberkörper und angstgeweiteten Augen, umgeben von den starken Männern, die wütend und drohend ihre Schenkel misshandelten. Sie sprangen vor unserem Helden auf und ab wie wild gewordene Böcke. Sie senkten und hoben ihre Köpfe, drehten sich im Kreis, gingen in die Knie, nur um wieder hoch in die Luft zu springen. Was für eine wunderbare Szene!

Nur musste ich diesen Tänzern noch beibringen, dass ihre Gesichter auch dazu da waren, Gefühle auszudrücken. Denn die Männer, die ich hier sah, blieben äußerlich völlig unbewegt. Sie schlugen auf sich ein und verzogen keine Miene, sie zuckten nicht einmal mit der Wimper. Ich wollte mich schon an Prettlhuber wenden, um ihn zu fragen, ob denn diese Männer auch ihre Gesichter bewegen könnten, da fiel mir auf, dass dieses eiskalte Starren, viel Furcht erregender wirkte als jede Grimasse, die sie ziehen könnten. Dieses Starren wird unsere Kinobesucher bis auf die Knochen erschrecken. Sie werden um das Leben des Helden bangen, und sie werden sich fragen, an welch finsteren Ort er da wohl geraten war. Und klang nicht allein das Wort MARTELL bedrohlich, war es nicht wie ein erhobener Hammer, der jeden Augenblick auf den Zuschauer niedersausen konnte? *Gefangen im Martell!*

Mit einem Schlag endete die Vorstellung. Ich war noch ganz in Gedanken an den Film versunken und merkte daher nicht, dass die Menschen auf irgendein Zeichen der Zustimmung von mir warteten. Martin stieß mir seinen Ellenbogen leicht in die Seite, was mich zu meinem eigenen Erstaunen nicht empörte. Ich sah in ihm ja schon meinen künftigen Geschäftspartner. Ich klatschte in die Hände, zuerst langsam, dann immer heftiger. Martin stimmte ein. Die Schuhplattler verneigten sich, die Musikanten taten es ihnen nach, dabei sah ich, wie Schweißtropfen von der Stirn dieser Männer auf den Asphalt tropften. Wieder kam die Frau mit dem dicken Busen auf mich zu, wieder küsste sie mich mit ihren fetten Lippen und hauchte mir Anzüglichkeiten ins Ohr. Auch sagte das Mädchen vom Bahnsteig ein Gedicht auf.

Die süßesten Früchtchen der Welt
Sind knallrot
Es gibt sie, das ist klar, um Geld
Doch stürzt der Preis niemanden in Not
Denn die Früchte schmecken
Genauso wie früher
Als wir durch die Wälder tobten
Und wir näher und näher
Mit dem Herzen uns verlobten
Woran liegt es wohl, dass diese Erdbeeren
So schmecken
Es liegt an der Höhe
An der frischen Luft
Es liegt an der Kühle
Es liegt an unserem Fleiß
Der kennt keinen Preis

Das Mädchen lächelte. Sie überreichte mir eine Schale Erdbeeren. Ich beugte mich zu ihr nieder und küsste sie auf die Wangen, woraufhin sie rot wurde, sich umdrehte und weglief. Wieder erklang ein Tusch, und alle applaudierten. Ich blickte in die Gesichter und glaubte so etwas wie freundliche Erwartung zu sehen. Es war ein rührender Moment. Ich wehrte mich dagegen, denn Rührung war nicht gut fürs Geschäft, schon gar nicht für das Filmgeschäft, in dem mit härteren Bandagen gekämpft wurde als irgendwo sonst.

Trotzdem huschte ein Lächeln über mein Gesicht, als ich an den Menschen vorbei in das Gebäude hineinging. In der Lagerhalle roch es nach Erdbeeren, nach Süßigkeiten und Kaffee. Dicht gedrängt standen die Menschen da. Die meisten hatten Gesichtszüge, die mir seit meiner Ankunft immer wieder begegnet waren. Das irritierte mich nicht mehr, sondern gab mir ein vertrautes Gefühl. Wem auch immer ich hier begegnete, ich hatte gleich den Eindruck, diesen Menschen schon getroffen zu haben, auch wenn das nicht der Fall war. In der Mitte der Halle stand ein blutroter, mit Zuckerguss überzogener Erdbeerkuchen von gewaltigen Ausmaßen. „Wahrscheinlich Weltrekord", flüsterte Martin, der mir nicht von der Seite gewichen war.

„Was Weltrekord?"

„Wir haben versucht, den größten Erdbeerkuchen der Welt herzustellen. Das halbe Tal hat daran eine Woche lang gearbeitet."

„Oh!", mir fiel dazu nichts weiter ein.

„Jetzt werden wir es gleich wissen." Martin wies auf drei Männer hin, die sich mit einem Meterband daran machten, den Erdbeerkuchen auszumessen. Sie sahen aus wie Buchhalter, die die Bücher eines Weltkonzerns prüften, ernst, seriös, ganz und gar unbeeindruckt von der gespannten Erwartung des Publikums, die mit Händen zu greifen war. Sie schritten den Kuchen ab, maßen ihn und trugen das Ergebnis in eine Kladde ein. Schließlich trat einer der drei nach vorne, nahm das Mikrofon in die Hand, das ihm gereicht wurde. Man hätte eine Nadel fallen hören können, so still war es jetzt.

„134 Quadratmeter, 13 Meter Durchmesser. Weltrekord! Gratuliere!“

Applaus brandete auf, Jubelschreie erfüllten die Halle, Menschen fielen sich in die Arme, bei manchen meinte ich Tränen in den Augen zu sehen. Die Konditoren, die ganz vorne standen, sprangen immer wieder in die Luft und reckten die Fäuste. Dann der unvermeidliche Tusch. Musik, Musik, Musik. Sepp mit seiner Trompete zwinkerte mir zu, und der Schmied Franz hob eine dicke Konditorin wie eine federleichte Puppe triumphierend mit einem Arm in die Höhe. Die Dame, die mich an diesem Tag schon zwei Mal geküsst hatte, warf mir ausgelassen eine Kusshand zu. Nach wenigen Minuten beendete die Kapelle ihr Stück. Martin ergriff das Mikrofon. Erneut trat sofortige Stille ein.

„Meine lieben Marteller, ich möchte Euch gratulieren!“ Kurzer Applaus, dann sprach er mit einer sonoren, tiefen Stimme weiter. „Wie Ihr wisst, bin ich vor einem Jahr mit Unterstützung der Gemeinde Martell nach Mumbai gefahren. Mumbai! Ich glaube, dass ich Euch nicht zu nahe trete, wenn ich sage, dass nicht alle im Tal wussten, wo Mumbai liegt. Indien, ja! Aber wo in Indien, wer hätte mir das auf der Karte zeigen können? Seid mal ehrlich.“

Er machte eine Pause und blickte forschend in die Runde. Keiner regte sich, manche lächelten verlegen, andere zuckten mit den Schultern und wieder andere blickten zu Boden, als seien sie bei einer Peinlichkeit ertappt worden.

„Ihr müsst Euch dafür nicht schämen. Im Gegenteil, Ihr könnt stolz darauf sein, dass Ihr jemanden in Eurem Auftrag in eine Stadt namens Mumbai schickt, von der Ihr nicht einmal wisst, wo sie liegt. Das spricht für euer Vertrauen und auch für euren Mut, Neues zu wagen.

Dafür nämlich bin ich hingefahren, um Neues zu wagen. Nicht aus Jux und Tollerei, sondern weil es notwendig ist. Wir wollen uns keinen Illusionen hingeben, es geht uns recht gut hier im Martell, doch müssen wir uns ständig verändern, wenn wir nicht abgehängt werden wollen von der allgemeinen Entwicklung. Unsere Eltern und Großeltern haben das getan, und hier in der MEG sehen wir den besten Beweis dafür: Als wir nicht mehr genügend Arbeit hatten für unsere Kinder, da sind wir erfinderisch geworden und haben Erdbeeren gezogen, die besten Europas. Und jetzt auch noch der Weltrekord. Doch ich schweife ab!"

Er machte wieder eine Kunstpause. Dabei blickte er zum Dach der Lagerhalle, dann wischte er sich mit einem Taschentuch, das er sich mit einer einzigen schnellen Bewegung aus der Jackentasche holte, den Schweiß von der Stirn. Die Gesten schienen einstudiert. Er war, das gebe ich gerne zu, ein guter Redner.

„Als ich nach Mumbai fuhr, habe ich ein paar Schalen Erdbeeren mitgenommen, denn ich dachte mir, dass diese Erdbeeren die beste Visitenkarte für unser Tal sind. 6400 Kilometer weit habe ich sie transportiert, über einen ganzen Kontinent und einen Ozean hinweg. Sie sind dort angekommen, so frisch, fruchtig und nahrhaft wie am ersten Tag. Das spricht für die Qualität dieser Frucht.

Lasst mich noch einmal sagen, warum ich nach Mumbai gefahren bin. Unser Tal lebt wie die meisten anderen Täler des Landes vom Tourismus. Wir sind, so gesehen, nichts Besonderes. Wandern kann man überall, schöne Berge gibt es nicht nur um Martell, es gibt in allen Gemeinden des Landes genügend Freizeitangebote, und freundlich und zuvorkommend sind wir Südtiroler ohnehin von Natur aus.

Was aber unterscheidet uns von den anderen? Was können wir anbieten? Was macht uns unverwechselbar? Vor allem aber: Wen können wir anlocken?

Ich habe lange darüber nachgedacht und wir in der Gemeinde haben immer wieder die Köpfe zusammengesteckt. Irgendwann zu einer späten Stunde sagte ich zu den Kollegen: Bollywood! Warum nicht Bollywood?! Die anderen schauten mich erstaunt an, doch nach wenigen Minuten nickten sie: Ja, warum nicht Bollywood!

Wir haben hohe Berge, wir haben prächtige, satte Wiesen, einen tiefblauen Himmel, einen glitzernden See, und sogar einen kleinen Rest Gletschereis. Die Landschaft ist wie gemacht für einen Film aus indischer Produktion.

Ihr werdet nun sagen, dass auch alle anderen Südtiroler Täler dasselbe haben, dass also auch sie für Bollywood interessant sind. Das stimmt zwar, aber bisher sind nur wir auf die Idee gekommen, nach Mumbai aufzubrechen, um dort eine Zukunft für unser Martell zu finden. Bisher haben nur wir diesen Mut bewiesen. Ja, und glaubt mir, es braucht Mut, um sich dieser Stadt zu stellen, besonders, wenn man wie ich aus dem Martell kommt. Aber unsere Vorfahren haben sich immer wieder den Herausforderungen gestellt! Warum sollten wir es nicht tun?

Was uns aber von allen anderen unterscheidet, das ist unsere Fähigkeit, uns an die Bedürfnisse unserer Kunden anzupassen. Wir sind flexibel, wir sind lernfähig, und wir bleiben dennoch bodenständig.

Doch was rede ich da lange herum. Lassen wir unseren Gast aus Mumbai sprechen. Er kann das am besten beurteilen.“

Martin reichte mir das Mikrofon. Ich wäre am liebsten zurückgewichen, doch war es zu spät. Ich räusperte mich und begann, langsam zu sprechen.

„Ja, meine Damen und Herren!“, ich blickte in die Gesichter, die mir nun schon sehr vertraut waren und ein warmes Gefühl umfing mein Herz. „Ich möchte Ihnen eine Geschichte erzählen. Deutschland, Österreich und die Schweiz haben keinen guten Ruf bei den Filmproduzenten von Bollywood. Die Landschaft, die ist wunderbar, doch sind die Menschen nicht gewöhnt, mit uns zu arbeiten, zu unseren Bedingungen. Das sagen meine Kollegen, die schon in diesen Ländern gewesen sind. Keiner von ihnen ist je in Südtirol gewesen, doch haben sie mir trotzdem abgeraten. ‚Das ist überall dasselbe dort!‘, sagten sie mir und schüttelten den Kopf. Doch bin ich trotzdem gekommen. Und sicher, ich habe es diesen Erdbeeren zu verdanken“, mit der Hand wies ich auf den Weltrekordkuchen, „diesen wunderbaren Früchten, die ich in Mumbai zum ersten Mal gegessen habe. Eine Gegend, die solche Früchte hervorbringt, muss auch von guten Menschen bewohnt sein, dachte ich, als ich mir die zweite Erdbeere in den Mund schob.“ Ich ahmte die Bewegung nach, kaute und rollte mit den Augen. Das Publikum schaute zuerst etwas überrascht, begriff dann aber und begann lauthals zu lachen. Ich wartete, bis sie zu Ende gelacht hatten. Ich war wild entschlossen, Sie für mich zu gewinnen.

„Ich bin erst seit ein paar Stunden hier ... und ich kann Ihnen noch nichts versprechen.“

Ich bemerkte, wie sich Enttäuschung in den Gesichtern meiner Zuhörer breit machte. Ich wollte das verhindern und sagte: „Doch sollten Sie wissen, dass ich begeistert bin! Begeistert von Ihren Bergen! Begeistert von Ihrem Schloss! Begeistert von Ihrem Tal! Begeistert von Ihnen! Ja, von Ihnen!“

Ich zeigte mit dem Finger auf die Menge und rief: „Ja, ich meine Sie! Ich bin begeistert von Ihnen!“

Dann ließ ich den Finger auf verschiedene Personen schweifen, so wie ich es bei amerikanischen Präsidentschaftskandidaten gesehen hatte, die mit dieser Geste einzelne Personen aus der Menge hervorhoben: „Sie meine ich! Und Sie! Und Sie! Ja, ich meine Sie alle. Das ganze Tal. Das ganze Martelltal!“

Ich schrie diese letzten Worte in die Halle, so wie man ein Hurra schreit nach einer gewonnenen Schlacht. Schweißtropfen traten mir auf die Stirn, mein Atem ging schnell und eine Strähne meines sorgfältig gekämmten Haares fiel mir ins Gesicht. Ich sah, glaube ich, ziemlich wild und verwegen aus. Martin begann in die Hände zu klatschen. Nach und nach stimmten alle ein, bis ein tosender Applaus die Halle zum Beben brachte. Es dauerte mehrere Minuten bis er abebbte.

Natürlich, dachte ich mir, diese Menschen erwarten sich von mir Arbeit und Brot, da ist es kein Wunder, dass sie mich hochleben lassen. Doch konnte dies den Jubel erklären, den ich jetzt erlebte? Es fiel mir schwer, das zu glauben.

„Und jetzt“, rief Martin in die Menge, „ist es für unseren Gast Zeit, den Weltrekordkuchen anzuschneiden.“ Ein Mann aus der Menge reichte mir ein Messer, aber was sage ich da: Messer? Es war ein Schwert. Ich hatte Schwierigkeiten, es aufzuheben, so schwer war es. Kurz bevor der Schmied Franz mir beispringen konnte, um mir zu helfen, gelang es mir, dieses stählerne, blitzende Ungetüm in die Höhe zu heben. Ich ließ es auf den Erdbeerkuchen niedersausen wie ein Richtschwert. Erdbeerstücke flogen in alle Richtungen und beschmutzten Haare und Kleider der Umstehenden. Mit Entsetzen betrachtete ich den Schaden, den ich angerichtet hatte, doch die Zuschauer lachten. Zuerst war es nur ein Kichern, dann schwoll es zu einem dröhnenden Lachen an. Wieder erklang ein Tusch, die Kapelle spielte auf. Teller wurden gereicht, und es begann ein großes, vergnügliches Fressen. Auch ich kostete ein Stück des Kuchens. Er war so schmackhaft wie kein Kuchen, den ich je im Leben gegessen hatte. Kein Zweifel, er war einmalig. Noch beim Kauen überlegte ich, wie ein solcher Kuchen in meinen Film eingebaut werden könnte, doch hatte ich keine rechte Idee. Als sich in meinem Kopf schließlich eine Vorstellung davon abzeichnete, wie ich das machen könnte, schlug mir Prettlhuber freundschaftlich auf die Schulter: „Das war eine großartige Rede. Kommen Sie, wir fahren weiter. Ich muss Ihnen noch einiges zeigen."

Ich folgte ihm auf den Parkplatz hinaus, wo der Wagen auf uns wartete.

„Und die anderen?", fragte ich Martin, so als handelte es sich bei den Menschen um eine Landpartie von Freunden.

„Wir brauchen sie nicht. Sie vergnügen sich und wir können ein bisschen Ruhe gebrauchen, finden Sie nicht?"

Ich nickte. Wir stiegen ein. Unser Wagen fuhr an. Wir bogen in die Hauptstraße ein. Weich rollten wir in das Tal hinein. Obwohl wir am Talgrund entlangfuhren, ging es immer bergauf vorbei an Wald, an Wiesen und Bauernhöfen. Je weiter wir fuhren, desto enger rückten die Berge an uns heran. Beklemmung engte meine Brust ein. Ich öffnete meinen Hemdknopf. Martin schaute zu mir herüber.

„Es ist gleich vorbei", sagte er.

Tatsächlich zog die Straße ein paar Minuten später steil an, sie schlängelte sich den Bergrücken entlang und schraubte sich höher und höher. Martin hatte Recht behalten. Die Beklemmung, die mich gerade noch befallen hatte, verließ mich augenblicklich. Befreit atmete ich auf. Mir schien, als würden wir, wenn wir so weiterführen, direkt in den Himmel fahren, und ich malte mir schon die Szene aus, wie *Guru Guru* zu entsprechend erhabener Musik mitten in das unendliche Blau hineinfuhr, da sagte Martin: „Wir sind gleich da."

Ich hatte keine Ahnung, wovon er sprach, doch wollte ich gar nicht, dass wir gleich da sind. Diese Reise hätte für mich weitergehen können, immer weiter. Als ich gerade das Gefühl bekam, in eine der blendend-weißen Wolken einzutauchen, die an den Himmel geheftet waren, tauchte ein Hotel vor meinen Augen auf, und hinter dem Hotel lag ein glitzernder See. Unser Chauffeur parkte. Ich stieg aus und mir stockte angesichts des Bergpanoramas der Atem. Was für eine Pracht! Was für ein Anblick!

„Wir gehen am besten auf die Terrasse."

Martin führte mich um das Hotel herum. Wir setzten uns auf bequeme Stühle, ein Kellner kam. Martin bestellte eine „Brettljause" – von der ich nur ahnen konnte, was es war – und wandte sich dann an mich: „Sie haben doch bestimmt Hunger, nicht wahr?"

Oja, ich war hungrig. Doch wollte ich mehr als nur essen. Ich wollte alles, die Menschen, die Berge, die Häuser, die Straßen, die Wälder, die Wege und Almen. Alles.

„Da oben", sagte Martin und wies mit der Hand Richtung Berge, „hinter diesem Hochwald, da oben ist die Lyfialm. Sie müssen sich das im Winter vorstellen. Alles tief verschneit, alles weiß, alles still. Sehr romantisch. Ganz wunderbar. Wir veranstalten dort einen Weihnachtsmarkt. Auch das ist ein Rekord: Es ist der höchst gelegene Weihnachtsmarkt der Welt: 2165 Höhenmeter."

„Den will ich auch!", sagte ich wie in Trance vor mich hin.

„Was meinen Sie?", fragte Martin.

„Ich meine, dass ich auch den Weihnachtsmarkt will!"

„Wollen? Wie soll ich das verstehen?"

„Wie ich es sage: Ich möchte alles, das ganze Tal, Erdbeerfest und Weihnachtsmarkt inklusive."

Martin schnappte nach Luft.

„Mir ist es ernst: Ich mache Ihnen ein Angebot! Verstehen Sie?"

„Ja, ich verstehe, nur ..."

„Nur was? Glauben Sie mir, ich hätte das Geld nicht, um das ganze Tal zu kaufen. Sagen Sie mir was es kostet?"

„Kaufen? Wir sind nicht käuflich!", sagte Martin mit einer schwachen Stimme.

„Ach, kommen Sie. Jeder ist käuflich!"

„Meinen Sie?" Martin zögerte. „Nein, wir nicht. Wir sind nicht käuflich. Wir hängen an unserem Grund und Boden."

„Wirklich?"

„Unsere Eltern und Großeltern haben dafür Blut vergossen!"

„Das Blut werde ich freilich in den Preis mit einberechnen!"

„Das Blut? Sie wollen das Blut mit Geld aufwiegen?" Martin schaute mit Entsetzen in den Augen auf mich.

„Nein, nicht doch. Sagen wir es so: Ich will die historische Erfahrung berücksichtigen. Ich meine: Ich will sie anerkennen!“

Martin legte den Kopf in den Nacken.

„Ich verstehe, also ...“

„Also, nehmen Sie das Angebot an? Ich kaufe das Tal!“

„So schnell kann ich Ihnen nicht zustimmen. Ich muss erst den Gemeinderat konsultieren, wir müssen Versammlungen abhalten, das Ganze besprechen. Das geht nicht so schnell.“ Er nannte alle diese Gründe ohne Überzeugungskraft, wie jemand, der ein kaputtes Gerät verkaufen muss.

„Reden wir nicht lange um den heißen Brei herum. Ich will nächstes Jahr im Frühjahr mit der Produktion meines neuen Filmes *Guru Guru* beginnen. Das ist ein Megaprojekt. Bis dahin möchte ich alles geregelt haben.“

„Frühjahr? Das sind maximal acht Monate.“

„Ja, mehr Zeit haben Sie nicht, und ich auch nicht.“

„Aber, aber ...“, er zögerte, „... was wollen Sie anbieten, wie viel?“

Dabei lehnte er sich zu mir herüber und setzte eine verschwörerische Miene auf.

„Die Summe werde ich Ihnen nennen, wenn Sie verkaufen wollen. Ich versichere Ihnen“, ich legte eine Kunstpause ein und sagte dann, „Sie werden zufrieden sein.“

„Und was ist mit den Bewohnern des Tals?“

„Ich will sie alle beschäftigen, das garantiere ich Ihnen. Sie haben nämlich allesamt großes schauspielerisches Talent!“

„Das zu wissen, ist sehr vorteilhaft, wenn ich Ihren Vorschlag in den Versammlungen vorbringen werde ...“

Ich unterbrach ihn: „Kommen Sie, wir wollen noch ein Stück gehen. Zeigen Sie mir diese, wie heißt Sie denn noch ..."

„Lyfialm."

„Ja, diese Lyfi..., ach, ich kann das nicht aussprechen ..."

„Lyfialm!"

„Ich werde es noch lernen."

Ich stand auf, um ihm zu bedeuten, dass ich nun gehen wollte. Er erhob sich ebenfalls und bat mich, noch ein paar Minuten auf ihn zu warten. Dann verschwand er im Hotel. Ich ging ein paar Schritte auf der Terrasse auf und ab, blickte auf den glitzernden See, auf die mächtigen Berge und dachte mir, *Guru Guru* zum besten Film zu machen, den ich je produziert hatte. Der Rest des Tages verlief, wie ich es mir erwartet hatte: Wunderbar. Es war so schön, dass mir der Abschied am folgenden Morgen schwer fiel. Doch war ich mir sicher, dass ich wiederkommen würde – dass die Marteller auf meinen Vorschlag eingehen würden.

Ich musste nicht lange warten. Zwei Wochen nach meiner Abreise aus Südtirol überbrachte mir Martin persönlich einen Brief in Mumbai. Es sei, wie er sagte, von solcher Wichtigkeit, dass er den weiten Weg gerne auf sich nahm. Wir trafen uns wieder im Taj Mahal. Diesmal hatte er keine Erdbeeren mit und ich ließ ihn durch die Köche des Hauses, die ich gut kannte, mit indischem Essen verwöhnen. Als er bei der Nachspeise angekommen war, öffnete ich den Brief. Folgendes stand da zu lesen:

An Herrn Adnan Mukerjee
Shining Sun Productions
Mumbai India

Sehr geehrter Herr Mukerjee,

wir wissen, dass Ihre Zeit kostbar ist, deswegen wollen wir uns kurz halten. Wir können Ihr Angebot unser Tal zu kaufen leider nicht annehmen. Ein Verkauf von Grund und Boden, von Tier und Mensch, widerspricht unseren Gesetzen und dem Willen unseres Volkes. Trotzdem haben wir einen Weg gefunden, wie wir zusammenarbeiten können.

Sie können das Martelltal und alles, was darin lebt, mieten. Wir schlagen Ihnen vor, einen Pachtvertrag auf zunächst fünf Jahre, mit der Option der Verlängerung auf weitere 20 Jahre, abzuschließen.

Abgesehen von dem Preis, auf den Sie sich wahrscheinlich leicht mit Herrn Martin Prettlhuber, der über eine Verhandlungsvollmacht verfügt, einigen können, stellen wir nur eine Bedingung: Unser Tal muss in seiner Ursprünglichkeit erhalten bleiben. Damit meinen wir freilich den Schutz der Natur, aber wir meinen vor allem den Schutz unserer Marteller Mikroisolate. Sie müssten sich dazu verpflichten, während ihrer Pacht den genetischen Pool unseres Tales in seiner Zusammensetzung nicht wesentlich zu verändern. Sie werden verstehen, dass unsere Abgeschlossenheit unser großer Reichtum ist. Wir denken, dass das auch in Ihrem Interesse ist. Auch Sie sind von unseren Mikroisolaten fasziniert. Mit anderen Worten: Wenn Sie sich verpflichten, den Anteil auswärtigen Blutes auf sehr niedrigem Niveau zu halten, werden wir uns leicht einigen können.

Gezeichnet
Die Gemeinde Martell

i. A.
der Bürgermeister

Ich blickte auf. Martin wischte sich die Lippen ab. Seine Augen glänzten erwartungsvoll. Ich zögerte nur einen Augenblick und sagte dann: „Lieber Martin, einverstanden. Lassen Sie uns noch den Preis festlegen!“ Es dauerte keine zehn Minuten und ich war der Pächter des Martelltals.

Kaltern, 2025

Lange bevor der Wecker klingelte, lag Wolfgang wach in seinem Bett. Er hörte, wie die Kirchturmuhr die Stunden zählte und die Vögel ihr Gezwitscher anstimmten. Er spürte, wie der Morgen graute und das Licht ins Zimmer drang. Seine Augen aber hielt er geschlossen. Einen Moment noch sollte er auf ihn warten, dieser Tag, der sein Leben veränderte.

Heute – so stand es im Vertrag, der bereits vor Wochen unterzeichnet worden war – würde er seinem Sohn das Weingut übergeben, so, wie sein Vater es getan hatte, im November 2007, vor fast genau 18 Jahren.

Eine Ewigkeit schien vergangen und gleichzeitig nicht mehr als ein Augenblick. Damals hatte es Wolfgang kaum erwarten können, bis sein alter Herr endlich in den Ruhestand trat, den Buckel bereits krumm von der Last der Arbeit und des Alters. Er selbst hatte sich geschworen, früher abzutreten. Der Fortschritt, davon war Wolfgang nach wie vor überzeugt, lebt von der Veränderung. Und doch begann er seinen Vater heute das erste Mal zu begreifen. Wer gewohnt ist, Verantwortung zu tragen, tut sich schwer damit, sie abzugeben. Es war, als würde man einen Rucksack ablegen, der zwar drückend auf den Schultern lastet, den man im Laufe der Zeit aber auf seltsame Weise lieb gewonnen hat. Wolfgang überkam das dumpfe Gefühl, mit der Aufgabe des Weinguts auch ein Stück von sich selbst zu verlieren.

Bevor die Gedanken übermächtig zu werden drohten, zwang er sich aus dem Bett. Trübsinn war kein guter Begleiter und am besten schüttelte man ihn mit jeder Menge Arbeit ab.

Wolfgang zog sein kariertes Hemd an, das über der Stuhllehne hing, stieg in Hosen und Hausschuhe und ging ins Bad. Er brauchte nicht lange, um sich fertig zu machen. Spiegel, pflegte er zu sagen, seien für junge Damen und nicht für alte Herren gemacht.

Auf dem Weg in die Küche kam ihm der Duft von aufgebrühtem Kaffee entgegen. Der Timer blinkte noch, als Wolfgang sich eine Tasse eingoss. Er kramte in der Brottüte, die auf der Ablage stand, doch die Ausbeute war spärlich. Eine verschrumpelte Semmel war alles, was er an Essbarem finden konnte. Wann hatte er das Brot gekauft? Vor vier Tagen? Oder letzte Woche? Es sah trocken aus. Und hart.

Hartes Brot, dachte Wolfgang und musste lächeln bei dem Gedanken, hartes Brot scheint etwas für alte Leute zu sein. Er konnte sich noch gut daran erinnern, wie sein Großvater es immer gegessen hatte, damals, in den Sechzigerjahren, als Wolfgang selbst ein kleiner Junge und Kaltern ein Kuhdorf gewesen war. Der greise Mann hatte auf der Eckbank gesessen, neben ihm das Fenster mit Blick auf den See, über ihm der gekreuzigte Jesus, vor ihm das Holzbrett mit den würfelförmigen Stücken, und hatte so voller Hingabe gekaut, als gäbe es nichts Besseres als dieses Brot, das hart war wie Stein. Beängstigend laut hatte es geknirscht, als sich seine Zähne durch die Kruste bohrten: zwei zähe alte Stücke, die sich miteinander anlegten, als wollten sie ihre Kräfte messen.

Wolfgang tunkte das Brot in den Kaffee und bestrich es mit Marmelade. Himbeere, selbst gemacht. Von Lydia, der Nachbarin. Wolfgang schaufelte ihr im Winter den Schnee aus der Einfahrt, sie beschenkte ihn im Sommer mit Eingemachtem. Er war für die Muskelkraft zuständig, sie für den Gaumen. Längst fiel nicht mehr jeden Winter Schnee. Und wenn doch, dann genügte meist ein Besen, um den weißen Zuckerguss beiseitezukehren. Aber es war Ehrensache, und vielleicht auch gegenseitige Zuneigung, die das Tauschgeschäft am Leben hielt.

Früher, als Kind, hatte Wolfgang stets mannshohe Schneemänner bauen und sich in selbst gemachten Iglus verkriechen können. Er hatte sich rücklings fallen lassen, mit dem Gefühl der Geborgenheit, das nur eine anderthalb Meter hohe Schneedecke geben kann. Im Laufe der Jahre aber gab es immer weniger Schnee. Die Liftanlagen im nahe gelegenen Eggental trugen die Skifahrer immer öfter über schmutzigbraune Felder, die fast schamlos nackt wirkten, weil der Winter sich partout weigerte, sie zu bedecken. Mittlerweile hatte man sich gewöhnt an den Anblick künstlicher Schneezungen, die sich über die Pisten zogen, während links und rechts die Vegetation nicht mehr so recht zum Stillstand kam.

Lange Zeit hatte Wolfgang sich nicht sonderlich interessiert für die Kapriolen des Klimas und die Warnungen der Wissenschaftler, die zu Beginn des Jahrtausends verkündet hatten, in 50 Jahren würde es bis zu sechs Grad wärmer sein. Doch jetzt, zur Halbzeit, musste selbst er gestehen, dass die Veränderungen spürbar waren. Immer stärker dirigierte das Wetter das Wachsen und Werden, die Reife der Früchte, die Süße der Beeren und die Arbeit der Bauern. Es war, als hätte es entschieden, allem Beine zu machen. Alles musste früher reif, fertig, verarbeitet sein. Nicht nur der Mensch, auch die Natur war in Eile geraten. Ehemals hatte man Mitte September mit der Weinernte begonnen, heute machte man sich bereits im August ans Werk. Es schien nur noch eine Frage der Zeit zu sein, bis sich die Geschichte wiederholen würde. Jene Geschichte aus dem Jahr 1196, in der die Chronisten aufgeregt berichtet hatten, die Trauben im Land müssten aufgrund der großen Hitze bereits im Juli gelesen werden.

Doch es gab Dinge, denen die Zeit nichts anhaben konnte. Wie eh und je trommelte man für die Ernte Freunde und Verwandte zusammen, nahm das kleine sichelförmige Messer in die eine und den Eimer in die andere Hand und machte sich daran, die Früchte der Arbeit zu pflücken. Die Weingüter in Kaltern waren bescheiden geblieben, meist kleiner als ein Hektar. Das Wimmen, wie die Weinlese hier genannt wurde, war Familiensache und dauerte nur wenige Tage. Am Ende gab es ein großes Fest. Man saß zusammen, aß und trank. Man holte die ersten Kastanien aus der Schale und trank Wein. Man lehnte sich zurück, wohl wissend, dass die Trauben in der Kellerei und auf dem Weg zum guten Tropfen waren. Man stellte sich vor, wie die Beeren von den Stängeln und Kämmen getrennt und zur Maische zerquetscht wurden. Man konnte ihn förmlich riechen, den Schwefel, der beigemischt wurde, um den Sauerstoff zu binden und den Traubenbrei zu konservieren. Man wusste, dass die Maische gekeltert wurde, um Weißwein zu machen, und dass Schale und Kerne ihre Wirkung taten, um dem Rotwein seine Farbe und den feinherben Geschmack zu geben. Man malte sich aus, wie Mostkonzentrat beigemischt wurde, um den Hefebakterien bei ihrer Arbeit zu helfen und den Alkoholgehalt in die Höhe zu treiben. Man rechnete nach, wie lange der Wein gären musste, um ihm die gesamte Süße auszutreiben. Trocken sollte er sein, ein bisschen so wie die Menschen. Man rätselte, mit welchen Kniffen der Kellermeister den Wein in den folgenden Monaten ausbaute. Worin würde er ihn lagern? In einem Edelstahltank? In einem der großen Holzfässer? Oder in einem Barrique-Fass, das nur 225 Liter fasste, aus Eiche und besonders gut für schweren Rotwein war? Man dachte fast schamvoll daran zurück, wie die hölzernen Panzen vor einigen Jahren in Verruf geraten waren, als ihre Haut rissig wurde und ihre dicken Bäuche vor Schmutz und Weinstein starrten. Kein Wunder, hatten sie doch fast 100 Jahre Dienst getan. Viele Kellermeister wollten nichts mehr von ihnen wissen und schworen auf die Behälter aus Metall, die rein und dichter waren. Doch anders als die Holzfässer gaben sie dem Wein nichts von ihrer Persönlichkeit ab. Es fehlte der typische Geschmack, der an Kaminfeuer und Wärme erinnert und dem Wein etwas Geheimnisvolles gibt. Und so beschloss man, nach langem Hin und Her voller hitziger Diskussionen, bei denen Wolfgang sich stets auf die Seite der braunen Bottiche geschlagen hatte, eine neue Generation von Holzfässern in die Keller zu stellen.

Nach dem Frühstück ging Wolfgang nach draußen. Tasse und Teller ließ er achtlos auf dem Tisch stehen. Der Abwasch musste warten. Es zog ihn an die frische Luft. Und zu seinen Reben.

Im Flur stieg er in die Stiefel und griff nach der Schürze, die ebenso selbstverständlich am Haken hing wie Jacken und Mäntel. Feine weiße Längsstreifen durchzogen den dunkelblauen Stoff. *Kaltern* stand in großen roten Lettern auf dem Latz. Eine Hommage an die Heimat. Es gab auch lockere Sprüche:

„Arbeit versaut den ganzen Tag“
„Mann mit Motorsäge sucht Frau mit Wald“

„Alter Wein und junge Weiber sind die besten Zeitvertreiber"

Diese standen auf manchen Schürzen, die in den Souvenirläden des Dorfes an Touristen verkauft wurden. Die meisten jungen Bauern im Dorf aber schlüpften lieber in einen Overall zum Schutz vor Schmutz und Flecken. Tatsächlich schienen sich alte Schürzen und moderne Maschinen nicht sonderlich zu vertragen. Allzu oft verfing sich der flatternde Stoff im rotierenden Getriebe. Es hatte Verletzte gegeben, sogar Tote. Auch Wolfgang hatte sich einmal nur in letzter Sekunde losreißen können, als er sich an einer elektrischen Presse zu schaffen machte und die Schürze in eine Kurbel geraten war. Wochenlang hatte ihm der Schreck in den Gliedern gesessen. Ablegen aber wollte er die Schürze dennoch nicht. Vielleicht aus Gewohnheit, vielleicht als Erinnerung an alte Zeiten. Wenn er an seinen Vater dachte, sah er ihn immer in diesem blauen Stück Stoff vor sich – bei der Arbeit, im Gasthaus, sogar auf der Straße. Nur sonntags, in der Kirche, zog er die Schürze aus. Dann sah er eleganter aus, aber auch irgendwie eigenartig. Manchen Menschen schien die Schürze derart an den Leib gewachsen, dass man sie ohne sie kaum wieder erkannte.

Wolfgang öffnete die oberste Schublade der schweren alten Eichentruhe, die im Flur stand und fast genauso alt war wie er selbst. Er nahm eine Schere und eine Handvoll grüner Bänder heraus und verstaute alles in seinen Taschen. Dann trat er vor die Tür.

Nebel lag wie ein Schleier über dem Land. An manchen Stellen hingen die Schwaden so tief, als wollten sie den Boden berühren. In einer Stunde etwa würde sich der Dunst verziehen und die Frische des Morgens mit den wärmenden Strahlen der Sonne mischen. Doch noch ruhte die Welt, noch träumten Wald und Wiesen, wie Eduard Mörike in einem seiner Gedichte sagte. Wolfgang mochte Mörike, den schwäbischen Schriftsteller, nach dem seine geschäftstüchtigen Landsleute sogar einen Wein benannt hatten.

Wann immer Wolfgang Zeit fand, schlug er Bücher auf, voll mit Gedichten und Erzählungen, Fantastischem aus fernen Ländern und Geschichten über alte Zeiten. Und ebenso eifrig, wie er las, gab er sein Wissen weiter. Jedem, der es hören wollte, erzählte er, dass Südtirol das älteste Weinbaugebiet des deutschen Sprachraumes sei. Als man im 1. Jahrhundert nach Christus an Donau, Rhein und Mosel begann, Trauben zu edlen Tropfen zu verarbeiten, hatte man hierzulande bereits jede Menge Erfahrung. Schließlich war „vitis vinifera" bereits mit den Etruskern ins Land gekommen. Die Rebe hatte ihren Siegeszug vom östlichen Mittelmeerraum aus angetreten, zuerst nach Süditalien und von dort aus an den Südrand der Alpen. Die heimischen Räter und Illyrer waren angetan vom berauschenden Mitbringsel und machten sich daran, die Kunst des Kelterns zu verbessern. Als die Römer im Jahr 15 vor Christus in Südtirol einmarschierten, staunten sie nicht schlecht über die Art und Weise, wie die Menschen im Land den Wein lagerten. Anstatt ihn in tönerne Amphoren und Schläuche aus Ziegenleder zu füllen, pumpten sie ihn in Holzfässer, ein Brauch, den die Römer alsbald übernahmen.

Diejenigen aber, die den Südtiroler Wein am meisten schätzten – an diesem Punkt der Geschichte machte Wolfgang gerne eine Pause, um lustig zwinkernd in die Gesichter seiner Zuhörer zu blicken –, diejenigen also, die den Südtiroler Wein am meisten schätzten, waren die bayerischen Mönche. Im 5. und 6. Jahrhundert rissen sie sich sogar den Großteil der Gutshöfe unter den Nagel, um immer genügend Wein für die Messe zu haben und für manch andere Gelegenheit.

Auch in Kaltern gaben sich der Klerus und sein Klüngel alles andere als enthaltsam. Während der Messdiener andernorts mit Brot und Kastanien abgespeist wurde, wenn er die Totenglocke und zum Begräbnis läutete, vergalt man ihm seine Dienste hier mit Wein. Der Schulmeister und der Kaplan wurden sogar täglich mit einem guten Tropfen versorgt, vom Pfarrer höchstpersönlich, der dafür unterhalb des Widums eine eigene Leite hatte.

Wolfgang ließ den Blick über die Felder gleiten. Seine Felder. Noch, für heute.

Er tätschelte Bruno, der angelaufen kam, um seinen Herrn zu begrüßen. Das flauschige Fell des Bernhardiners war feucht vom Tau des Morgens. Bruno hatte die Nacht draußen, in der Nähe des Schuppens verbracht. Der Hund war zu Wolfgangs wichtigstem Weggefährten geworden, seit seine Frau vor einigen Jahren gestorben war. Derzeit war Bruno sogar die einzige Seele auf dem Hof, die ihm Gesellschaft leistete. Paul, Wolfgangs Sohn, war mit seiner Familie in den Urlaub gefahren. Von Bozen aus waren sie abgehoben in Richtung Bahamas. Seit der Flughafen in Südtirols Hauptstadt ausgebaut worden war, schien das Land nicht mehr am Rande der Welt zu liegen. Plötzlich ging es nonstop nach Berlin, direkt nach Paris, mit einem Zwischenstopp nach New York.

„An die Arbeit!“, sagte Wolfgang zu sich selbst und zu Bruno, der gemächlich voraustrottete, die Straße hinunter bis zum großen Kastanienbaum, von dem aus der Weg in die Weingärten führt. Kahl rankten sich die

Äste der Reben um die Betonpfeiler und die Drähte, die sich zu einem Rahmen, dem Pergel, flochten. Im Sommer bildeten die Blätter der Pflanzen entlang des Gerüsts ein dichtes Dach. Es war, als lebten die Trauben in ihrer eigenen kleinen Welt, in der es nie zu heiß und nie zu kalt, nie zu feucht und nie zu trocken, nie zu windig und nie zu stickig war. Man musste sich ducken, um einzutreten in das Reich der Reben. Der Rücken schmerzte, wenn man sich stundenlang, wie demütig gebeugt, an den Stöcken zu schaffen machte. Platz für Maschinen gab es kaum. Deshalb ließen die meisten Weinbauern ihre Reben längst nicht mehr waagrecht über den Drahtrahmen wachsen, sondern zwangen sie an frei stehenden Pfosten empor, um die Trauben direkt zu erreichen. Der Vernatsch aber, den Wolfgang anbaute, ließ sich nicht so einfach in die Senkrechte heben. Seine Früchte waren zu schwer, als dass ein aufrechtes Rückgrat sie hätte tragen können. Deshalb blieb ihm nichts anderes übrig, als das zu tun, was schon Generationen vor ihm getan hatten: sich zu bücken und zu schuften und die Last der Arbeit am eigenen Leib zu spüren.

Fast drei Wochen lang hatte Wolfgang mittlerweile damit zugebracht, die Reben zu schneiden, um sie auf die Rast des Winters einzustimmen. Nur eine Handvoll Stöcke fehlte noch. Arbeit für einen Tag.

Mit geübter Hand begann er, das Überschüssige vom Notwendigen zu trennen: Er entfernte die grauen Fasern, ließ die jungen Triebe stehen und band sie sorgfältig an Stamm und Drähten fest. Bei den Reben, dachte Wolfgang und war überrascht, dass ihm dieser Gedanke heute das erste Mal kam, ist es wie bei den Menschen: Der Nachwuchs braucht Freiraum, um sich zu entfalten. Und doch ist er hilflos ohne die Stütze der

Alten, die ihm Halt und Schutz bieten. Wolfgang überlegte, was geschehen würde, wenn sein Sohn künftig alleine bestehen musste. Wenn er selbst begann, anderen eine Stütze zu sein. Gewiss, er wusste alles, was man für den richtigen Umgang mit den Reben wissen musste. Er hatte Schwielen an den Händen wie jeder gestandene Winzer. Doch es gab viele Hürden, die es im Leben zu überwinden galt. Zu viele, vielleicht?

Während seine Gedanken in die Zukunft schweiften, arbeitete Wolfgang zügig, ohne ein einziges Mal aufzublicken. Als er den letzten Stamm geschnitten hatte und sich aufrichtete, stand die Sonne bereits hoch am Himmel. In einer halben Stunde würde sie den Zenit erreichen. Bruno lag wenige Schritte von Wolfgang entfernt. Der Hund hechelte leise und wartete geduldig.

Wolfgang sammelte das zu Boden gefallene Reisig auf und band es zu Bündeln. Nichts brannte besser als diese feinen Äste. Wolfgang liebte es, sich im Winter auf dem hölzernen Bett über dem Ofen niederzulassen, dort, wo er schon als kleiner Junge gelegen und das Treiben in der Stube beobachtet hatte.

Jetzt tastete sein Blick prüfend von Stock zu Stock. Alles sah sauber aus und aufgeräumt. Geradezu bescheiden standen die Reben da, ohne ihr grünes Kleid und die farbigen Tupfer der Trauben. Der Anblick hatte etwas Beruhigendes. Er stimmte ihn zufrieden.

Wolfgang wusste: An dieser Arbeit hätte selbst sein Vater seine Freude gehabt. Er, der geradezu besessen davon gewesen war, immer alles perfekt zu machen. Jeder Pfosten musste stabil und gerade sein. Im Frühjahr klopfte und rüttelte er daran, zog und zerrte, um sicher zu gehen, dass die Feuchtigkeit das Holz nicht morsch und der Reif es nicht rissig gemacht hatten. Mit seinem Körper hängte er sich an das Gerüst. Das

Pergel, hieß es, musste die Last eines Mannes tragen, um auch dem Gewicht der Trauben trotzen zu können.

Das Maß aller Dinge aber lag jenseits des eigenen Gutes in Nachbars Garten. Mit ihm stand man im Wettbewerb, stumm, aber unerbittlich. Argwöhnisch und aufmerksam beobachtet jeder den Schritt des Anderen. In nichts wollte man nachstehen, nicht als Faulpelz gelten. Selbst dann, wenn man es eigentlich gern anders machen wollte, tat man es ihm gleich. „Warum muss er denn schon jetzt mit dem Ausputzen beginnen?", hatte Wolfgangs Vater gebrummelt, wenn der Nachbar eines schönen Tages plötzlich im Weinberg stand und die Blätter von den Trauben zupfte, um ihnen mehr Licht zu geben. Doch obwohl er murrte und knurrte, konnte man sicher sein, dass er sich am nächsten Tag auch auf seinen Feldern zu schaffen machte.

Der Arbeitseifer der Alten schien mit ihnen im Grab verschwunden. Konkurrenz und Neid aber waren geblieben. Und auch Zündstoff für Diskussionen gab es genug. Vor allem war es die Frage nach der richtigen Arbeitsweise, die die Gemüter bewegte und die Bauern in zwei Gruppen spaltete. Die Konventionellen (oder Chemie-Heinis, wie die Bio-Bauern sagten) düngten ihre Felder mit Kunstmist, machten ihre Arbeit mit Maschinen und den Schädlingen mit Giftspritzen den Garaus. Die Bio-Bauern (oder Natur-Fritzen, wie die Konventionellen sie nannten) setzten auf Kuhmist und Handarbeit und zogen mit Tees, Kräutersud und Schwefelkupfer gegen natürliche Feinde ins Feld.

Als Wolfgang das Weingut übernommen hatte, war er einer der wenigen Exoten gewesen, die mit solchen biodynamischen Ansätzen arbeiteten. Wenn er und seine Gesinnungsgenossen beisammen saßen, fanden sie alle an einem Tisch Platz. Doch sie diskutierten laut und leidenschaftlich über die Vorteile der Mischkultur, die richtige Fruchtfolge und die optimale Bodenbearbeitung. Sie philosophierten über Mondphasen und versuchten zu erklären, wie feinstoffliche Informationen wirken. Sie tranken Wein und mit jedem Glas stieg die Zuversicht, dass nicht nur Nährstoffe, sondern auch Naturkräfte für die Pflanze wichtig sind.

Mittlerweile war die Zahl der Bio-Bauern beträchtlich gestiegen und auf ihren Weinflaschen prangte ein eigenes Emblem, ein bunter Kreis auf grünem Grund.

Wolfgang schloss die Augen. In tiefen Zügen atmete er die frische Luft ein, in der ein Hauch von Wärme und der süßliche Duft des geschnittenen Holzes lag. Er klemmte ein Bündel Äste unter den Arm, hängte die Schere an seinen Gürtel und machte sich auf den Heimweg. Bruno lief neben ihm her, den Kopf nach vorne gereckt und heftig wedelnd, als wüsste er, dass die Arbeit getan war und der Müßiggang wartete.

Im Haus war es still. Das Knirschen der Dielen klang wie das Ächzen eines alten Mannes. Sechs Generationen hatte das Gebäude bereits beherbergt. Der Urgroßvater hatte es nach dem Ersten Weltkrieg errichtet. Damals, als das Land plötzlich nicht mehr zu Österreich gehörte, sondern ein Teil Italiens geworden war. Als die Faschisten an die Macht kamen und Südtirol italienisch zu werden drohte.

Heute war es nicht mehr der Walsche, der den Menschen Sorgen machte. Der war längst zum Freund geworden. Vielmehr noch: Man hatte sich verbündet, gegen einen neuen, gemeinsamen Feind – die Moslems, die Araber, die Kopftuchträger. Oder wie auch immer man diese Leute nennen wollte, die aus aller Herren Länder kamen und es sich in Südtirol bequem zu machen drohten, die fremde Sitten brachten und jede Menge Kinder, die Toleranz forderten und nach Wohnungen verlangten. Von beidem gab es wenig. Selbst wer Grund und Boden besaß, konnte längst nicht mehr ein eigenes Häuschen darauf bauen. Man musste zusammenrücken, einen Teil seines Besitzes an die Gemeinschaft abgeben. Das erschien vielen ungerecht. Und noch ungerechter, wenn ein Fremder nebenan einzog, der weder die Geschichte noch die Kultur und auch nicht die Sprache mit einem teilte.

Das Schlimmste aber war die Moschee. Kein anderes Thema sorgte derzeit für mehr Zündstoff als die Diskussion um den kleinen Gemeinderaum, der den Moslems die Möglichkeit zum Gebet geben sollte. 150 Quadratmeter für Allah. In Südtirol aber gab es schon einen Gott. Und das sei genug, meinten die meisten. Eine Moschee, fürchteten viele, würde nur der Anfang allen Übels sein. Die Fantasie malte das Minarett neben den Kirchturm und den schreienden Muezzin neben die Glocken.

Konservative Heimattreue forderte die Rechte, bedingungslose Toleranz die Linke. Wolfgang versuchte sich gerne als Vermittler, wenn er und seine Bekannten im Wirtshaus beisammen saßen und die Welt mit Worten zu retten versuchten. „Lasst die Leute doch nach Südtirol kommen – solange sie sich anständig benehmen“, beeilte er sich hinzuzufügen, wenn er skeptische und strafende Blicke erntete. Heute allerdings war Wolfgang zu sehr mit sich selbst beschäftigt, um an Moslems und Moscheen zu denken.

Er ging in die Küche, zog einen Topf aus dem Schrank, füllte ihn halb mit Wasser, halb mit Milch und stellte ihn auf den Herd. Er dachte an Bruno, öffnete eine Dose Hundefutter, kippte den braunen Fleischbrei in einen Napf und brachte ihn nach draußen.

Das Gemisch aus Milch und Wasser hatte sich bereits zu einem Schaumberg aufgetürmt und drohte über den Rand zu brodeln, als Wolfgang zurück in die Küche kam. Er schnappte sich ein Geschirrtuch, zog den Topf eilig vom Herd und begann, etwas von dem Maismehl einzurühren, das massenhaft in seiner Vorratskammer stand. Zehn Minuten noch, dann würde sie fertig sein, die Polenta. Er würde etwas Salz und ein Stück Butter untermischen, ein großes Stück Käse abschneiden und es sich schmecken lassen.

So oft und so gerne aß Wolfgang das goldgelbe Gemisch, dass seine Freunde witzelten, er sei der wohl letzte Plentenfresser.

„Plenten", antwortete Wolfgang daraufhin und legte einen betont pathetischen Ton in seine Stimme, „hat noch niemandem geschadet." Die Kalterer selbst hätten ihn ja fast schon im Blut, genauso wie den Wein.

Und dann erzählte er, auch wenn es alle schon wussten, dass die Bauern früher den Plentenkessel mit auf die Felder genommen hatten, um sich darin das Mittagessen zu kochen. Die Bewohner der umliegenden Gemeinden lachten, wenn sie die Leute zwischen den Reben sitzen und den klebrigen Brei vom Löffel schlecken sahen. „Plentenfresser!", riefen sie – und hätten am liebsten selbst davon probiert.

Das Maismehl war den Kalterern derart ans Herz gewachsen, dass manch einer sogar im kupfernen Topf des Gemeindewappens einen Plentenkessel erkennen wollte. Schließlich war der Topf fast zur selben Zeit auf das Wappen gekommen wie der Plenten ins Land. Von Südamerika aus war die Pflanze über Spanien nach Italien gelangt und im 16. Jahrhundert über die Etsch nach Tirol. Sie trocknete den sumpfigen Boden aus und erwies sich zudem als veritable Hausmannskost.

Morgens aß man sie als Mus, mittags mit abgerahmter Milch oder Käse und Salat, abends mit Kartoffeln und selbst gebranntem Gerstenkaffee. Vergebens predigte der Pfarrer, das kupferne Wahrzeichen im Wappen stelle keinen Plentkessel, sondern eine Situla dar, ein antikes kultisches Opfergefäß. Die Historiker ihrerseits deuteten es als Synonym für die Beschaffenheit der Gegend. Die Bezeichnung *caldarium*, sagten sie, beschreibe eine kesselartige Form und habe dem Dorf seinen Namen gegeben. Doch glauben wollte ihnen niemand so recht.

Während er aß, überlegte Wolfgang, wie er den Nachmittag verbringen sollte. Er könnte nach Bozen fahren und dort unter den Lauben spazieren. Weit war es nicht mehr bis in die Hauptstadt, seit vor fünf Jahren die Überetscher Bahn fertig gestellt worden war. Zehn Minuten brauchte sie für die 15 Kilometer lange Strecke. Die Menschen drängten sich morgens in sie hinein und abends wieder heraus und hatten das Gefühl, als wären sie kaum außer Haus gewesen.

Im ausgehenden 19. Jahrhundert hatte es schon einmal eine solche Eisenbahnverbindung gegeben. Damals allerdings wollte niemand so recht Gefallen an ihr finden. Erst als 1903 auch noch die Mendelbahn in Betrieb genommen wurde, ließen sich immer mehr Menschen zu einem Ausflug überreden. Schließlich war die Standseilbahn hinauf auf den Berg die erste elektrisch betriebene in Tirol und die steilste und längste in Europa.

Auch bei der neuen Überetscher Bahn hatte man alles aufgeboten, was an technischem Know-how zur Verfügung stand. Sie fuhr leise und umweltfreundlich, war geräumig und hell. Länger als geplant hatte man an ihr gebaut und mehr ausgegeben als erwartet. Überrascht hatte das allerdings niemanden. Es schien ein ebenso altes wie ungeschriebenes Gesetz zu sein, dass bei öffentlichen Arbeiten Zeit und Geld keine Rolle spielten.

Doch Wolfgang schob den Gedanken an einen Abstecher nach Bozen beiseite. Ihm stand nicht der Sinn nach lautem Gewusel und drängelnden Menschen. Ob er lieber ins Dorf, nach Kaltern, fahren sollte? Den steilen Weg hinauf, vorbei an den Reben, die bis dicht an die ersten Häuser standen? Im Ortskern warteten große Bauernhäuser, würdige Bürgerhäuser und schöne Adelssitze, mit Zinnen verzierte Mauern, von Stein und Marmor umrahmte Türstöcke, durch Mittelsäulen getrennte Doppelbogenfenster, aus Sandstein errichtete Arkaden, Freitreppen und Innenhöfe, die an jene Zeit im 17. Jahrhundert erinnerten, als Claudia de Medici das Land beherrschte und toskanisches Flair nach Kaltern brachte. Aus dem Süden war die Renaissance heraufgezogen, aus dem Norden war die Gotik gekommen und vor Ort hatten sich die beiden Welten vermischt, zum Überetscher Stil.

Der Sohn Claudia de Medicis, Erzherzog Ferdinand Karl, hatte dem Dorf dann noch die notwendige wirtschaftliche Wichtigkeit gegeben, als er ihm 1657 den Titel „Markt“ verliehen und damit das Recht zugesprochen hatte, Jahrmärkte abzuhalten, in denen Vieh und Lebensmittel, Stoffe und natürlich Wein gehandelt wurden. Fünf Jahre nach der Ernennung war dem Erzherzog ein Besuch in Kaltern allerdings alles andere als gut bekommen. Als er im nahe gelegenen Wald Wildschweine jagte, wurde er derart schwer verletzt, dass er wenig später im Gasthof „Weißes Rössl“, das am Marktplatz steht, verstarb.

Während in der Mitte des Dorfes die Geschichte regierte, ließ sich an den Rändern die Zukunft nieder. 9000 Seelen zählte die Gemeinde mittlerweile – ein Plus von 20 Prozent in den letzten zwei Jahrzehnten, wie der Bürgermeister gerne betonte, als hätte er höchstpersönlich für derartigen Zuwachs gesorgt. Da der Großteil des Gemeindegebietes unter Landschaftsschutz steht und in den Weinbergen nicht gerodet werden darf, entstanden neue Häuser auf altem Grund, höher und größer als zuvor. Aus einfachen Pensionen waren 4-Sterne-Hotels geworden, wo erholungsbedürftige Touristen zur Traubenkur einkehrten, die gut war für Niere, Blase und Herz, Kreislauf und Verdauung, Über- und Untergewicht. 600.000 Nächtigungen zählten die Gastbetriebe jährlich – und gierten doch ständig nach mehr.

Je länger Wolfgang darüber nachdachte, desto sicherer war er, dass er auch nicht nach Kaltern wollte. Er hatte keine Lust auf das übliche Gerede über die bevorstehenden Gemeinderatswahlen und die Angst der Südtiroler Volkspartei, noch einen Sitz im Gemeinderat an die Freiheitlichen zu verlieren, die sich in der Ausländerfrage kompromisslos konservativ gaben und deshalb in den letzten Jahren vor allem bei der Jugend punkten konnten. Zwar grenzte es an Gotteslästerung, sich einer anderen Partei zuzuwenden, aber mit dem Glauben war es im ganzen Land längst nicht mehr zum Besten bestellt. Ehen wurden in erster Linie im Gemeindesaal und nicht mehr vor Gott geschlossen, kirchliche Feiertage nur noch als willkommene Ferien gesehen. Die letzten beiden Franziskanerpater des Dorfes waren in Ruhestand getreten und das Kloster war zu einem unbewohnten Geisterhaus geworden. Der amtierende Pfarrer, ein wahrhaft heiliger Mann, hetzte hin und her zwischen den Gläubigen und Gemeinden des Überetsch, hielt Messen im Akkord, die erste um

6 Uhr Früh, die letzte um 5 Uhr abends, weil es allerorts an klerikalem Nachwuchs mangelte. Bei der Nachricht, dass der Vatikan bald auch Frauen zum Priesteramt zulassen würde, hatte er drei Kreuze geschlagen und im Wirtshaus eine Runde spendiert.

Wolfgang entschied, zuhause zu bleiben. Mit Bruno. Und mit einer Flasche Wein. Eigentlich war es noch zu früh für den ersten Tropfen des Tages. Normalerweise genehmigte er sich höchstens am Sonntag schon um diese Zeit das eine oder andere Gläschen. Doch heute war ein außergewöhnlicher Tag. Und außergewöhnliche Tage sind wie gemacht für guten Wein.

Wolfgang wusch das Geschirr und ging hinunter in den Keller. Es war kühl und eine Ahnung von Feuchtigkeit lag in der Luft. Das Thermometer neben der Tür zeigte 15 Grad. Zielstrebig steuerte Wolfgang in den hinteren Teil des Raums, dorthin, wo seine Schätze lagerten: die Kalterersee-Auslese. Das Beste, was die vergangenen Jahrgänge zu bieten hatten. Er entschied sich für einen 2023er, der einen besonders strahlenden Sommer intus hatte, nahm eines der Gläser, die in Grüppchen auf den schweren Regalen standen und ging nach oben, hinaus ins Freie. Auf der hölzernen Bank, die im Windschatten der Hausmauer stand, ließ er sich nieder.

Aufatmend lehnte Wolfgang sich zurück. Flasche und Glas hielt er noch in der Hand, während er hinaufsah zu den schroff aufragenden Gipfeln und Graten: zur Mendel, die zwar nur zum Teil auf Kalterer Boden steht, aber doch als Hausberg des Dorfes gilt; zum Penegal, der etwas zerrupft wirkte mit seinem waldbedeckten Körper und dem kahlen Kopf aus hellgrauem Kalk, auf dem zahlreiche Antennen sprießen; zum Mitterberg mit seinem vulkanroten Porphyrkleid, der das Überetsch vom Unterland trennte und zu einem seiner Ausläufer, auf dessen Spitze die Leuchtenburg steht und wilde Erbsen wachsen, die die Heilige Notburga verloren haben soll, als sie die Armen einst mit Speisen versorgte.

Im Tal drängten sich die Reben dicht aneinander. Dabei war der Boden alles andere als einladend. Er war steinern und ungeheuer karg, aus Muränenschutt, den die Gletscher der Eiszeit herbeigespült hatten. Doch Trauben sind genügsam, „ganz anders als Frauen", wie Wolfgang sagte. Man musste sie nicht verhätscheln, sie nicht umgarnen, um ihre Gunst zu gewinnen. Geduldig warteten sie auf Zuwendung und Wasser. „Eine Rebe muss leiden, um ihr Bestes zu geben", hieß es. Es war, als würde aus der Qual das Gute erwachsen.

Auf verschiedenen Stockwerken hatten sich die einzelnen Rebsorten rund um Kaltern verteilt. Im Erdgeschoss, auf etwa 200 Metern Meereshöhe, wuchsen rote Trauben, die die Wärme liebten: der Vernatsch mit seiner angenehmen Frische; der Cabernet Sauvignon, der nach schwarzer Johannisbeere riecht; der Cabernet Franc, der an Gräser und Wildkräuter erinnert, und der Lagrein, der durch seine dunkle Farbe auffällt. Auch der sonnenverwöhnte Gewürztraminer hatte sich zu ihnen gesellt, ein Weißer, mild, leicht und süßlich, im Bouquet ein Hauch von Rosen und Nelken.

Im 1. Stock, zwischen 400 und 500 Metern Höhe, wo sich alpine und mediterrane Einflüsse treffen, wuchsen die hellen Früchte von Sauvignon und Weißburgunder, pikant der eine, fein der andere. Als Untermieter in geschützten Lagen hatte sich der Blauburgunder eingenistet, ein edler, rubinrot leuchtender Wein.

Im Dachgeschoss, auf 700 Metern, dort, wo die Schotterböden besonders karg und die Winde besonders stark sind, waren jene Weißweine zuhause, die fruchtig und voller frischer Säure sind: Chardonnay, Müller-Thurgau und Ruländer.

Früher waren die roten Trauben die Herren der Hügel gewesen. Mehr als zwei Drittel der Fläche hatten sie bedeckt. Doch längst hatten sie ihre Vorherrschaft verloren. Seit Südtirol das angrenzende Trient und das benachbarte Friaul ausgestochen hatte und als Italiens Vorzeigeprovinz in Sachen Weißwein galt, blieb kaum noch Platz für Cabernet & Co, obwohl in den letzten Jahren viel Wald für neue Reben gerodet worden war. Das Land liebte den Weißwein und der Weißwein liebte das Land. Die Tage waren warm, sodass die Früchte gut gedeihen konnten, und die Nächte waren kühl, sodass die Säure erhalten blieb – ein Gegensatz, der den Trauben ein unverwechselbares Aroma gab.

Eine leichte Brise umspielte Wolfgangs Nacken. Er schlug den Hemdkragen hoch, zog seine Weste zu, die er vorsorglich übergestreift hatte und sah nach Süden, von woher der Luftzug kam. Tag für Tag am frühen Nachmittag stellte sie sich ein, die „Ora“, wie das Amen im Gebet. Vom Gardasee zog sie herauf, ein Gewächs vieler kleiner Winde, die sich auf der Höhe von Gargnano und Brenzone vereinten, um gemeinsam gen Norden zu rauschen. Wolfgang legte die Hand über die Augen, weil die Sonne ihn blendete und sah hinunter zum Kalterersee, auf den der Wind lustige kleine Kringel zauberte.

Oft stand Wolfgang stundenlang am Wasser, die Angel in der Hand, wartend, dass ein Hecht oder ein Saibling, eine Äsche oder ein Karpfen, eine Forelle oder vielleicht sogar ein Aal anbiss. Die Fremden staunten nicht schlecht über einen solchen Fang und Wolfgang erklärte, nicht ohne Stolz, dass der Kalterersee die nördlichste Stelle Italiens sei, an der man die schlangenartigen Fische fangen könne. Und hatten die Gäste erst angebissen, erzählte er, dass das Gewässer als „Meer der Südtiroler" gelte und dass es der wärmste Badesee der Alpen sei, die Ufer zum größten Teil naturbelassen und voller Schilf. Mit einer ausladenden Bewegung malte er ein ovales Gebilde in die Luft und rechnete vor, dass der See eine Fläche von mehr als anderthalb Quadratkilometern bedecke, knapp zwei Kilometer lang sei, fast einen Kilometer breit, und an der tiefsten Stelle vier Meter messe. Er zeigte auf das Seebad und schilderte, wie umstritten der Betonbau mit seinen überdimensionalen Bullaugen gewesen war, als man ihn vor knapp 20 Jahren errichtet hatte. Und weil ihn der Anblick der Badeanstalt noch immer störte, machte er seinem Ärger Luft und plauderte ohne Skrupel aus, worüber im Dorf sonst noch gestritten wurde: über den Golfplatz, den Möchtegerngroßstädter, wie er sagte, im Montiggler Wald errichten wollten, und über das Landessportzentrum, das man einst heiß begehrt hatte und jetzt am liebsten loswerden wollte, weil immer weniger Sportler es nutzten. Doch dann, wenn Wolfgang sah, dass die Urlauber die Stirn in Falten legten und immer skeptischer dreinschauten, beeilte er sich, von den guten Seiten seiner Heimat zu schwärmen. Er empfahl einen Besuch im Südtiroler Weinmuseum, in dem man erfahren konnte, was Reber und Rasl bedeuteten (Rebmesser das eine und junge, veredelte Rebe das andere, flüsterte er den Umstehenden zu) und dass 1927 im nahe gelegenen St. Magdalena bei Bozen die erste Weinberg-Beregnungsanlage Europas installiert worden war. Er lobte die Seespiele, die im August mit Kleinkunst, Konzerten und Musicals aufwarteten – seit Jahrzehnten schon. Und er lud zur Weinverkostung ein, die einmal wöchentlich in den Kalterer Kellereien anstand.

Waren die Gäste weitergezogen, wandte sich Wolfgang wieder dem See zu. Sein Anblick faszinierte ihn immer aufs Neue. Als hätten das Blau des Waldes, das Grün der Reben und das Gelb der Wiesen nicht genügt, hatte Gott noch diesen Tupfer Türkis in die Landschaft gesetzt.

Kein Wunder, dass die Menschen von Kaltern „Herrgottskinder" genannt wurden. Der Heiland höchstpersönlich, so erzählte es der deutsche Schriftsteller Guido Görres in einem seiner Gedichte, soll ein Bürger der Gemeinde sein. In der Schule hatte Wolfgang die Geschichte auswendig gelernt. Immer und immer wieder hatte er sie heruntergebetet wie das „Vater unser" selbst. Noch heute konnte er jede Zeile und zitierte sie oft in seinen Gedanken:

„Die Herrgottskinder von Kaltern"

An einem Freitag in der Früh', das Jahr fällt mir nicht ein,
da ging ein fremder Wandersmann in Kaltern einst zum Wein.
Da fing ein kleines Glöcklein an, war gar ein winzig Ding,
das klimperte bescheidentlich ganz leise tling! tling! tling!
„Dies Glöcklein ist die Freitagsglock'", so sprach der Wirt mit Stolz,
„die läutet, weil den Tod empfing der Herr am Kreuzesholz."
„Die Glocke dünkt mich", sprach der Gast, „Herr Wirt, doch gar zu klein.

Mir scheint, zu Kaltern müssten wohl noch größ're Glocken sein."
„Ah, größ're haben freilich wir", erwidert jener froh,
„doch Ihr begreift: man läutet sie nicht mir nichts, dir nichts so;
das muss schon ein Kalt'rer Bürger sein, bei dessen Tod sie spricht,
und ist's ein Kalt'rer Bürger nicht, so läutet man die Große nicht."
„Nehmt hin", sprach darauf der Wandersmann, „die Taxe zahl' ich gern
und kauf' dafür das Bürgerrecht zu Kaltern Gott dem Herrn."
Seit also Gott das Bürgerrecht zu Kaltern erwarb,
erklingt die große Glocke auch am Tage, da er starb.
Und „Herrgottskinder" hat der Scherz die Kalterer getauft,
seit Christus man ins Bürgerrecht zu Kaltern eingekauft!

Überhaupt schienen die Bürger des Dorfes einen besonderen Draht nach oben zu haben.

Schon im 18. Jahrhundert hatte die Mutter Gottes beschlossen, mit einem Wunder aufzuwarten. Ein Bewohner von St. Nikolaus, einer der sieben Fraktionen von Kaltern, hatte von einem walschen Händler ein Marienbild gekauft und es in seinem Haus aufgehängt. Als er eines Tages, genau gesagt am 14. März 1733, davor kniete, die Hände gefaltet, das Haupt gesenkt und andächtig im Gebet versunken, bemerkte er plötzlich, dass Schweiß über das gemalte Antlitz rann. Eilig wurde der Dekan von Trient heraufbeordert, um den Vorgang zu prüfen. Er sah und glaubte und gab dem Bild seinen Segen. Das Versprechen aber, es mit dem notwendigen Brimborium in die Kirche überführen zu lassen, hielt er nicht. Stattdessen schwang er sich aufs Pferd, wohl erpicht, schnell nach Hause zu kommen, doch das Ross streikte. Es stand wie angewurzelt, als würde eine unsichtbare Macht es halten. Da wurde dem Dekan angst und bange, er ordnete eine feierliche Prozession an und ritt, diesmal ohne Probleme, davon.

Man erzählte sich die Geschichte noch, als es fast 100 Jahre später noch besser kommen sollte. 1832 wartete Maria von Mörl, ein junges Mädchen aus Kaltern, plötzlich mit Wundmalen auf. Über Nacht waren sie gekommen und mit ihnen Scharen von Schaulustigen, die an ihrem Bett vorbeipilgerten. Sie sahen die Jungfrau und ihre Stigmata und zogen, überwältigt von dem Anblick, auf direktem Weg weiter ins Gasthaus, um sich bei einem Gläschen Wein zu stärken. Bis zu 60 Wagen zählte der Kaplan von Kaltern damals täglich vor den Spelunken.

Dass sich ein guter Tropfen und ein starker Glaube aber durchaus vereinen lassen, hatte bereits der Heilige Urban gezeigt, der Patron von Wein und Winzern. Der römische Bischof hatte im 3. Jahrhundert angeordnet, beim Abendmahl nur reinen Wein aus silbernen Kelchen zu trinken. Er selbst scheint dem Traubensaft derart ausschweifend gefrönt zu haben, dass er, so erzählt die Geschichte, am Ende an den Folgen dieses übermäßigen Genusses starb.

Wolfgang fröstelte. Der Wind, der im Sommer für angenehme Abkühlung sorgte, konnte im Herbst leicht Gänsehaut verursachen. Der Wein würde wärmen.

Er stellte das Glas und die Flasche auf den Tisch und begann langsam an ihrem Schraubverschluss zu drehen. Seit einigen Jahren schon gab es keinen Korken mehr und doch hatte sich Wolfgang noch immer nicht daran gewöhnt, den Wein auf diese Weise zu öffnen. Schließlich war es wie ein Ritual gewesen, wenn sich der Korkenzieher durch den braunen Stöpsel gebohrt hatte wie durch ein Stück Butter, wenn man die Flasche nach unten drückte und den Öffner nach oben zog und sich der Korken mit einem befreienden „Plopp“ löste, als japse der Wein nach Luft. Am Verschluss konnte man riechen, was einen gleich in großen Schlucken erwartete. Doch allzu oft war der Korken dem Wein zum Verhängnis geworden. Wenn der Stöpsel zu weich und zu schwammig war, wenn er zu schrumpfen begann und Luft in die Flasche ließ, wurde er zum Nährboden für Schimmelpilze. Ihre Sporen machten den Wein stumpf und ließen ihn muffig schmecken. Deshalb beschloss man, den Korken loszuwerden. Am Anfang hatte man versucht, ihn durch Glasverschlüsse zu ersetzen. Doch die waren teuer und unsicher obendrein. Und so griff man nach langem Zögern auf eine altbewährte Methode zurück: das Metallkäppchen, das billig war und sich einfach abschrauben ließ.

Wolfgang war, als würde er mit ihm die Zeit zurückdrehen, in die Jahre seiner Jugend, als der Schraubverschluss ein warnendes Zeichen für billigen Fusel gewesen war. Damals galt der Kalterersee-Wein als Allerweltsprodukt und der Schraubverschluss als sein Markenzeichen. Der Traubensaft wurde meist offen ausgeschenkt und massenhaft ausgeführt, in die Schweiz, nach Deutschland und Österreich. Den Wein hatten einfallsreiche Winzer 1985 mit dem Frostschutzmittel Glykol versetzt. Millionen Liter waren plötzlich chemiegesüßt. Das war sogar den anspruchslosen Schluckspechten zu viel. Da lobte man sich das Importprodukt aus Südtirol, das hell durch das grüne Glas schimmerte, leicht war und billig zu haben.

Die Kalterer taten alles, um die enorme Nachfrage zu decken. Sie düngten und spritzten, was das Zeug hielt. Bis zu 3000 Doppelzentner Trauben pressten sie einem Hektar ab. Kaum jemanden kümmerte es, dass der Großteil der Früchte bei der Ernte noch nicht reif und noch nicht süß war. Masse war das einzige Maß.

Um den Transport in die Kellereien zu erleichtern, wurden die Trauben bereits in den Weinbergen zur Maische gemacht. Zu zweit standen die Männer in einem großen Bottich und stießen mit einem Holzstößel auf sie ein. Kesse Fräuleins, die mit bloßen Füßen und feschen Waden knietief im Topf tanzten, gab es nur im Film. Kaltern war das letzte Weindorf in Südtirol, das bei der Anlieferung der Ernte von Maische auf Trauben umstellte.

Dann kam die Krise. Ende der achtziger Jahre. Die Zeiten hatten sich geändert und der Kalterersee-Wein war nicht mehr gut genug. Kopfweh würde er verursachen, hieß es. Der viele Schwefel sei Schuld. Wolfgang hatte nie so recht daran geglaubt. Wer drei Flaschen trinkt, sagte er, dem muss einfach übel werden, Schwefel hin oder her.

Der Absatz jedenfalls ging zurück, die Kalterer suchten nach einem Weg aus dem Dilemma. Eine Radikalkur schien die beste Lösung zu sein. Der Großteil der heranwachsenden Trauben wurde kurzerhand weggeschnitten, damit nur wenige Früchte, die aber umso besser reifen konnten. Noch immer sah Wolfgang seinen Großvater vor sich, wie er völlig verzweifelt auf dem Feld gestanden und dem bunten Treiben zugesehen hatte. Wie er sich die Haare raufte und prophezeite, der Blitz würde einschlagen, als Strafe Gottes für die Verschwendung. Wer zwei Weltkriege miterlebt hatte, dachte Wolfgang, der konnte die Gedanken an Schuld und Sparsamkeit nicht so einfach abschütteln. Doch der Zorn des Allmächtigen blieb aus und der Erfolg gab den Gottlosen Recht. Immer mehr Wein ging als Auslese durch: Statt ursprünglich etwa einem Drittel waren es mittlerweile fast 100 Prozent. Bei der alten Regel, in der Früh einen Weißen, am Nachmittag einen Roten und am Samstag einen Guten zu trinken, spielte der Kalterersee-Wein jetzt eindeutig in der Wochenendliga. In der Literflasche gab es ihn schon lange nicht mehr, nur noch im 7/10 Format.

Doch nicht nur seine Qualität, auch sein Image wurde aufpoliert. Kurz vor der Jahrtausendwende war ein eigener Verein gegründet worden, in dem Weinbauern und Kellermeister, Tourismusmanager und Marketingexperten mitmischten, um den Kalterersee-Wein wieder salonfähig zu machen. Wolfgang hatte im Vorstand gesessen und mit darüber abgestimmt, dass am Eingang des Dorfes große weiße Monolithe aufgestellt wurden, auf denen der Name der Initiative *wein.kaltern* zu lesen war. Er hatte sich für den Weinweg ausgesprochen, der durch die verschiedenen Lagen führte und von weißen Kalksteinschwellen begleitet wurde, auf denen mit vergoldeten Buchstaben die alten Riegelnamen eingraviert waren. Mehr als 60 verschiedene Bezeichnungen gab es, darunter Relikte aus rätischer und römischer Zeit: Barleit und Lavardi, Panigl und Vial. Außerdem hatte Wolfgang in der ersten Reihe gestanden, als vor knapp 20 Jahren im ehemaligen Doktorhaus am Marktplatz ein neues Weinlokal eröffnet worden war: der *Punkt*. Statt bitterer Arzneien gab es dort fortan süffige Alkoholika: 80 verschiedene Etiketten aus den 14 Kellereien des Dorfes. Das Gasthaus gab es immer noch. Mit seinen schlichten Formen und seiner zurückhaltenden Art war es auf wundersame Weise modern geblieben. Die Initiative *wein.kaltern* indes hatte ihren Dienst längst getan. Der Wein war wieder angesehen und gefragt. Er wurde nach Norden und in die Vereinigten Staaten, ja sogar nach Fernost exportiert. „Nur China", gestand der Kellermeister in ungewohnt bescheidener Manier ein, wenn von Absatzmöglichkeiten und neuen Märkten die Rede war, „China werden wir wohl nicht erobern."

Wolfgang schenkte sich ein, ein halbes Glas. Selbst das hatte man dem Wein angepasst, es eigens für ihn kreiert. Im Vergleich zu den ausladenden Gläsern für gestandene Rotweine wirkte es schmal und bescheiden. Doch es war groß genug, um die Säure und die Bitterstoffe des Jungspunds zu binden. Dem Vernatsch, der dem Kalterersee-Wein seinen Körper gab, waren etwas Lagrein und Blauburgunder beigemischt. Der Traubensaft war nicht mehr so hell wie früher. In seinem Rubinrot zeichneten sich ziegelfarbene Reflexe ab. Und doch strahlte er noch jene Leichtigkeit aus, die einen gerne zu einem zweiten Glas greifen und manchmal über den Durst trinken lässt.

Wolfgang schwenkte das Glas, um die im Wein gefangenen Duftstoffe freizusetzen, schnupperte und roch. Er erkannte einen leichten Mandelton und fruchtige Frische. Eigentlich brauchte heute niemand mehr die Nase tief ins Glas zu stecken, um mit Wichtigkeit am Wein zu schnüffeln. Längst wurden die Aromen von elektronischen Computernasen analysiert, die den überempfindlichen Riechsensoren von Würmern und Insekten nachempfunden waren. Statt mühsam nach beschreibenden Worten zu ringen, spuckten sie einfach die entsprechenden chemischen Formeln aus. Mit ihrer Hilfe ließ sich außerdem bestimmen, wann der richtige Zeitpunkt für die Ernte gekommen war. Doch längst nicht alle Bauern trauten dem kleinen Chip an der Nadel, die Früchte anpikste. Selbst die beste Technik, sagten die Skeptiker, könne jahrzehntelange Erfahrung nicht ersetzen. Zahlen und Fakten fehle einfach das Gespür für den richtigen Zeitpunkt.

Wolfgang trank. Der Wein lag leicht im Mund und leicht im Magen. Früher hätte man ihn zu Vorspeisen empfohlen, zu weißem Fleisch, zu Speck und zu mildem Käse. Doch dieses Diktat war längst gefallen. Man trank, was schmeckte, und nicht, was der Sommelier oder der gute Ton vorgaben.

Wie eine samtige Schicht legte sich der Wein auf Wolfgangs Gaumen – ein Zeichen dafür, dass noch Gerbstoffe im Traubensaft waren. Wolfgang mochte diesen feinherben Geschmack und die dezente Trockenheit, die er spürte. Nein, dieser Wein stand den großen Italienern in nichts mehr nach. Er musste sich nicht verstecken vor einem Chianti oder einem Montepulciano. Er hatte seinen Weg gemacht. Er war erwachsen geworden.

Wie hatte die französische Baronin Rothschild, eine Grande Dame des Weingeschäfts, einmal gesagt, als man sie fragte, wie man guten Wein mache? „Mein Lieber“, hatte sie geantwortet, „das ist alles ganz einfach, nur in den ersten zweihundert Jahren stößt man auf ein paar Schwierigkeiten.“

Wolfgang lächelte. Über den Spruch. Und über sich selbst. Plötzlich war ihm klar: Jeder würde seinen Weg finden. Paul, sein Sohn, und auch er selbst. Allerdings brauchte es Zeit, um sich an die veränderten Bedingungen anzupassen, um sich an Neues zu gewöhnen. Zeit, die die Menschen ebenso benötigten wie der Wein. Doch das Leben war da, um Dinge auszuprobieren. Um zu sehen, was gut für einen war und was nicht.

Um Träume zu verwirklichen. Er könnte nach Kalifornien reisen, wo er immer schon gerne einmal hin wollte. Wo es guten Wein gab. Er könnte, Wolfgang straffte sich und trank rasch einen Schluck Wein, als ihm der Gedanke kam, er könnte Lydia fragen, ob sie mitkommen möchte. Er könnte lesen, so viel er wollte, und mit Bruno lange Spaziergänge machen. Er könnte den Aalen im See auflauern, solange es nötig war. Jetzt konnte er warten.

Abschied nehmen, dachte Wolfgang, ist ein eigenartiges Gefühl. Traurigkeit liegt darin über vergangene Zeiten, über Dinge, die nicht mehr sind. Aber auch Freude über neue Möglichkeiten. An manchen Tagen würde die Wehmut überwiegen, an anderen die Zuversicht. An manchen würde er sich nach seiner Arbeit sehnen, an anderen Plänen schmieden. Doch plötzlich war er sich auf ungewohnt ruhige Weise sicher: Was auch immer geschah – die Zukunft konnte kommen.

Danksagung

Ich habe so vielen Menschen zu danken, dass eine Auflistung zu viel Platz einnehmen würde. Nur eine Ausnahme möchte ich machen: Bettina Gartner. Ihr gilt mein aufrichtiger Dank.

Franz Tumler
Volterra. Wie entsteht Prosa
HAYMON taschenbuch 86
ISBN 978-3-85218-886-7
88 Seiten, 11,4 × 19 cm
€ 9.95 / SFr 14.90

Ein Mann und eine Frau besuchen Volterra – einen der schönsten Orte der Toskana. Auf ihrem Erkundungsgang durch die pittoresken Straßen streifen sie die Häuser und deren Bewohner, nehmen mit jedem Atemzug auf, was sie umgibt. Doch nicht weit entfernt liegt Ansedonia, die Ruinen der alten Stadtanlage, und so spannt sich der Bogen von ihren Ursprüngen zum heutigen Leben der Stadt in all seiner Sinnlichkeit.

Franz Tumler hat mit *Volterra* ein einzigartiges literarisches Stimmungsbild geschaffen, in dessen Entstehung er im Essay *Wie entsteht Prosa* unmittelbaren Einblick gewährt. Als einer der großen modernen Erzähler der Nachkriegszeit ist Tumler zu Unrecht beinah in Vergessenheit geraten. Diese Taschenbuchausgabe, versehen mit einem Nachwort von Johann Holzner, ist eine Einladung, ihn als Klassiker der literarischen Moderne wiederzuentdecken.

„eine Dichtung von erregender Modernität“
Rudolf Hartung

www.haymonverlag.at

Sepp Mall
Wundränder
Roman
HAYMON taschenbuch 75
ISBN 978-3-85218-875-1
176 Seiten, 11,4 × 19 cm
€ 9.95 / SFr 15.90

Die berührenden Schicksale zweier Familien zwischen den Fronten des Südtiroler „Freiheitskampfes“: Mall erzählt abwechselnd aus der Perspektive eines kleinen Jungen, dessen Vater aus für ihn unerklärlichen Gründen verhaftet wird und später auf mysteriöse Weise ums Leben kommt, und aus der Sicht einer jungen Frau, deren sprachgestörter Bruder Opfer eines missglückten Bombenattentats wird. Auf diese Weise zeichnet er das dichte Bild einer Zeit, die bis in intimste Bereiche hinein von der Frage bestimmt war, mit welchen Mitteln man sich gegen tatsächliche oder vermeintliche staatliche Unterdrückung zur Wehr setzen dürfe – ein Thema, das nichts von seiner Brisanz und Aktualität verloren hat.

„Die grosse Leistung von Sepp Malls Roman ist es, genau jene Übergänge zu zeigen, in denen das ungelöste Private unversehens öffentlich wird.“
NZZ, Paul Jandl

„Die Kleinigkeiten machen Sepp Malls Roman aus, die Details, die die Welt einfangen, aufzeichnen, aus denen sich nach und nach die Gesellschaft und die Menschen schälen. Der Autor pflegt eine Sprache, die sich nicht in die Brust wirft, die lyrisch zart ist.“
FF Südtiroler Wochenmagazin, Georg Mair

„Ein Lesemuss“
Wienerin

www.haymonverlag.at